성공한 사람

성공한 사람

김종광 소설

교유서가

차례

우리동네 큰면장

1

기차를 타보았다면 한 번쯤 보았을 거야. 늦가을 타작 끝나고 커다란, 하얀, 둥근 덩어리로 뒤덮인 논바닥. 모르는 사람 눈에는 참 신기한가봐. 저게 뭐냐고? 스마트폰으로 검색해도 잘 모르겠나봐.

내가 가르쳐줄게.

소를 오백 마리쯤 키우면 겨울이 없지. 이듬해 먹이를 장만해야 하니까. 소는 사료만 먹는 게 아니야. 짚도 꼭 먹어야 해. 사료가 밥이라면 짚은 김치라는 말로는 부족해. 김치 포함 유일무이 반찬.

짚을 헤집는 기계로 허처, 허처! 허치다, 표준어가 아냐. 우리동네서 누구나 쓰는 사투리. '흩어지게 하다'는 뜻이야. 기계 이름? 알 필요 없어. 외울 것도 아니잖아. 실은 나도 몰라. 나는

'허치개'라고 불러. 허치개로 뒤집을 때 발효제를 뿌리기도 해. 눈살 찌푸릴 것 없어. 그냥 조미료 같은 거야.

짚 묶는 기계로 묶어, 묶어. 베일러인데 나는 '짚묶개'라고 불러. 둥글게, 둥글게. 한 뭉치는 5백 킬로그램. 상상이 안 가지. 나 같은 애 열 명 욱여넣은 무게. 어미소 40마리가 하루 먹을 양. 소 오백 마리가 한 해 먹을 걸 가늠해봐. 저 거대한 뭉치가 몇 덩이나 필요할까.

비닐 묶는 기계로 감아, 감아. 나는 '비닐감개'라고 불러. 서른두 번이나 감는 까닭은 공기 완전 차단, 40도 유지. 그게 적정 보관온도래.

하루에 200개를 묶지. 새벽에 나가서 오밤중에 들어와. 비가 오면 논바닥이 젖어. 짚이 마를 때까지 무기한 정지. 그 기계들이 비싸요. 1억짜리도 있어. 잘못 다뤄 망가지면 수리비가 까마득. 혼자서 해내야 할 일. 게다가 그는 감투 대장. 감투 쓴 게 열 손가락 채우고도 남아. 한 달에 회의가 수도 없지. 회의만 하나? 꼭 술을 드시지. 술 안 마시는 날도 있지만, 기어이 자정 넘겨 들어와. 다 묶지도 못했으니 언제 운반할지 기약 없어. 그래서 겨울 들판에 하얗고 둥근 덩어리가 수놓아진 거야. 공식 명칭은 곤포 사일리지, 우리는 '공룡알'이라고 불러.

"저 공룡알들 워쩔라고 그런다?"

"치울 겨, 걱정하지 마!"

2

농촌 최고의 신문은 조중동이 아니라 '농민신문'이야. 농협 조합원이면 준강제로 봐야 하거든. 그는 우리동네 최초로 농민신문에 실렸어. 2003년 7월, 마흔네 살 때였지. 성명 석 자만 달랑 실린 거 아냐. 흑백사진 속의 그, 깔끔한 차림으로 소밥을 주네. 지금이나 그때나 말랐어. 머리를 바짝 쳐든 엇부르기─ 아직 큰 소가 되지 못한 수송아지, 사진기자를 바라보는 표정이 흥미롭네. 소에게도 표정이 있냐고? 당연하지. 우리 사람이랑 다르지 않아.

농민신문에서 '한우사랑 나라사랑'이라는 기획으로 전국의 한우농가를 찾아다녔지. 그는 여섯번째로 소개된 인물이야. 소제목이 '임신우 사양관리'였어. 기자는 '축사 천장에 환풍기를 설치해 쾌적한 축사시설 환경관리도 돋보인다.'고 칭찬했어. 그때 그 기사를 그대로 소개하면 짜증날 거야. 너무 딱딱해. 하기는 사람 말을 그대로 옮기면 기사가 되겠나. 그가 원래 했던 말은 이랬어.

"현재 축사는 세 개 동인데 다 합쳐서 350평쯤 돼요. 암소는 80여 마리 정도. 임신한 애들, 분만한 애들, 수정 가능한 애들, 비육소 등으로 나눠났죠. 당연히 컴퓨터로 관리하죠. 21세기인데. 한두 마리두 아니고 이렇게 수기로 헙니까.

임신소는 일반 소랑 달라요. 사람이랑 똑같다고요. 임신소도 세 동아리로 나눠요. 세력 센 녀석들, 세력 약한 녀석들, 중간 녀석들. 세력요? 힘세다고요. 임신한 유세로 종일 들이받는 놈이 있거든요. 거기 가셨다간 기자님 취재 못 해서.

어미소로 쓸 수 없는 애들이 나와요. 수정을 아무리 시켜도 임신이 잘 안 되는 녀석, 낳긴 낳는데 송아지 체중이 적게 나가서 새끼 꼬라지가 말이 아닌 녀석, 젖이 안 나와 새끼 굶기는 녀석, 미안하지만 이런 녀석들은 비육소로 쓸 수밖에 없어요. 고기소로 판다고요.

저도 이제 소 키운 경력이 20년 넘잖아요. 저만의 기준이 생겼죠. 그 기준에 합격한 암소만 번식용 밑소로 씁니다. 암소의 평균 산차를 4~5산으로 유지하고 있죠. 네다섯 번 낳으면 낳을 만큼 난 겁니다. 쉬게 해줘야죠."

왜 사투리를 안 썼냐고? 기자 앞에서 사투리 안 쓰려고 애쓴 거 생각하면 지금도 오금이 저린대. 사실 자기가 뭔 말을 했는지 기자가 써놓은 걸 보고 겨우 기억이 났대.

3

그의 아버지는 일제강점기부터 60년대까지 삼동네가 알아주던 전설적인 일꾼. 부지런한 농사꾼으로 호가 난 이도 아버지 앞에서는 명함을 못 내밀었지. 아버지가 돌연 쓰러진 건 예순 무렵. 말로만 듣던 중풍. 공부 좀 했던 그는 중3 때 공부 종쳤지. 고등학교 다니면서 농사를 도맡았지. 마당 한구석 의자에 앉은, 풍경 같던 아버지.

군대 갈 때 얼마나 좋았는지. 방위로 떨어져 지긋지긋한 집에서 출퇴근할까봐 얼마나 떨었는지. 금강산 건너다뵈는 '단장의 능선', 그곳이 얼마나 흡족했는지. 군대에서 칭찬만 받고 살았어. 완전 군대 체질. 말뚝 박을까 심각히 번민.

제대하고도 한동안 갈피를 잡지 못했네. 너도나도 도시로 떠나던 때. 못 떠나면 머저리 소리 듣던 때. 없는 집 자식은 떠나기도 쉬웠지. 아버지 논 20마지기가 발목을 잡았네. 회복될 가망조차 없는 아버지. 아버지가 가까스로 줄곧 읊조리던 소리.

"따앙 파알믄 안 되이야."

집착하는 아버지를 무시하고 팔아서 형제끼리 나눠가질 수 있을까? 옛날처럼 머슴농사 지을 수도 없고, 품앗이는커녕 품 사기도 어려웠고, 호락질 아니면 불가능했어.

어머니는 가라고 했지. "젊은 놈이 시골서 살다간 장가도 못 간다. 옛날처럼 탄광이라도 있다면 모르겠다. 해먹을 게 있어야, 있어보라고 붙잡지. 농사일 별거 있냐? 네 아버지 젊어서 산판 다닐 때도 나 혼자 농사졌다. 너 군대 있을 때도 내가 다 진 거 아니냐. 닷 마지기나 짓고 나머지는 다 도지 주고 있다만 아무리 농사꾼이 없더라도 도시로 짓겠다는 사람은 항시 있으니께 걱정할 거 하나 없다."

그는 마침내 결심했네. 큰 농사꾼이 돼보겠다고. 농촌에서 대사업을 이룰 수 있다는 것을 증명해보이겠다고. 도지로 내놓았던 논을 거두어들였네. 최신 기계를 장만했네. 대출은 쉬웠어. 담보가 있잖아. 너도나도 기계 가진 젊은 농사꾼에게 도지를 맡겼네. 떠나는데 논은 남겨서 뭣하나. 팔려는 사람도 늘어났지. 그가 아니면 살 능력 되는 사람도 없었어. 그는 넙죽넙죽 샀어. 아버지를 닮아 땅 욕심이 있었나 봐. 현금이 없으면 대출을 해서라도 사고 봤어. 농협에서도 그에겐 무조건 대출. 담보가 짱짱했으니까.

논농사로는 전망이 안 보였어. 우루과이라운드 쌀개방이 아니더라도 갑갑했어. 기계할부값, 기름값, 농약값 다 제하고 50마지기 농사지어 순수익으로 연봉 2천도 안 된다니 말 다 한 거 아니겠어. 애들 대학이나 보내겠냐고.

답을 소에게서 찾았지. 광천시장, 화성시장, 우시장 찾아다니며 송아지를 샀어. 3년 만에 50마리를 마련했지.

소 키우는 보람, 재미 같은 거 맛볼 만하니까 아이엠에프가 닥쳤어. 천지사방에 망하는 사람이 속출, 돈 있는 사람도 민망해서 소고기 못 먹었지. 소가 팔릴 리 있나. 그래도 소는 먹여야지. 사료가게들이 망하기 시작했어. 아직 안 망한 가게들은 외상 사절. 현금이 아니면 쌀이라도 가져가야 사료를 줬지. 쌀가마를 싣고 가서 사료포대랑 바꿔왔어. 다른 소는 몰라도 새끼 막 낳은 소한테는 사료고 짚이고 팍팍 줬는데, 줄였어. 소보다 더 못 먹고 죽어간다는 북한 사람 소문 정말일까? 빼빼 말라가는 소들아, 미안해, 미안해.

4

농민신문에 났을 때로부터 4년 뒤, 이번엔 지역신문 기자가 그를 찾아왔어. '군대 다녀온 3년을 빼고는' 고향을 지켜온 '토박이 농사꾼'. 우리 면 한우회 회장과 농업경영인협회 회장직을 겸임중이었어. 일주일에 한 번 나오는 주간지 같은 신문이었지만, 그 고장의 유일무이한 신문. 나름 대접받는 신문.

그의 첫마디는 지금도 유명해.

"축산 농가 문상 오셨슈?"

신문에는 '오셨나요?'로 적혔지만. 사회·경제면에 실린 기사야. '젊고 경험 많은 축산인(47세)을 만나 한-미 FTA 타결에 대한 축산업 종사자로서의 속사정을 들었'대.

"아이엠에프 때보다 더 어려워요. 아이엠에프 시절에도 희망을 잃지 않았는데 말예요. 한-미 FTA 타결 내용을 살펴보니 방법이 없어요. 신토불이고 국산애용이고 싼 거에는 못 당헙니다. 유예기간 15년? 15년 후엔 우리 입맛까지도 싹 바뀝니다. 생산원가 경쟁에서 밀릴 수밖에 없고 우리 축산업은 붕괴될 겁니다. 총·칼로만 나라를 지키는 게 아니고 식량자원을 지키는 것도 애국이라 생각하고 살아왔어요. 근디 아닌가 봐요. 올초에 기술센터 영농교육 사례 발표를 제가 했거든요. 제 주제에 뭐라고 다른 분들 앞에서 힘내자고 역설했습니다. 이제는 자신이 없네유. 읊어."

"근데 많이 어렵다면서 한미 에프티에이에도 불구하고, 축산농가는 왜 늘어만 갈까요? '절대농지에도 축사건축을 허용하겠다'는 것도 축산 하고픈 농민이 늘어나니까 불가피하게 허용하는 거 아닌가요?"

"몰라서 물어유? 논농사 지어서는 절대 먹고살 수 없으니까요. 당장은 축산이 가장 만만하니까. 큰일은 큰일이에요. 논농사 줄어드니 그 자체로 국가적 손해고, 수입 쇠고기 들어온다는 판에 축산농가가 늘어나니 제 살 뜯어먹기로 다 같이 죽는 거죠."

"대책이 없을까요?"

"어떻게 되겠죠. 이제까지 그래왔듯. 이렇게 대책 없이 말해놓으면 기자님이 쓰실 말이 없죠? '저인원 고효율 기계화 축산'이니 '호밀 같은 대체 사료 확보'니 말로만 떠들 게 아니라 확실한 지원책을 달라. 뭘 설치하라고 해서 설치하고, 무슨 기계를 사용하라고 해서 그 기계 사면, 몇 년 만에 바꾸라고 하고, 반복되는 재투자비용도 상당하죠. 누가 뭐라 해도 국가안보의 기본은 농업임을 믿어유. 정부와 지자체에서 적극적으로 지원해주는 수밖에 없죠. 축산농가가 망하면 지자체도 힘들고 지자체가 힘들면 나라도 갑갑해지니까. 일각에서 핸드폰이나 자동차를 수출한 대가로 농업쯤은 포기할 수밖에 없다지만, 큰 오산이에요. 하루아침에 접었다 시작했다 할 수 있는 게 '농사'가 아니라고요. 이 정도면 대충 됐죠? 전, 나라도 안 믿고 정부도 안 믿고 지자체도 안 믿습니다. 우리들만 믿습니다."

"우리들이라뇨?"

"소 키우는 사람들 말입니다. 동병상련이니까."

기자는 말미에 기사가 딱딱하다보니 인상적으로 뵈는 문장을 덧붙였어.

〈마침 수송아지가 태어났다. 기뻐해야 할 일이지만 축산업의 어두운 미래를 전망한 후여서인지 새롭게 태어난 송아지로는 그의 표정을 바꿀 수 없었다. …… 1남 2녀인데, 막내가 7살이라고 말했다. "늦둥이 재롱이 너무 예뻐요. '이순신'을 본 후 이름을 이순신으로 바꿔달라 하고, '주몽'을 보더니 활을 등에 메고 다닙니다". 자녀 이야기에서야 '진짜' 웃음을 보이는 축산인이었다.〉

5

기자 덕분에 재산 내역도 천하에 밝혀졌지. 이런 문장을 허락도 받지 않고 써버린 거야. '중학교 때 부친의 건강이 나빠져 본의 아니게 축산인의 길을 걷게 됐고 현재 한우 2백여 두와 논 1만 5천 평을 부인(44)과 억척스레 일궈가고 있다'

1만 5천 평은 75마지기. 도시로 떠날 마음을 완전히 버리고 농사꾼으로 살겠다고 맹세했을 때 물려받은 아버지의 재산이 20마지기, 한우 다섯 마리였어. 논이야 서너 배밖에 못 불렸지만, 소는 40배잖아. 이 정도면 자수성가까지는 아니더라도 자력번창 정도는 되는 거 아냐. 근데 폄훼하는 사람들이 있더라고!

그때 그는 우리 면 중학교 총동창회장이기도 했어. 지금도 그렇지만 옛날에도 감투 참 많이 썼지. 동창회장 아무나 되는 게 아냐. 함부로 성질내는 사람은 절대로 못해. 그가 왜 술자리에 끝까지 남아 있는 줄 알아? 조율자거든. 자기 할말 또박또박 다 하면서도, 다른 사람의 말도 잘 들어주거든. 웬만하면 화도 안 내고 웃음을 아끼지 않았어. 온화한 그도 참지 못하고 막 화낼 때가 있지. 아까 했던 말. 부모한테 물려받은 거 조금 불린 것뿐이라는 말 들을 때. 섭섭한 거야.

그는 30대 초반에 이장을 맡았어. 말 안 듣는 노인네들 모시고 동네 발전시켜보려고 무진장 애를 썼지. 이장 자리를 그만뒀지만, 청년회 주역으로 마을에 헌신, 헌신, 또 헌신해왔어. 그가 나서야 마을 일이 보란듯해졌어. 젊은 사람 찾기가 제대로 된 국회의원 찾기보다 어려웠고, 소수정예 젊은이 중에서도 일처리가 빠르고 틀림없었거든. 돈도 쓸 만큼 썼다고. 소똥 냄새 피우는 게 미안해서 명절마다 소고기 두어 근씩 끊어다 집집마다 돌렸고, 노인회건 부녀회건 놀러가면 찬조를 아끼지 않았어. 내가 아는 정도가 이 정도인데 모르는 일은 얼마나 더 많겠어. 경조사도 남들 5만 원 할 때 10만 원 하고 남들 10만 원 할 때 20만 원 했어. 그러니 큰아들 장가갈 때 들어온 부조가 수억대였지.

6

상도 좀 탔지.

마흔셋에 우리 고장 교육 발전을 위해 노력해온 5명의 학교 운영위원에 포함되어 표창을, 마흔넷에 농업경영인 가족화합 전진대회에서 축산협동조합장 표창을 받았지. 마흔아홉 살 때는 면민화합대회에서 '자랑스런 면민'으로 선정되었고 상금 20만 원을 불우이웃돕기 성금으로 기탁했지.

시 차원에서 주는 농어업인 대상이 있어. 별의별 상이 다 있지만 우리 고장 최고의 상이지. 매년 거론만 되고 타지는 못하던 그가 마침내 수상자가 되었어.

2011년 10월, 만 50세 때였지. 쌀 생산 및 원예특작, 어업부문, 과학농어업, 축산 및 임업 중, 한우 부문으로 받았지.

그는 '버섯한우 사육으로 한우품질을 향상시키고 충남브랜드 토바우를 도입해 축협을 통한 계통출하로 유통비를 절감하는 등 과학축산기술 도입과 유통선진화로 소득증대에 기여하고 있다.'는 평이었어.

토바우들이 언제부터 버섯까지 먹었지? 그건 나도 신문 보고 알았어.

시장이 축사할 때 그랬어.

"여러분들, 큰 바위 얼굴 얘기 아시죠? 우리 어렸을 때 배웠습니다. 여기 계신 분들이 바로 큰 바위 얼굴 아니겠습니까? 이분들이 진짜 우리 고장을, 우리 마을을 발전시켜온 분들입니다."

그때부터 우리 고장에 '큰 바위 얼굴'이란 말이 유행했어. 바위 떼고, 얼굴 '면' 자 써서, '큰면'으로 불렸어.

큰면 같은 사람을 정치꾼들이 그냥 놔둘 리 없지. 지방선거 때마다 시의원 후보 물망에 올랐어. 시장 두 번 지낸 분도 그를 무던히 아꼈지. 어머니가 말렸어. 정치하겠다고 나섰다가 망한 사람을 너무 많이 보아왔거든. 어머니 돌아가시고 나서는, 후배한테 양보하는 형국이 되었고. 선거 때마다 바람이 불어와 그를 흔드네. 늘 그랬듯이 그는 바위처럼 이겨낼 거야.

7

2019년, 그의 이름이 신문에 꾸준히 올랐네. 일주일에 한 번 나오는 고장신문 읍면소식란, 우리 면 소식에는 항상 그가 등장해. 우리 면 지역사회보장협의체(약칭 협체) 민간위원장이거든. 리장, 새마을지도자, 주민자치위원, 복지기관 종사자,

자원봉사단체 회원 중에 총대를 맸지.

호칭이 좀 길잖아. 우리 면에서는 싹 줄여 '큰면장'이라고 불러.

〈협체원·면직원 14명이 장애인·독거노인 50가정을 방문했다. 10kg 쌀 25포, 라면 25박스 등 130만 원 상당의 위문품을 전달했다. 큰면장: "어려운 이웃에게 겨울은 난방비까지 걱정해야 하는 계절입니다. 이번 나눔이 얼어붙은 몸과 마음을 훈훈하게 녹일 수 있는 계기가 되어야죠."〉

〈우리 면의 출향인사 아무개 씨(어디어디 대표), 공무원 면장, 큰면장이 각 5백만 원씩 성금을 쾌척했다. 셋은 우리 면 중학교 선후배 사이. 출향인사: "타지에서 어렵게 생활했지만, 현재는 여건이 좀 나아졌습니다. 고향 도울 일이 있을까 고민하던 차에……" 큰면장: "복지 사각지대에 놓인 이웃을 위해 소중히 사용하겠습니다."〉

〈협체는 '찾아가는 행복돌보미' 사업을 실시한다. 독거 어르신을 위한 반찬배달, 생신상 차려드리기, 목욕탕 이용 도와주기. 첫 출발로 10가정을 방문, 밑반찬을 전달하고 안부를 확인했다. 큰면장: "해야 할 일을 하는 것뿐입니다."〉

〈협체는 관내 저소득 어르신을 대상으로 장수사진 찍어드리기 행사를 개최했다. 면사무소 회의실에서 총 100명. 큰면장: "다들 오래오래 사셔야죠."〉

하도 큰면장으로 불리다보니까 처음 듣는 사람은 그가 면장이거나 면장 지냈던 사람이거나 면장의 형이나 아버지인 줄 알아. 진짜 면장 같았으니까.

이장일 때도, 학부형위원장일 때도, 중학교동창회장일 때도, 주민자치위원회 때도 감투가 있든 없든 뭐든, 그는 실무일꾼이었으니까. 위원장 임기 끝나면 다시 '큰 바위 얼굴'로 돌아오겠지. 비공식 면장 노릇은 파파할아버지가 될 때까지 피할 수 없을걸.

8

올겨울 큰면장은 또다시 동네 노인들을 헐헐헐! 하게 만들었어. 아들을 위하여 절대농지에 대형 최신식 축사 지어주는 거야 그럴 수 있지. 아들이 축산해보겠다는데, 가업을 계승하겠다는데 500마리 넘는 소 중에 절반쯤 나눠줄 수도 있지, 뭐가 문제야.

그의 늦둥이 딸. 어렸을 때부터 유명했던 애지. 걔가 래퍼가 되고 싶어해. 시골 소녀라고 그런 꿈 못 꾸나? 시골 고2라고 서울 기획사 다니면서 오디션 못 보나? 큰면장이 그 딸애를 위해 작업실을 지어준 거야. 두번째 축사 한구석에. 방음벽까지 설치한. 아무리 크게 노래해도 소들 안 놀라게 할. 귀 밝은 소들은 조금 놀랄지도 몰라.

그 작업실에서 첫번째로 작업한 노래야. 그에게 바치는

노래.

미국 어느 시골 동네, 터무니없는 전설.
앞산에 사람 얼굴 닮은 크나큰 바위.
언젠가 큰 바위 얼굴 빼닮은 인물이 찾아와,
마을을 왕창 발전시킬 거라는 얘기.
그 전설을 굳게 믿고 그 인물을 기다리던 아이.
청년이 되고 중년이 되고 장년이 되어도
그 인물은 오지 않았어. 오지 않았어.
기다리다 늙어버린 그 사람.
기다리다 토박이로 남아 동네일 다한 사람.
그가 없으면 동네가 굴러가지 않아.
반장, 이장, 동창회장, 한우회장, 협체장……
감투가 있든 없든 뭐든 앞장서는 일꾼.
언제부턴가 면민들이 입을 모았어.
당신이 바로 우리동네 큰 바위 얼굴이라고.
당신이 바로 우리가 기다리던 사람이라고.

보일러

1

김사또의 시야가 언뜻 훤해졌다. 뜻밖의 손님이다. 며느리뻘 두 여자. 화장품 냄새가 진동했다. 유니폼 잠바가 색다르다. 수양버들 같은 여자는 빨간색, 서낭당 소나무 같은 여자는 회색. 잠바에 기관명이 박힌 것도 같은데 시력이 모자라 읽을 수가 없다.

경찰은 절대 아니고, 면사무소 직원도 아닌 듯. 암튼 공무원 족속 같기는 한데 소방서에서 나왔나? 축산 감찰기관에서 나왔나?

법 없이도 살 사람이라고 자부하지만 김사또도 쩜쩜한 것이 있기는 했다. 텃밭 한 귀퉁이에서 무시로 쓰레기를 태웠다. 허접한 것 가득한 창고에 면하고, 바람 타고 밭 두 뙈기 넘으면 바로 산자락이다. 만날 불조심 방송하며 싸돌아다니는 소방서 공무원이 작정하고 찾아올 만했다. 겨우 소 열 마리 키우는 축사도 입술에 걸면 입술고리 배꼽에 걸면 배꼽고리일 테다. 나름대로 규정을 준수한다지만 그건 키우는 사람 생각이고, 색출하는 게 직업인 사람 눈에 뭐는 안 걸리겠나.

"아버님, 저는 한국전력 직원 이나미라고 합니다."

"아버님, 저는 스카이보일러 영업과장 홍진희라고 해요."

두 여자가 명함을 건네주며 절대 기억 못할 이름 석 자까지 일러주었다.

"난 또 괜히 긴장했구먼. 그란디 어쩐 일로다? 나는 전기세도 꼬박꼬박 잘 내고 이봉주 접시 텔레비전이 고장난 것도 아닌데."

단감 한 소쿠리 따고 쉬던 참이다. 김사또의 은근한 눈초리를 스카이녀가 무질렀다.

"아버님, 진짜 좋은 상품이 있어서 찾아뵀어요. 한국전력하고 대기업 스카이가 공동으로 투자해서 개발한 효율 짱 보일러인데요."

"에이, 뭐 팔러왔구먼. 그럼 그렇지, 젊은 신여성들이 영업 아니면 이 촌구석에 뭐 볼일 있겠나. 뭐 팔려는 건지 모르겠지만, 안 사요, 안 사."

김사또가 손사래 쳤지만 마구 내쫓는 시늉까지는 아니었다. 옛날에는 여성 판촉원이 흔했다. 대개 화장품이나 패물이나 책을 팔러와서 아낙들을 상대하고 갔지만, 농투성이 남정네들에게도 거리낌이 없었다. 새천년 들어서는 잊을 만하면 찾아오는 대신 덩치 크거나 비싼 거를 홍보했다. 창고 컨테이너, 만병통치 욕조기, 안마기, 자동자전거, 무병장수 보장 영양제……. 김 사또는 한 번도 뭘 사지 않은 게 자랑이었다. 뭐 하나 장만해서 애물단지로 굴리며 속 끓이는 이들 종애곯리는 재미가 쏠쏠했다.

스카이녀는 말 끊을 틈도 없이 자문자답까지 해대며 사분댔다.

"그러지 마시고 들어보시라니까요. 지금 쓰시는 (안채와 주방채 사이의 보일러실을 가리키며) 저 심야보일러 한 달에 전기세 50만 원씩 나오죠? 저희가 권해 드리는 스카이순환전기저장보일러로 바꾸면 한 달에 20만 원 나와요. 한 달에 30만 원씩 번다고요. 스카이에서 보일러도 만드냐고요? 그럼요, 세계 최고 대기업 스카이에서 안 만드는 게 어딨어요. 한국전력이랑 스카이랑 의기투합해서 정말 좋은 보일러를 만든 거예요. 우리나라가 전기가 점점 부족하잖아요. 한국전력은 전기 축적하고 소비자는 저렴한 값에 전기 쓰고 누이 좋고 매부 좋고란 거죠. 지금 쓰시는 심야보일러 업그레이드한 거라고 생각하시면 간단해요."

"엄청 비싸겠구먼."

"전혀 안 비싸요. 7백만 원이면 헐값이죠."

"7백? 헐!"

"이 보일러가 원래는 950만 원예요. 물론 설치비까지 다 해서. 너무 부담되시잖아요. 한국전력에서 250만 원은 지원해드려요. 700만 원도 한 번에 내시는 게 아니고 얼마든지 할부해드려요. 2년 동안은 무이자고요. 당장에는 700만 원이 큰돈 같으시겠죠. 하지만 한 달에 30만 원씩 번다고 생각해보세요. 2년이면 본전 뽑는 거예요."

한전녀가 도장 찍듯 한마디 덧붙였다.

"맞습니다, 우리 한국전력에서 250만 원 확실히 지원해드립니다."

김사또는 솔깃했지만 짐짓 어깃장을 놓았다.

"누가 보일러를 1년 내내 튼냐? 겨울에만 잠깐 트는걸."

"너무 안 틀고 사신다. 팍팍 때고 사세요. 나이드셔 가지고 왜 춥게 살아요. 설령 겨울 석 달만 튼다고 해도 1년에 백만 원씩은 버는 거잖아요. 이제 돌아가실 때까지 보일러 바꿀 필요 없이 20년 30년 쓰실 거니까 결국엔 남는 거죠. 백 살까지만 사셔도 도대체 얼마나 버는 거예요?"

"저 심야보일러 놓을 때도 그렇게 말했지. 한 번 놓으면 죽을 때까지 쓴다고. 그런디 저 심야전기보일러가 놓은 지 10년밖에 안 된 물건이여. 내가 내일모레글피면 팔십인데 얼마나 더 살 거라고 새로 장만한단 말여. 그냥 죽을 때까지 쓸 겨."

"10년이나 됐다고요? 어차피 바꾸실 때 됐네요!"

"20년 30년 쓰는 거라며?"

"20년 30년 쓰는 건 저희 스카이보일러고, 듣보잡 중소기업 거는 5년만 써도 감지덕지죠!"

김사또는 구미가 당겼다. 기존 심야전기보일러에 불만이 크던 차였다. 오래전 판촉 왔던 이들은, (그때도 한국전력 직원이 같이 왔었던가 가물가물하다) 등유를 쓰지 않고 저렴한 심야전기로 돌리므로, 난방비가 대폭 줄어들 것이라고 했다. 하지만 전기세가 너무 나왔다. 기름 땔 때보다 난방비가 더 드는 듯했다. 더욱 분통 터지는 게 기름보일러 때보다 덜 따뜻했다. 기름은 작정하고 틀면 방바닥은 타는 듯했고 외풍이 사라졌는가 싶게 얼굴까지 따뜻했다. 심야전기는 늦게 따뜻해지고 쉬이 식어버렸고 앉은자리 위로는 서늘했다.

"그래, 그 스카이보일러는 뭘 어떻게 한다는 겨? 막연히 감언이설 하지 말고 자세히 알려줘야지."

"아까도 말씀드렸지만 심야보일러를 업그레이드한 건데요, 알기 쉽게 말씀드리면……, 그건 전문가인 한전 직원께서."

스카이녀가 물러나고 한전녀가 알아듣기 어려운 소리를 남발했다.

괜히 물어봤다.

재미없어하는 김사또의 기색을 알아챘는지 스카이녀가 다시 나섰다.

"다 필요 없고, 스카이 거잖아요. 스카이인데, 왜 못 믿으셔요? 듣보잡 중소기업 거면 권하지도 않죠. 스카이 거니까 권하고 또 권하죠. 저희가 이 보일러 팔러다닌 지 한 달째인데 안녕시에서만 만 개가 팔렸다니까요. 이 동네서 제일 부자인 큰면장씨 아시죠?"

"갸가 내 조카여. 훌륭한 일꾼이지."

"조카시라고요? 그래요, 그분도 사셨다니까요. 지금 막 설치하고 있을 거예요. 확인해보세요. 진짠가 가짠가."

똑 부러지는 조카가 샀다고? 지금 설치중이라고? 그럼 제품은 확실하다는 것인데. 아냐, 아냐. 육경면에서 큰면장 모르는 사람도 있나. 판촉꾼이 돈 있고 명성 높은 사람 들먹거리는 건 빤한 이치지.

김사또가 마루에서 벌떡 일어서자, 두 여자는 합창했다.

"어디 가세요?"

"조카네 가보려고. 보일러가 어떻게 생겼나도 보고."

"지금 가봐야 못 보셔요. 설치하는 데 몇 시간 걸려요. 아버님, 정말 철저하시다. 그러니까 저희가 사기꾼 같다는 거죠? 큰면장씨가 정말 샀는지 의심스럽다 이거죠? 잠깐만요, 계약서 보여드릴게요. 이 과장님, 아버님 좀 지키고 계세요."

"내가 나라여? 지키게."

스카이녀의 기세에 눌리고 한전녀가 몸으로 밀 듯해서 김사또는 마루턱에 도로 걸터앉았다. 몸은 말랐어도 가슴은 우뚝한 한전녀가 비밀이라도 가르쳐준다는 투로 소곤댔다.

"아버님, 이번 거는 진짜 괜찮은 것 같습니다. 저희 한국전력 거래처가 수도 없잖습니까. 겪어보니 역시 대기업 게 좋더라고요."

금방 돌아온 스카이녀가 계약서 한 뭉치를 들이밀었다.

"보세요, 보세요, 큰면장씨 주소, 자필 서명, 다 있죠? 무려 다섯 장에 다 있죠?"

조카 필적이 틀림없었다.

"보셨죠? 그래도 못 미더우시면 전화해보셔요, 여기 휴대폰 번호도 적혀 있네."

"한 동네 사는 조카 번호도 모를까. 해봤자 소용없어. 한참 짚 묶고 있을 때라."

스카이녀가 계약서 뭉치를 흔들었다.

"쇠뿔도 단김에 뽑으랬다고, 아버님도 바로 계약하시죠."

"뭐여? 난 산다고 안 했어."

"사시고 싶잖아요."

"생각 좀 해보구."

"물량 엄청 딸려요. 한겨울에 설치하면 손해예요. 하루라도 일찍 바꿔서 이득을 봐야죠."

"추우려면 멀었구먼."

"멀긴요! 서리 내리고 아침저녁엔 선득선득하잖아요. 어머님 생각을 하셔야 돼요. 스카이보일러는 무지 뜨끈뜨끈해요. 종일 틀 필요도 없어요. 낮에는 꺼놔도 따뜻해요. 밤에 뎁혀진 열이 식지를 않으니까요. 돈도 돈이지만 열량에 획기적인 차이가 있다고요. 어머님을 위해서라도 보일러 바꿔주셔야죠. 아버님들은 대충 서늘하게 사셔도 상관없다지만 어머님들은 다 늙은 나이에 절대로 춥게 주무시고 그러면 안 돼요. 자, 이게 구입계약서인데요, 사인만 하시면 내일 당장 놔드려요."

평생토록 함부로 뭘 산 적 없다. 싸구려 물건이라도 살 작정을 하면 열 번은 곱씹었다. 10만 원 넘는 물건은 백 번도 넘게 따져보았다. 하물며 700만 원짜리라니 석 달은 심사숙고해야 마땅할 테다.

"7백이 개 이름이여. 그만들 가보셔. 정신 사나워서 살 수가 없네."

"30개월 할부 하시면 한 달에 23만 원씩만 내면 돼요. 이거 놓으면 한 달에 전기세가 20∼30만 원은 덜 나오잖아요. 할부 값이랑 전기세 아낀 거랑 또이또이니까 공짜나 마찬가지죠."

말이 되는 소리 같지만, 저런 달콤한 말에 속아 멍텅구리 된 인간들 수없이 보았다.

"나는 이제까지 할부로 산 적이 없어. 그게 다 빚이지 뭐야. 사면 사고 안 사면 안 사는 거지 할부는 지저분하고 신경 쓰여서 싫어."

"우와, 아버님 진짜 멋쟁이! 통 크셔요! 할부로 안 하고 한 방에 사시면 당연히 특별 대할인 해드리죠. 30만 원 해드릴게요!"

"아따, 가라니까!"

손님들은 완강하고 검질겼다. 계약서에 사인하기 전에는 절대로 가지 않겠다는 듯.

김사또는 토방에 꼬박 서서 팔아보겠다고 아나운서처럼 떠들고 탤런트처럼 미소 짓는 며느리뻘 두 여자에게 괜히 미안해졌다.

2

3.5톤짜리 카고트럭과 세 사내가 들이닥쳤다. 영문 모르는 오지랖은 가슴이 벌렁댔다. 시골 노인네가 강도당하고 살인당하는 뉴스가 툭하면 나오는 살벌한 시대였다. 벌건 낮에 도둑놈들인가. 뭐 훔쳐갈 게 있다고? 소를 훔치러 왔나? 나는 절대로 막아서고 그러지 않을 겨. 가져가고 싶은 거 다 가져가라고 길 터줄 겨. 살려만 달라고 싹싹 빌 겨. 그래도 물어는 봐야지.

"대관절 뉘시래요?"

조카뻘 사내가 뭐라뭐라 하는데, 티브이에서 미국사람 떠드는 소리 같았다.

오지랖은 덜덜 떨며 김사또에게 전화를 걸었다.

"이봐요, 큰일났어요. 어떤 아저씨들이 쳐들어와서는 뭘 하겠대요. 어쩌고저쩌고 해쌓는디 당최 무슨 소리인지. 당신은 뭐 일인지 알어요?"

"벌써 왔어? 진짜로 '내일 당장' 왔네. 허라고 혀."

"뭘 허라고 허는디요?"

"허라고 하면 알아."

세 사내는 심야전기보일러를 뜯어내기 시작했다. 한 10년 방구들 덥혀주었던 기계 부속품이 줄줄이 뽑혀나왔다.

오지랖은 모르니 묻지 않을 수 없었다. 손자뻘, 아들뻘은 말할 짬밥이 안 되는지 말하기가 싫은지 일만 했고, 조카뻘이 마지못해 대꾸를 해주었다.

"그니까 우리 영감이 보일러를 새로 샀단 말이죠? …… 새 거로 바꾼다는 거죠? 예, 못 들었어요. 생전 무슨 말을 해주는 영감이 아니라서. …… 내 말이 그 말이에요. 이런 큰일을 언질도 안 해줬으니 얼마나 놀랐게요. 근데 정말 보일러 바꾸러 온 거 맞죠? …… 아니, 나는 영감태기가 허라고 해서 허라는 말을 아저씨들한테 전한 것뿐인데, 영감태기가 허라는 게 이 일이 아니고 딴 일일 것만 같아서요. 멀쩡한 보일러를 뜬금없이 바꾼다는 게 영 이해가 안 가서요. 영감 올 때까지 기다렸다가 하면 안 될까요? …… 바쁘겠죠. 요새 안 바쁜 사람이 어딨겠어요."

참을 만큼 참았던 건지 아들뻘이 별안간 버럭 소리 질렀다.

"할머니, 걱정 붙들어 매고 들어가 계셔! 거치적거리다가 다치시면 누가 책임져!"

오토바이 소리가 들리고 남편이 돌아왔다. 김사또 기색으로 보아 진짜 보일러를 바꾸는 모양이다. 비로소 안심이다.

오지랖은 참을 냈다. 사과 배 한 알씩 깎고, 삶은 문어, 떡 쪼가리, 김치로 구색을 갖추었다.

김사또가 막걸리 한 잔씩 따라주니 일꾼들이 시원하게 넘겼다.

"대기업이 직장이라 먹고살 걱정이 덜하겠소. 스카이에서 일하면 얼마나 받으쇼?"

"스카이라뇨? 우리 스카이 아닌데요."

"뭣이요? 나는 스카이보일러를 샀는데?"

"아하, 우리는 스카이에서 하청받아 나온 업체죠. 스카이에서는 만들기만 하지 설치는 우리 같이 하루 벌어 하루 먹고사는 사람들이 하는 거죠."

"스카이가 아니라고? 얘기가 다른데. 팔러온 아줌마는 스카이에서 설치까지 해준다고 했단 말여."

"스카이는 아닌데 스카이보일러 놓으러 온 거 맞습니다. 잘못 들으신 거겠죠. 스카이에 서비스센터는 있어도 설치회사는 없어요. 계약서 보셨잖아요. 거기에 쓰여 있을 겁니다. 설치는 하청업체에 맡긴다고."

계약서 그 작은 글씨가 보이냐고. 돋보기 쓰고 찬찬히 볼 틈도 주지 않고 홍보해대며 사인 안 하면 팰 것 같이 구는 여자들 앞에서 본다 한들 깨알 글자가 눈에 들어왔겠느냐고. 하기는 스카이가 설치까지 해준다는 얘기는 못 들은 것도 같았다. 미심쩍어 확인 삼아 물었다.

"댁들이 지금 놓겠다는 보일러가 확실히 스카이가 맞기는 한 거요?"

"속고만 사셨나보다. 그럼요, 트럭에 실려 있는 거 보세요. 스카이 마크 딱 박혀 있으니까."

김사또는 세상 물정 모르는 티를 낸 것만 같았다. 만회하겠다는 듯 알은체를 했다.

"안녕시에서만 스카이보일러가 만 개나 팔렸다면서. 스카이보일러가 좋기는 좋은가보오."

"좋아봤자 얼마나 더 좋겠어요. 만 개요? 뻥 같은데요. 영업사원들 뻥은 알아주잖아요. 참고로 우리 업체에 할당된 것은 백 개밖에 안 됩니다."

"충청도 사람이 아닌 것 같소?"

"인천에서 왔습니다. 의외로 보일러 설치기술자들이 적어서 전국적으로 일해요. 요새는 인터넷으로다 일거리를 주고받으니까요. 하루에 네댓 집은 해야 한 달 안에 끝날 텐데, 열심히 해야죠."

"얼마나 걸리겠소?"

"우리 업체도 이 보일러는 처음이라, 뭐 금방 될 겁니다. 그냥 설치만 하면 그렇게 안 걸리는데 전에 있던 거 뜯어내는 게 시간 잡아먹는 거죠. 지금까지 뜯기만 했다니까요. 어르신 집처럼 놓을 자리가 애매하면 더 걸리죠."

"처음이라고요?"

"보일러가 다 거기서 거기죠. 걱정 붙들어 매시고 일 보세요."

김사또는 어제 한전녀와 스카이녀가 준 명함을 찾았다. 왜 스카이회사가 직접 설치까지 해주지 않느냐? 왜 인천 사는 사람들, 그것도 스카이보일러는 처음이라는 사람들을 보냈느냐? 왜 남의 집이 어쩌고저쩌고 탓을 하느냐? 경험상, 속시원한 대답을 듣지 못하고 더 속 터지는 소리나 들을 테다. 그러니까 그 여자들 대답은 듣지 않고 따지기만 할 작정이다. 찜찜함이나 풀어보려고.

명함이 보이지 않았다. 환장하겠다. 분명히 받았는데. 마루 밑까지 살펴보았지만 없다.

"명함 못 봤어? 자기가 빗자루로 쓸어버린 거 아녀?"

오지랖은 내심 찔렸다. 아침나절에 명함 비슷한 것을 다른 쓰레기와 태운 듯도 했다. 이미 가뭇없어진 명함 때문에 괜히 혼날 필요 뭐 있나. 시치미 떼고 오리발을 내밀었다.

"경칠라고 내가 명함 같은 걸 버렸겠어요."

"진짜 못 봤어?"

"선거 때나 보고 평소 못 보는 게 명함 아니요. 봤으면 반가워서라도 잘 모셔 놨지요."

오지랖이 일하러 온 사람들 점심은 어쩌나 걱정하고 있는데, 벌써 끝났다고 했다.

"점심 자시고들 기셔아지요?"

"말씀만이라도 고맙습니다."

무릎이 부엌칼로 저미듯 쑤시지 않았다면 기어이 밥 먹여 보냈겠지만, 여러 사람 상 차리기도 귀찮고, 갑자기 들이닥쳐서 상에 올려놓을 것도 없고, 붙잡는 말을 더하지 않았다.

김사또는 사위 처음 봤을 때처럼 새 보일러를 응시했다.

농협에 갔다.

"이거 일시불로 처리해줘. 이 통장에서 꺼내서 저 계약서 적혀 있는 계좌로 한꺼번에 다 쏴달라고."

"얼라, 할부로 사도 되는 거고만요. 670이면 목돈인데."

"내 성격 알잖어. 할부는 신경 쓰여서 살 수가 없어. 자네도 알겠지만 내가 처남 천만 원 대출해준 거, 달마다 이자 수십만 원을 꼬박꼬박 10년 내느라고 뒈질 뻔한 사람이잖여. 그때부터 내 사전에 할부는 없었어."

"대출이자랑 할부랑은 다른디요."

"할부도 빚이여, 빚! 나는 빚이 싫어."

김사또는 육경면에서 농협에 빚이 백 원도 없는 거의 유일한 농장주 겸 자작농이었다. 소 여남은 마리 키우고 논 다섯 마지기 가진 주제에 농장주니 자작농이니 남사스러운 말이지만 서류 기록상 그렇다는데 어쩔 것인가.

3

오지랖이 대도시 병원에서 양쪽 무릎에 인공관절을 집어넣느라 한 달여, 시내 일반병원에서 두어 달을 지내는 동안 또 한 번의 겨울이 갔다. 생전 처음 추위를 모르고 살았다.

의사를 필두로 거의 모든 이가 적어도 1년은 아무것도 하지 말고 호텔 같은 데서 죽치고 쉬어야 제대로 걸을 수 있다고 했다. 호텔은 언감생심이고, 비싼 요양전문병원도 엄두가 안 났다. 가격대 만만한 요양병원은 소문이 안 좋았다.

"고려장 동굴이나 다름없어. 치매 걸리고 식물인간이나 다름없는 노인네들만 있는디 나 같이 맨정신인 사람도 하루 있으니께 바로 정신병원에 있는 것 같더라니까. 내가 딸년한테 빌었어. 지발, 내 집에서 죽게 내버려둬라."

"다 참겠는데 그놈에 냄새를 견딜 수가 없어. 화장실 가서 똥오줌 누는 노인네가 거의 없으니께, 똥뒷간이나 다름없다니께. 이녁처럼 깔끔시런 사람은 하루만 있어도 돌아버릴 겨."

"외로워서 미친다니께. 말할 사람도 없고 말 들어줄 사람도 없으니께."

"거기서 일하는 젊은이들이 저승사자처럼 무서워. 그 좋은 나이에 그런 더러운 데서 박봉으로 머슴처럼 일하는 분노, 충분히 알겠는데 그래도 직장 아닌가. 이건 뭐, 감옥 간수들 같어."

이런 소리 듣고 싸구려 요양병원에 어찌 갈 수 있나, 서비스가 좋다는 시내 일반병원을 골라 늘어앉았다.

한 보름은 있을 만했는데 시나브로 못 견딜 곳이었다. 쌓여

가는 입원비가 무서웠다. 어딘가 아파서 오는 아줌마들 사이에 아파 뵈는 데도 없이 우두커니 있는 게 눈치보였다. 간호사들이 대놓고 괄시하는 듯했다. 하릴없이 시간 때우기도 지겨웠다. 그나마 일이 있다면 새로 들어온 환자 신세타령 들어주는 것인데, 그 재미없고 엇비슷한 얘기들에 질릴 대로 질려버렸다. 예상 밖으로 남편은 혼자 살림을 잘해내는 듯했다. 남편은 사나흘에 한 번 문병이랍시고 와서 홀아비 티 팍팍 내며 우중충하게 있다 갔다. 그 꼴을 보는 것도 괴로웠다. 두 달이나 있었다는 게 기적 같았다.

오지랖이 그만 퇴원하겠다고 했을 때, 김사또의 얼굴은 해바라기처럼 활짝 펴졌다.

"으휴, 그렇게 좋아유? 영감이 보름달 같이 웃는 걸 결혼하고 처음 보네."

무릎수술 받은 노인에게 방바닥 생활은 절대 불가라고 했다. 김사또는 주방채 큰방에 침대를 들여놓았다.

칠순이 돼서야 각방 쓰게 되었다. 오지랖은 남편이랑 한 방에서 한 이불 덮고 안 자면 큰일나는 줄 알고 살아온 47년 세월이 우스웠다. 남편은 초저녁부터 잠들어 오전 두어시 경에 형광등 켜고 농민신문도 보고 소설책도 읽었다. 아내의 잠을 생각하면 차마 할 수 없는 짓이다. 비로소 잠을 제대로 잘 수 있게 되었다. 혼자 잔다는 게 이토록 천국인 줄 몰랐다. 신음이고 비명이고 마음껏 질러도 되고, 손발 실컷 뻗을 수 있고, 몸뚱이도 얼마든 뒤척일 수 있었다. 새벽 다섯시에 일어나 밥하러 주방채로 건너오는 것도 심히 괴로웠는데, 문만 열면 싱크대니 '이 편한 세상'이 따로 없었다.

다만 오줌 누러 갈 때면 끔찍해서 병원으로 돌아가고팠다. 침대에서 내려와, 주방을 나가, 토방을 내려가, 지팡이에 의지하여 다섯 걸음이나 걸어, 안채화장실에서 일보고 오는, 말로 하면 아주 간단한 일이 애 낳는 것만큼 겨웠다. 까딱 넘어지면 수술받은 거 말짱 도루묵 된다니 초긴장이었다. 무사히 돌아와 다시 침대에 누워 그래도 집이 낫지, 한숨을 토해내곤 했다.

평생 방바닥에서 상 펴고 먹었는데, 식탁에서 먹게 되었다. 식탁을 영 불편해하던 남편도 적응이 돼서는 오만상 찌푸리는 일이 없어졌다.

자식들 전화 신칙이 장난 아니었다.

"운동하셨어요? 잘하셨어요. 운동은 꼭 하셔야 돼요. 일하는 거랑 운동하는 건 완전히 다르다니까요."

"또 밭일했어요? 안 된다니까. 무릎수술 받고 그러면 큰일 난다니까. 제발 하지 말아요. 그놈의 밭농사 뭐하러 짓냐고요. 그냥 사먹고 말지."

"아버지, 진짜 그러시면 안 되는데, 다리 아픈 엄마한테 소물 주는 거 시키면 안 되는데, 엄마가 못 하겠다고 데모하세요."

"택시 타고 다니라니까요. 그 다리로 정류장까지 걸어가고 시내 걸어다니고 그러다 다리 고장나면 어쩌실라고.”

　인제 전화가 잘 안 오네. 사나흘에 한 번씩 하던 것들이 보름에 한 통꼴이네. 걱정도 안 되나. 즈이 엄마 다리 완전 정상된 줄 아나. 아직도 쑤시고 아픈데, 고시랑대다보니 어느새 또 겨울이었다. 전기세 아낀다고 벌벌 떠는 남편 때문에 참을 만큼 참고서야 보일러를 틀었다. 자정 무렵부터 새벽까지 지랄용천 소리를 질러댔다. 맞어, 저 물건이 꽤나 시끄러웠지. 까마득히 잊고 있었네. 영감태기, 저 소리를 듣고도 고치지 않았을 리는 없고, 진짜로 귀가 맛이 갔나. 수리비가 아까워서 참고 있나.

　이태 전 겨울에도 그랬듯이 오지랖은 곧 대포소리에 적응이 되었다.

　그날은 뭔가 좀 이상했다.

　뭐지, 뭐지?

　이런, 방이 하나도 안 따뜻하잖아!

　얼어죽을 것 같았다. 칠십 평생을 되새겨보니 죽을 뻔한 적이 숱했지만, 얼어죽을 뻔한 적은 없었다. 나무 때던 시절에도 걱정 없었다. 가진 산은 없었지만, 바지런한 남편이 먼 산에 가서 도둑나무를 해다가 잔뜩 쟁여놓았고, 자신도 날마다 솔가리 두어 짐은 몰래 긁어왔다. 연탄보일러 때는 가스에 중독돼 죽을 뻔은 했어도 꺼트린 적은 없고, 기름보일러 때는 기름 떨어져본 적이 없다. 전기가 떨어졌나? 전기는 떨어질 수 있는 게 아니지. 가만, 소리도 안 나네! 그렇게 소리 질러대더니 아무 소리가 없어!

웃풍이 심해 침대에 깔아놓은 전기장판이 아니었다면 정말 얼어죽었을 테다. 등가죽만 빼고는 말로만 들어본 시베리아였다. 아니, 추위가 전기장판의 열기마저 얼려버렸는지 등도 별로 안 따뜻했다. 있는 대로 껴입고 이불을 세 채나 덮었는데도 시쳇말로 알래스카였다.

이놈의 영감탱이 무사한지 모르겠네. 도저히 궁금함을 참을 수 없어 한파를 뚫고 가보았다. 남편은 전기장판 위에서 부들부들 떨고 있었다.

"추우면 이불을 더 갖다 덮어야지. 얼어죽을라고 작정했소!"

윗방 장롱에서 이불 두 채를 끌어다 덮어주었다. 이 판국에도 전기 아낀다고 1이 뭐여, 1이! 전기장판 온도를 최고로 높여주었다.

김사또가 오지랖의 손을 덥석 잡았다.

"같이 견디면 덜 춥지 않을까."

"방바닥에 워칙히 눕는지 잊어버렸소."

"에이, 그려 각자 얼어 뒈지자구."

남편 말이 일리가 있다 싶었다. 오지랖은 못 이기는 척 남편 옆에 누웠다. 살갗을 댄 게 아니고 두툼한 옷을 맞대서 그런지, 젊었을 때 옷깃만 스쳐도 나던 열은 나지 않았다. 기분은 좀 나았다. 얼더라도 같이 얼겠지.

"동태 된다는 말이 무슨 뜻인지 이제 알겠소."

"입도 아직 안 얼었구먼."

"지난겨울엔 별일 없었소?"

"아직 살아 있는 거 보면 몰러."

"700이나 주고 샀다면서, 몇 년이나 썼다고 저 모양이요?"

"나가! 나 혼자 얼어죽을 텨."

"춰서 못 나가겠소."

"소밥 줄 생각하니께 미치겠구먼."

"소들은 괜찮을까요?"

"우리도 축사에 갈까. 여기보다 훨씬 나을 것 같은디. 송아지 춥지 말라고 켜놓은 전깃불 밑에 들어가 있으면 따스울겨."

"우리가 소요!"

너무 추워서 잠도 안 오고, 잠들었다가 눈뜨지 못할까 겁도 나고, 서로의 입김이 한기를 녹여준다 싶었는지 덜덜 떠는 소리로 자꾸 이어나갔다.

김사또는 119 부르듯 윤기술에게 전화했다.

윤기술은 20년 전에 귀농한 이였다. 전국 각지를 떠돌며 공장일, 기계일, 운전일, 안 해본 일 없다고 자부심이 대단했다. 실제로 웬만한 농기계 고장은 자기 것이나 남의 것이나 그렁저렁 수리해냈다. 부품 교체하는 거 아니면 다 고칠 수 있는 기술자라고 자타가 인정했다.

아홉시 넘기를 기다려 간절히 청해도 이 한파에 언제 올지 모르는 게 함흥차사 같은 수리기사일 테다. 불러서 그날 당장 오는 수리기사를 본 일도 없다. 실력이 아무리 뛰어나도 돌팔이는 돌팔이. 돌팔이에게 뭐 맡기는 법이 없던 김사또였지만 다급했다.

윤씨가 아직 어둑어둑한 눈길을 헤치고 달려왔다.

"제가 못 보는 기계가 어딨어요. 회장님 댁 일인데, 전화 끊자마자 댓바람에 달려왔습니다. 우와, 동태들 되셨네요. 추워서 어떻게 주무셨댜. 겁나게 춥던디. 밥은 어떻게 드셨어요?"

"뜨신 국물 먹으니께 그나마 좀 살 것 같아요. 꼭두새벽부터 불러 송구해요."

"이웃끼리 뭐가 송구하대요. 어디 보자. 어디가 잘못돼서 안 돌아가냐. 너무 추워서 보일러가 얼어버렸나."

"살면서 보일러가 언다는 소리는 첨 듣네. 보일러가 얼었으면 그간 우리집 보일러는 다 얼었어야 하게."

김사또는 자기가 해결 못하고 돌팔이를 부른 것이 계면쩍었다.

"보일러도 얼 수 있죠. 제가 강원도 살 때 두 집 건너 한 집 보일러는 얼어버렸다니까요. 강원도 진짜 춰요. 강원도 추위에 비하면 여기는 추운 것도 아녀유."

윤씨는 보일러를 짯샷이 살폈다.

"별문제 없어 뵈는데 왜 안 돌아가는 거지? 겉볼안이라고 뜯어봐야 하나. 어, 이게 뭐지? 이 툭 튀어나온 관 보이죠? 이 게 왜 있는지 모르겠네. 얘가 문제인 거 같아요. 내가 보일러 실컷 보고 실컷 고쳐봤는데 이런 거 달린 거 처음 봐요. 얘가 확실히 문제인데. 얘네, 얘야. 다른 데는 문제가 될 게 없슈. 이 관 잘라버릴게유."

윤기술은 허풍이 심한 이였다. 여러 기계를 고쳐봤지만, 보 일러만큼은 한 번도 고쳐본 적이 없었다. 윤기술은 연장주머 니에서 커터칼을 꺼내더니 관을 싹둑 잘라버렸다.

김사또가 말리고 자시고 할 틈도 없었다. 저걸 잘라버려도 되나? 괜히 달려 있을 것 같지 않은데. 기술자가 그렇다면 그 런 줄 알아야겠지만, 뒷골이 떵했다.

곧 그 보일러 특유의 대포소리가 났다.

"이 소리 보일러 돌아가는 소리 맞죠? 되죠? 되네. 역시! 내 이럴 줄 알았어. 암튼 요런 사소한 거 하나 때문에 고장나고 그 러는 게 보일러죠."

"그런디 저 대포소리는 한밤중에만 났어요. 자정녘부터. 그 전까지는 총소리 정도로만 났어요. 영감, 그렇죠?"

"대포소리는 뭐고 총소리는 뭐야? 난 그런 소리 들어본 적 없는데."

영감이 짐짓 생게망게한 척하는 게 아니라면 귀가 잘못된 것이다. 아니면 내 귀가 잘못되었나? 오지랖은 종잡을 수가 없 었다.

어쨌거나 보일러는 작동되는 듯했다. 김사또와 오지랖은 뜨거운 커피 한 잔 대접하며 공치사를 넉넉히 해주었다. 윤기술이 우쭐대고 뻐기는 동안에도 의심을 거두지 못했는데, 방안에 온기가 도는 걸 느끼고서야 진짜 고쳤나보다, 비로소 살았다 싶었다.

기쁨은 오래가지 못했다.

김사또는 윤씨에게 또 전화했다.

"이봐, 자네가 가고 얼마간 보일러가 잘 돌아갔네. 갑자기 벼락 치는 소리가 나는 거야. 원래 나던 소리보다 백배는 큰 소리가 났다니까. 우리 마누라는 지진 난 줄 알았대. 요새 우리나라도 지진 많이 나잖나. 그 지진 여기도 난 줄 알았대."

"무슨 말씀을 하시는 건지……"

"나가봤더니 보일러실에서 연기가 무진장 나는 거야. 큰불 난 줄 알았네. 방에 들어가서 마누라 둘러업고 나왔지. 너무 가벼워져서 허수아비를 업은 듯했네. 근데 불 같지는 않은 느낌이 든단 말야. 연기에서 냄새가 안 났어. 딱 감이 와서 두꺼비집부터 살폈어. 확실히 불은 아닌 것 같아. 불길도 안 보이고. 근데 벼락소리는 계속 엄청나. 우리집서 나는 소리를 동네사람이 다 들었대."

"저는 못 들었는듀."

"어기저기시 전화가 와. 휴대폰으로도 오고 집전화로도 오고. 무슨 난리 났냐고. 자네 빼고는 다 들었댜. 자네 집은 맨꼭

대기라 거기까지는 안 들렸나?"

"예, 못 들었슈."

"태어나서 그렇게 겁나기는 진짜 처음이었네. 덜덜 떨다가 보일러실 문을 열었어. 어마, 뜨거워라. 뜨거운 연기가 쏟아져 나오는데 아직까지 얼굴이 빨갛게 익어 있네. 정신 차려보니 그게 연기가 아니고 수증기였던가보네. 소리가 차차로 줄어들더니 지금은 아무 소리도 안 나네. 수증기도 다 빠졌고."

"보일러는유?"

"지금 보일러가 안 되고 있다는 말을 하고 있잖나. 도로 아오지탄광이네. 자네 도대체 무얼 자른 건가?"

"죄송해유. 지가 얼른 다시 가볼께유."

"됐네. 하도 속상하고 답답해서 전화해본 것뿐이여. 신경 끄고 잘 있게. 절대로 다시 오지 마!"

고쳐달랬더니 더 고장냈냐고 으르딱딱댈 염이었지만, 차마 엄동설한 뚫고 달려와 나름대로 애써준 사람한테 더는 야멸차게 쏘아붙일 수 없었다.

4

오지랖에게는 시내 사는 자식이 있었다. 작은아들네가 토요일 오전에 애들 데리고 들어왔다. 봐도봐도 또 보고픈 손자 손녀건만 쫓을 수밖에.

"애들 내리지 마라. 그냥 돌아가라."

집이 냉골 된 사연을 전하자, 작은아들은 펄펄 뛰었다.

"언제요? 엊그제요? 이틀이나 꽁꽁 어셨다고? 참 어머니 아버지도 답답하네. 당장 전화를 했어야죠."

"틈틈이 별일 아닌 거로 불러대는 것도 미안시럽고, 주말에 노상 들어오게 하는 것도 미안시럽고, 툭하면 아침나절부터 병원 데려다달라고 전화하는 것도 미안시러운데, 이런 걸로 전화할 수 있냐. 직장 나가는 사람한테. 너한테 전화해봤자 달라질 것도 없고. 니가 범인은 잡아도 보일러는 못 고치잖냐. 니 아버지도 다 잘한다고 설치지만 딱 한 가지 기계에는 어둡고 자신 없어하시잖냐. 전기 만지는 것도 용허지. 너 낳을 때만 해도 두꺼비집 근처도 못 갔다. 니 아버지 닮아서 니들이 하나같이 문과잖냐. 다 기계를 모르니께 이럴 때 아쉽기는 하다."

"보일러는 보일러고, 저희 집에 와 계셔야죠."

"우리집 놔두고, 자식 집에 어떻게 있냐."

"왜 못 있어요? 멀기를 하나, 시낸데. 우리집에 방도 많고 뭐가 문제예요?"

"소밥은 누가 주냐."

"저녁때 잠깐 제 차 타고 와서 주면 되죠."

"나야 간다 쳐도 느이 아버지가 가겠니?"

"어머니라도 기아죠."

"나만 갈 수는 없다."

"그러다 동사하면 어쩔 거예요? 환장하겠네. 빨리 가요. 저희 집으로."

"아녀, 견딜 만하다. 낮에는 마을회관에 가 있어. 거기는 뜨끈뜨끈하니까."

"그럼, 잠도 거기서 주무시죠. 왜 집에서 자요?"

"집 놔두고 어디서 자냐. 전기장판 있으니께 잘만 혀."

"전기장판 그까짓 게 등만 따습지. 허여튼 진짜 못 말려."

실은 등도 하나도 안 따습단다, 아들아. 그러게 마을회관서 잠까지 자면 될 텐데, 왜 꼭 잠을 집에서 자려고 하는 것일까. 네 아버지도 그렇고 나도 그렇고 집이 아니면 잠을 못 자니 무슨 까닭일까. 병원에서는 어떻게 잤냐고? 그러게 말이다.

"언제 고치러 온대요?"

"글쎄 모르지. 느이 아버지가 전화했는디 나한테 얘기 안 해줘서……"

아들은 안채 안방에서 덜덜 떠는 아버지한테 달려갔다.

"시베리아서 뭐하시는 거예요. 얼른 저희 집에 가요."

"싫다."

"안 추우세요?"

"얼어 뒈지겠다."

"수리기사는 언제 온대요?"

"물러. 다다음주나 올 수 있다는디. 고장나서 대기하고 있는 보일러가 수십 개랴."

"거기가 보일러 놔준 데예요?"

"인천 사람들이 놔줬는데 언제 오겠냐. 시내 아무 보일러 가게에다 부탁했다."

"놔준 데다 해야죠. 그래야 빨리 오죠."

"거기가 어딘지 몰라서……"

"계약서 어디 있어요?"

"안 보인다."

"잃어버리신 거예요?"

"몰러."

"보일러 팔러온 사람, 놔주러 온 사람들한테 전화번호나 명함 받아놓은 거 없어요?"

"없다."

"그런 거 꼭 챙기셔야죠. 그래야 이럴 때……"

"누가 너더러 보일러를 고쳐달래냐? 보일러 놓을 때 돈 한 푼 안 보태준 게 어디서 으르딱딱대."

"보일러 값 보태달라고 안 하셨잖아요? 저한테 말했으면 제가 자세히 알아보고……"

"나가라. 시끄럽게 하지 말고. 우리 일은 우리가 알아서 할 테니께."

아들은 이불 뒤집어쓰고 돌아눕는 아버지 왜소한 등짝을 무연히 바라보디기 디 밀하시 않고 나왔다.

만만한 어머니에게 따지듯 물었다.

"아버지 진짜 계약서를 못 찾으시는 거예요? 계약서 안 쓰고 사신 거예요?"

"계약서를 쓰긴 썼나벼. 이틀을 찾으셨어. 어찌나 성질내면서 찾던지 집 다 때려부수나 했다. 참 신기하지. 느이 아버지가 50년 전 영수증까지 보관하시는 분인디 그걸 잃어버리다니. 참, 별일두 다 있다. 못 찾은 것도 문제인디, 그걸 못 찾은 게 속상하셔가지고, 치매 걸렸다고 어찌나 징징대는지. 네 아버지가 자기 자신을 꾸짖는 소리 처음 들어봤다. 지금까지 그런 실수를 한 적이 한 번도 없으니께."

며느리가 한마디 보탰다.

"아버님, 사기당하셨네."

작은아들이 버럭 했다.

"무슨 말을 그렇게 해! 아버지한테는 절대 그런 말 하지 마."

며느리는 입술을 뾰족 내밀었다.

"속아서 사신 거 맞구만, 뭐."

오지랖은 야속했다. 며느리가 듣기 싫은 말을 곧잘 해도 내색 없이 참아왔지만 이번엔 그냥 넘어갈 수 없었다. 분명히 해두어야 했다.

"네 아버지 사기당하신 거 아니다. 나도 처음엔 느이 아버님이 사기당한 건가 의심했다. 하지만 알아보니 아니더라. 그 보일러 놓은 집이 육경면에만 50집이라더라. 우리집처럼 크게 문제 되는 집은 드물다더라. 전기세도 조금은 덜 나오는 게 맞고. 하필이면 우리집에 놓인 보일러가 문제인 거지, 보일러 자체는 괜찮은 물건인 거다. 하필이면 네가 산 차가 고장이라고 해서 그 차를 산 네가 사기당한 게 아닌 것과 같다."

처음 듣는 시어머니의 선생님 말투에 며느리는 무르춤했다.

오지랖은 아퀴 지었다.

"사기당하신 게 아니다. 잘못된 보일러가 하필 우리집에 놓인 게다."

며느리는 시어머니가 듣고 싶은 말을 해주었다.

"제가 잘못 말했어요, 용서해주세요."

아들은 보일러를 이리저리 살펴보았다. 한구석에 붙어있는 전화번호 하나를 찾아냈다.

"여기가 충청남도 안녕시 육경면 역경리 범골 115번지 김사또 댁인데요, 거기에서 보일러를 설치했다면서요? …… 문제가 있어서 전화한 거 아닙니까. …… 언제 적 놓은 거냐니? 여기 전화번호 박힌 스티커에 무상수리 5년간이라고 쓰여 있고만. 3년밖에 안 됐다고요. 이 최강한파에 보일러가 고장나면 어쩌란 겁니까. 당장 와시 고쳐요. …… 예약된 데가 많아요? 이봐요, 그러다가 우리 부모님 잘못되면 책임질 거야? 당장 와서 고치란 말입니다. 에이에스는 의무잖아요?"

아내가 어쩔 줄 모르겠는 표정으로 물었다.

"오빠, 아버님 이머님 우리십 가셔야 되는 거야? 하나도 안 치웠는데."

"걱정 마. 얼어죽을지언정 안 가실 분들이니까."

아들은 아버지와 어머니와 아내라는 세 줄기 폭풍우 사이에서 갈팡질팡하는 강아지처럼 어쩔 줄을 몰랐다. 차에서 잠들었던 아이들이 깨어나 내리겠다고 성화를 부리기까지 했다.

"안 되겠어요, 일단 돌아갈게요."

"아버지께 인사도 안 하고 가니?"

아내가 아버지를 뵙고 나오기를 기다렸다가, 아들은 시동을 걸었다.

오지랖은 멀어져가는 작은아들의 차를 서럽게 바라보았다.

"영감, 아들한테 안 좋은 소리 했어요?"

"자식한테 무슨 말은 못 해."

"에휴, 자기 성질에 무슨 좋은 소리를 했겠어요."

"왜 안 따라갔어? 당신이라도 따라가지."

"당신만 놔두고 어딜 가란 말요."

"열녀 났네. 점심이나 줘."

"회관 가서 먹읍시다. 쳐 죽겠는디 밥을 어찌 차리라고."

"아침밥도 차렸는데 점심을 왜 못 차려!"

"밥하기 싫다고요."

"굶을게."

"기다려요, 누룽지라도 끓여볼 테니께."

부부가 오들오들 숟갈질하고 있는데, 작은아들이 돌아왔다. 대문짝만한 전기난로를 끙끙 들여왔다. 처자들은 집에 내려놓고, 하이마트에 가서 최신형으로 가져왔다는 것이다.

오지랖은 고맙기는 했지만 좋은 말이 나오지 않았다.

"배달 안 해준다냐? 배달해줄 때까지 기다려야지, 우리가 금방 얼어죽냐? 벌써 며칠을 무사히 버텼구먼. 이걸 네가 무슨 힘이 있다고 혼자 들고 오냐? 허리 아프다는 놈이 저 큰 걸. 니 아버지라도 불러서 같이 들어야지. 네가 무슨 힘이 있다고. 야, 무슨 돈이 있다고 이 비싼 걸."

"누가 난로 사달라고 그랬냐. 이런 거 없어도 산다. 필요 없으니께 가져가."

김사또는 볼멘소리를 뱉어놓고 안채로 건너갔다.

오지랖은 남편이 머물렀던 자리에 종주먹을 들이대며 뒷말했다.

"어이구, 영감태기. 꼭 싫은 소리를 해야 직성이 풀리지."

올망졸망한 전기난로는 본 적이 있어도 이렇게 큰 전기난로는 처음이었다. 코드를 꽂고 1분도 안 돼 새빨간 열기가 따습게 퍼졌다.

"요 앞에서 꼼짝 마셔요. 주무실 때는 요렇게 방향만 좀 틀어주면 침대 쪽으로 가거든요."

"그려, 고맙다. 너밖에 없구나."

별안간 난로에서 픽 소리가 나더니 집 전체 전기가 나가버렸다.

김사또가 깜짝 놀라서 건너왔다. 전기난로 앞에서 망연자실

한 아들을 보고 상황을 파악했다. 보란듯이 전기난로 코드를 빼버렸다. 두꺼비집 스위치를 다시 올렸다. 전기가 들어왔다. 주방채로 도로 들어온 김사또는 구겨졌던 체면을 펴듯 타박했다.

"사도 저따위 걸 사냐. 그 나이 먹고도 생각이 없냐? 막걸리 한 병을 사더라도 이것저것 따져보고 사는데, 저 비싼 걸 사면서 아무거나 막 사 오냐? 사십 넘은 애가 돈 귀한 것도 플르고, 쓸 줄도 플러."

작은아들이 자기한테 심문하듯 하고, 경찰 조사하듯 설치고, 보일러설치회사에 전화 걸어 질책하고 부산을 떠는 동안 김사또는 의기소침했다. 자식 앞에서 항상 큰소리치고 살아왔는데, 처음으로 뒷전으로 밀려나 보릿자루가 된 기분을 맛보았다. 버럭 했더니, 속이 조금 풀렸다.

작은아들이 축 처진 꼴을 보고, 오지랖이 어깃장을 놓았다.

"저따위 보일러 산 사람도 있는데, 전기난로 가지고 시비래요"

이놈의 여편네가 늙더니 겁대가리를 상실해서는. 하마터면 아내 뒤통수를 막걸릿병으로 내리칠 뻔했다. 평생 아내를 구타해본 적이 없는데 그 전력이 아까워 겨우 참았다. 김사또는 분을 억누르느라 얼음처럼 차가운 막걸리를 들이켰다.

"으휴, 저 뱃속에서 나왔으니 저리 칠칠찮지."

남편이 휙 나가버리고, 오지랖은 부접 못 했다. 아들의 속을 무슨 말로 달래줘야 할까.

아들이 맥없이 웃었다.

"아버지 저러시는 거 하루이틀인가요. 다행이죠. 저한테라도 스트레스를 푸시니까. 엄마도 하고 싶은 말 꽉꽉 하세요. 아까 며느리한테 했던 것처럼. 풀고 사는 게 낫지 쌓고 사시면 병 걸려요."

"네가 어른이 되기는 했나비다."

"저, 마흔다섯 살이에요. 좀 큰 걸로 샀더니 역시나 문제네요. 작은 걸로 사 올게요."

"뭘? 난로를? 뭘 또 사?"

"그럼 어쩌자고요?"

"우리 땜시 돈 자꾸 써서 어떡하냐."

아들은 억눌렀던 분을 토해내듯 질렀다.

"지금 돈이 문제예요!"

오지랖은 한탄했다. 어디다 풀란 말이냐, 내 스트레스는. 다 힘들다고 징징대고 다 괴롭다고 난리이니 내 속상한 건 누구한테 쏟아내란 말이냐?

5

작은아들이 거듭 전화를 했다고 한다. 저번 전화에서는 하지 않았던 말을 했다고.

"이봐, 내가 누군지 알아? 안녕시 검찰청 조사과 아무개 계장인데……"

차례가 되었던 건지, 검찰청 운운이 효력이 있었는지, 수리 기사 두 명이 수요일 오전 아홉시 넘자마자 들이닥쳤다.

"댁들이 이 보일러 놓았던 사람들유?"

아닌 것 같지만 인사 삼아 김사또가 에멜무지로 물어보았다.

"그분들 예전에 그만뒀죠."

젊은 쪽이 대략 살펴보더니 타박부터 했다.

"그런 사이비기술자한테 고쳐달라고 하시면 어떡해요? 처음부터 우리한테 전화했어야죠!"

이것들이 늙은이를 만만한 콩떡으로 아나?

"똥 싼 놈이 방귀 뀐 놈한테 지랄인 겨? 니들이 똑바로 놨으면 아무 일 자체가 없었잖여?"

"우리가 안 놨다니까요."

"니네 회사 사람이 놓은 거니까 니들이 놓은 게 맞지! 연대책임 몰러? 그러고 니들이 와달라고 하면 바로 오는 것들이여? 이번에도 뭉그적거리다가 내 아들이 검찰청 조사과라고 하니께 겁나서 얼렁 달려온 거 아녀?"

"듣자듣자 하니까, 언제 봤다고 반말에 막말이셔? 늙으면 아무 말이나 막 해도 되는 법이라도 생겼나."

김사또가 먹살 잡고 팰 듯한 낯빛으로 으르렁댔지만, 젊은 쪽도 세상 험하게 살아온 듯 수그러들지 않았다. 늙은 쪽이 젊은 쪽 입을 틀어막듯 밀어내고 억지로 하하댔다.

"어르신 고정하셔요. 저 사람이 요새 월급을 석 달째 못 받아서 예민해요. 오늘 아침엔 사장놈한테 갑질 당해가지고 제정신이 아니에요. 어르신, 우리가 잘못 났다는 증거도 아직은 없잖습니까."

"내가 멀쩡한 걸 고장났다고 한단 말여?"

"어이구, 우리가 잘 보겠습니다. 추운데 들어가 계셔요."

김사또가 회관으로 가버리고, 젊은 쪽이 오지랖이라도 들으라는 듯 씩씩댔다.

"그 개새끼 진짜 무식하네. 자동온도조절장치 배관을 잘라버리면 어떻게 해? 그런 사람이 기술자라고? 미치겠네. 보일러가 무슨 경운기냐고. 열이 식어야 하는데 뜨거운 증기가 밖으로 나가지 못하고 안에서 쌓이니까 온도조절이 안 되잖아. 계속 온도 상승하니까 보일러가 터지기 직전이 됐잖아. 까딱했으면 모터까지 타버릴 뻔했다고."

두 수리기사는 호호 입김을 불어가며 두 시간가량 보일러와 씨름했다.

보일러 돌아가는 소리가 났다. 오지랖은 소리만 들었는데도 살 것 같았다.

"근데 밤에는 저 소리보다 백배는 심한 소리가 나요. 자정만 되면 대포소리가 났어요. 이젠 그런 대포소리도 안 날 테지요?"

안 보는 사이 늙은 쪽이 젊은 쪽을 잡도리했는지, 젊은 쪽은 벙어리인 양 입을 꾹 다물고 있었다. 늙은 쪽이 반문했다.

"엥, 그럴 리가요. 이 보일러 소리 거의 안 나는데. 아버님도 그렇고 그 성질 막 낸 아드님도 그렇고 소리 얘기는 안 하셨는데요?"

"우리 큰아들은 들었대요. 작은아들은 집에서 잔 적이 없어서 그 소리를 못 들어봐서."

"암튼 우리가 문제없이 고쳐놨거든요. 이제 아무 일 없을 거예요!"

젊은 쪽이 하도 성난 얼굴이어서, 오지랖은 밥 먹고 가라는 얘기도 못 했다.

한밤중이 되자 대포소리가 나기 시작했다. 소리가 문제인가, 추위로부터 해방되니 말로만 들어본 하와이에 온 듯했다.

이틀 후, 오지랖은 작은아들이 악쓰는 소리를 또 들어야 했다.

"이봐요! 그날 밤은 괜찮았거든요. 그런데 또 안 돌아가요. 보일러가 돌아가는 소린지 부서지는 소리인지만 엄청 나고, 온도가 하나도 안 올라간다고요. 진짜 이런 식으로 할 겁니까? 제대로 못 고쳐요? 당장 와서 고쳐요!"

도로 빙하기였다.

6

토요일에 온 젊은이 둘은 수요일에 왔던 이들과 다른 유니폼잠바였다.

"지난번에 온 분들은 설치회사고, 저희는 설치회사가 설치한 것을 에이에스 해주는 회사예요. 하청의 하청인 거죠."

오지랖이 부처님한테 빌 듯했다.

"누가 됐든 제발 확실히 고쳐만 주셔요. 미치겠어요, 미치겠어."

그들은 세 시간가량 열심히 뭔가를 했다. 연일 수십 년 만의 한파라고 시끄러웠고, 그중 추운 날이었다.

오지랖은 젊은이들이 안쓰러워 동동댔다.

"에효, 고생들이 자심허네요. 먹고사는 일이 참 어려워유."

방바닥은 기어이 따뜻해지지 않았다. 젊은이들이 두 손 들고 말았다.

"부품을 다섯 개나 바꿔보고 저희가 할 수 있는 바는 다했는데, 안 되네요."

김사또가 기가 막혀 물었다.

"고치러 와서 못 고치겠다고 하면 어쩌란 말여?"

"최선을 다했습니다. 보일러실이 문제인 것 같아요. 보일러 자체는 아무 문제 없는 것 같단 말이죠. 그니까 보일러실이라고 하기도 못하게 나무판자때기로 둘러싸 놓으셨잖아요. 바람을 하나도 못 막죠. 워낙 추우니까 그 차가운 바람이 그냥 들어와서 보일리 직동을 방해하는 거지요. 보일러가 돌면서 물을 끓여야 하는데 추운 바람 때문에 물을 못 끓이는 겁니다."

"그게 말이 되는 겨?"

"배관도 문제예요. 저 배관이 언제 깐 거죠? 이삼십 년은 됐지요? 썩을 수도 있고 어디에 구멍날 수도 있고 뭐가 쌓여서 막힐 수도 있습니다. 뜨거운 물이 흘러가다가 어디서 새거나 막혀서 안 돌면 당연히 방은 안 따뜻하죠."

"그런 걸 고쳐달라고 부른 거 아녀?"

"저희가 가서 알아보고 다시 오겠습니다."

"밥은 먹고 가야죠. 워낙 집이 추워서 염치없지만 난로 앞에서 먹으면 그럭저럭 먹을 만해요."

"고치지도 못했는데, 면목 없어서 못 먹겠습니다."

도망치듯 가버렸는데, 오후에 전화가 걸려왔다.

"아까 에이에스 하러 갔던 분들 보고 받고, 전화 드렸습니다. 보일러실 설치 및 새 배관을 하셔야 한다고요? 저희가 특별히 할인가로 40만 원에 해드리겠습니다. 계좌번호 문자 넣어드릴게요. 40만 원 입금하신 거 확인되면 즉시 설비팀을 보내도록 하겠습니다."

보이스피싱은 아닌 것 같았지만, 덥석 입금하기도 저어돼서 전전반측했다.

일요일 아침에 달려와 심문하듯 하는 작은아들에게 전모를 밝혔다.

"아버지 잘하셨어요. 이 미친 것들이 어디서 돈을 뜯어내려고 해."

이놈의 보일러 때문에 아들에게 큰소리 듣다못해 칭찬까지 받네. 김사또는 수렴청정하다가 밀려난 대비마마 심정이면서, 한편으론 작은아들이 대견했다. 부모 일이라면 옳건 그르건 잘했건 못했건 장례식장이든 지서든 경찰서든 죄 몰려가 따지고 싸우고 개기는 자식들이 있었다. 그 부모에 그 새끼들로 참 극성스러운 집안이구먼 밉보면서도 은근슬쩍 부러운 것이었다. 그게 효성인지는 모르겠으나 이성 상실하고 부모 두남두는 자식들이라니. 나에게도 그런 자식이 있다면 둘째뿐이라고 여겼다.

"둘째는 똑 나를 탁했다니까. 안 그려?"

"그려요, 걔 하는 짓이 딱 영감이요. 즈이 애들한테 성질내는 것 보면 딱 자기 젊었을 때요."

"사내라면 모름지기 그런 맛이 있어야지. 큰애는 자기 닮아가지고 유약해서는 쯧쯧."

이번에 나대는 걸 보니, 확실히 든든한 둘째였다.

아들은 소리부터 지르고 들었다.

"당신이 어제 우리 아버지한테 40만 원 얘기하신 그 여자분이십니까? 돈 보내라고 문자 보내신 분입니까."

"제가 어제 전화드렸습니다. 왜 40만 원이냐면요……"

"당신들 보이스피싱이야?"

"우리 정상 업체예요."

"그게 말이 됩니까? 그냥 고쳐줘도 참을까 말까 한데 40만 원을 더 내라고요? 당신들 사기꾼이야?"

"저, 그 여자분 아닌데요."

"방금 그 여자분이라고 했잖아요?"

"아네요, 저 아네요!"

"아니라고요? 그럼 그 여자분 어딨어요?"

"몰라요, 사라졌어요."

"좋아요, 그분은 됐고 과장이나 사장이나 있을 거 아닙니까? 이런 결정하시는 분, 담당자, 책임자 있을 거 아니냐고? 당장 그분 바꿔요."

여자는 전화를 뚝 끊어버렸다.

아들은 사흘 동안 스무 차례 전화를 했지만 계속 받지 않았다. 마침 인천에 출장 갈 일이 있어 직접 찾아가보려고 했다. 인터넷으로 발본색원해보았지만, 무슨 유령회사라도 되는지 도무지 그 에이에스 회사 사무실 주소를 찾을 수가 없었다.

7

예고도 없이, 귀띔도 없이, 또 고치는 사람이 왔다.

"스카이 본사 에이에스팀에서 나왔습니다."

김사또는 반갑고도 의심스러웠다.

"스카이라고요?"

"예, 스카이입니다."

"지금까지 왔던 사람 중에, 진짜 스카이는 없었는데, 다 스카이의 하청이라고, 하청에 하청이라고 했는데, 진짜 스카이라는 거요?"

"그랬을 겁니다. 다 하청업체죠. 파는 회사, 설치 회사, 고치는 회사. 처음부터 저희 본사로 연락하는 게 빨랐을 겁니다. 아드님이 일주일 전에 인터넷으로 신고하셨어요. 정말 고생 많으셨을 것 같네요."

김사또는 작은아들에게 고마우면서도 괜스리 부아가 났다. 아들에게 전화를 걸었다.

"야, 인마, 처음부터 스카이 본사로 신고를 했어야지! 배운 놈이, 거시기 있다는 놈이, 그런 순서도 모르냐?"

"아버지, 이번에도 안 고쳐지면 보일러 갈아야 돼요."

"누가 너더러 보일러 값 달라고 할까봐 겁나냐?"

오지랖은 헛웃음이 나왔다.

"감사하다고 혀도 시원치 않을 판에 왜 야단을 친대요?"

"어떤 아비가 자식한테 감사를 혀? 키워주고 가르쳐줬는데 이 정도도 못 혀?"

"부모가 무슨 벼슬이요?"

"요새 겁대가리를 완전 상실한 겨?"

"자기가 둘째한테 퍽 하면 성질내는 게 경우가 없어도 너무 없잖아요. 적반하상도 유분수지."

"나가! 가서 둘째랑 살아."

늘 두 사람 이상 왔는데, 혼자 온 기사는 보일러를 아예 해체하고 있었다. 추운 것은 말할 것도 없고, 깡깡 언 눈송이가 휘날렸다.

"정말 날이 드럽네, 드러워. 어쩔라고 다 들어내고 있대요?"

눈송이도 문제지만, 하필이면 기사가 일하는 자리가 처마 밑이었다. 고드름 몇 개가 기사의 등에서 부서졌다.

"아이구, 아프죠? 얼마나 아플래나. 고드름이 맞아본 사람은 알겠지만 겁나게 아픈 건디."

고드름 맺혔던 자리에서 물이 떨어져 기사의 등을 자꾸만 때렸다.

"워쩐댜, 워쩌. 집이 이 모양여 가지고. 그러지 말고 옷 갈아입읍시다. 우리 영감 작업복 내줄 테니까 거기에다 우비 입고 해요. 벌써 다 젖어서 감기 걸리겠네."

"말씀은 감사한데 유니폼은 벗으면 안 됩니다. 저희한테 군복 같은 거라. 근데 태어나서 처마 처음 봐요."

"맞아요, 농촌도 다 신식 집이지. 우리처럼 새로 짓지도 않고 새마을운동 때 그대로인 집은 드물어요. 지붕이라도 새로 한 걸 감사히 여기고 있어요."

오지랖은 제일 큰 우산을 가져와서 펼쳤다.

"서비스기사 비 맞는다고 우산 받쳐주는 어머님은 생전 처음 보네. 어머니, 들어가 계세요. 제가 맘 불편해서 일이 안 돼요."

김사또가 오지랖에게서 우산을 채갔다.

"이번엔 아버님이? 어이구, 왜들 이러셔요. 진짜 못 고치면 큰일나겠네."

"배관이 문젠가?"

"확실히 배관 문제는 아닙니다. 배관이 그렇게 쉽게 구멍나고 부서지고 삭고 그런 게 아니에요. 용액 한 방울만 떨어뜨리면 배관 청소도 다 됩니다. 제가 지금 그 용액 넣고 돌려놨거든요. 그걸로 배관 문제는 자동 해결될 겁니다. 자잘한 부품 한 개라도 문제 있으면 보일러 작동이 안 될 수 있습니다. 하나하나 뜯어서 살펴보겠습니다."

"고생이 자심혀."

"직업인데요, 뭐. 근데 저, 정말 괜찮거든요, 어르신들이 우산 받쳐주니까 부담스러워서 일을 못하겠네요. 제발, 들어가 계셔요. 너무 추워요."

두셋씩 와서 법석댈 때는 별로 미안스럽지 않았다. 혼자 와서 애쓰니 김사또와 오지랖은 여간 미안한 게 아니었다. 전에 왔던 이들은 어떻게든 끼니때 전에 끝내고 갔는데, 어느새 정오에 다다랐다.

"기사님, 점심 자시고 하쇼."

"벌써 점심때가 됐어요? 신경쓰지 마셔요."

"이 강추위에 남의 일도 아니구 우리집 일 하는 사람 놔두고 밥이 넘어가겠어요? 어서 같이 좀 떠요."

"저는 정말 괜찮아요. 배도 하나도 안 고프고요, 하던 일은 계속 하는 성격이에요."

"실은 같이 밥 먹자고 하면서도 염치없는 게 방이 워낙 추우니께, 그래도 난로 앞에서 뜨거운 국물이라도 잡수면 몸이 좀 풀리지 않겠어요?"

김사또도 나와서 거들었다.

"딴말 말고 먹으쇼. 우리집이 아무라도 오면 음료수 챙겨주고 밥때가 되면 꼭 먹여 보내는 집이여. 하물며 일 해주러 온 분인데."

"정 신경 쓰이시면, 시켜 먹을게요."

"시골은 배달 잘 안 해줘. 이 드러운 겨울에 누가 미쳤다고 배달을 혀."

"나가서 사 먹고 올게요."

"사 먹을 데도 없어. 짜장면 하나 사 먹을래도 20분은 나가야 돼. 거기 맛도 없어."

"진짜 안 됩니다. 고객님한테 밥 얻어먹으면 큰일납니다."

"뭘 그렇게 각박햐? 밥 한 끼 가지고."

"먹고 싶어도 제가 다 젖어서 방에 들어갈 수도 없어요. 방 다 버립니다."

"여기 대충 갈아입을 옷 있어요."

오지랖은 헌 잠바와 두꺼운 운동복 한 벌을 챙겨들고 있었다.

"정 그러시면, 일 다 끝내고 먹으면 안 될까요. 제가 아점을 먹어서 아직은 안 고프기도 하고 두 시간만 더 하면 일이 끝날 것 같습니다."

"증말 징그럽게 말 안 들으시네. 밥 먹고 하면 탈 나?"

"보일러 돌아가게 하고 따뜻하게 먹으려고요. 저는 추운 데서는 밥 못 먹습니다."

"그렇게 말해주니께 좀 편하네요. 허기는 추운 데서 먹으면 급체할 수 있어요. 우리야 적응돼서 괜찮지만 젊은이는 조심해야지요."

"에이, 젊은 양반 고집도 황소고집이네."

부부는 포기하고, 둘이서만 잘 안 넘어가는 밥을 억지로 삼켰다.

김사또가 회관 가서 낮잠까지 자고 와보니, 일이 겨우 끝나 있었다. 기사는 연장이며 교체한 부품들을 트럭에 싣고 막 갈 참이었다.

"밥 먹었소?"

"나가서 먹겠습니다. 바꿀 수 있는 것은 다 바꿨습니다. 지금은 보일러 돌아가는 것 같거든요. 이따 한밤중 돼야 알 수 있겠죠. 또 안 되면 아드님한테 또 신고하라고 하세요."

"아까 밥 먹고 가기로 했잖여. 어서 들어갑시다. 여편네는 손님 일 끝난 것도 모르고 뭐하는 겨."

"그냥 조용히 가려 했는데, 전 진짜 민폐 끼치기 싫습니다. 회사에서 알면 큰일나요."

"젊은 양반, 그러는 게 아녀. 늙은이들이 이 정도 간청하면 못 이기는 척 먹고 가는 거지. 아까 먹고 간다고 했잖어. 댁이 그냥 가면 내 마음은 그렇다 치고, 우리 마누라 한 달은 고시랑댈 거요."

기사는 더는 사양할 수 없었다. 출출하기도 했다. 축축한 유니폼 잠바와 바지를 벗고 오지랖이 마루에 내놓은 헌 잠바와 운동복으로 갈아입었다.

주방채로 들어갔다. 안은 안이었다. 꽁꽁 언 몸이 조금은 풀리는 듯했다.

"어머니, 보일러가 되는 것 같지요?"

"되고말고. 벌써 훈훈해요. 밤에 또 어쩔라나 모르지. 간자미찌갠데, 젊은 사람 입맛에 맞을는지 모르겠소."

오지랖이 여남은 반찬그릇 사이에 놓아주며 걱정했다.

"이건 뭐 진수성찬이네요."

"다 풀이지. 젓가락 댈 거나 있나요."

기사는 먹방 프로그램에서 연예인들이 먹듯이 허발했다.

"어머니, 너무 맛있어요. 진짜로 맛있어요. 한 그릇 더 주세요. 전 진짜 이런 밥 먹어본 적이 없어요. 이게 바로 고향의 맛이군요."

"시골에는 잘 안 가나보네. 아무리 각박하다지만 일꾼 밥은 주잖아요?"

"시골도 많이 가죠. 아무래도 시골 보일러가 잘 고장나니까. 근데 누가 이렇게 밥을 챙겨주나요. 밥을 챙겨주신다 해도 저희가 고객님한테 얻어먹으면 큰일나게 돼 있습니다. 하도 붙잡으셔서 먹는 건데, 진짜 먹기를 잘했네요. 어디 가서 이런 밥 또 먹어보겠어요."

"술도 한잔하셔요. 우리가 없는 술이 없어요. 우리집서 담근 동동주도 있어요."

"안돼요. 진짜 술도 한잔하고 싶은데, 운전해야 됩니다. 음주운전 걸리면 저 잘려요."

누가 밥 잘 먹는 것처럼 보기 좋은 모습은 없다. 오지랖은 흐뭇했다.

"기사님, 잘 먹어줘서 고맙소."

"제가 감사하죠."

"아니오, 내가 더 감사해요. 우리 자식들도 기사님처럼 돈 버느라고 고생하고 있을 텐데, 기사님이 밥 잘 먹는 모습이 내 자식들 밥 잘 먹는 모습 같아서 참 보기 좋아요."

기사는 다시 축축한 잠바와 바지로 갈아입었다.

"그냥 입고 가도 돼요. 우리 그 옷 없어도 돼요."

"말씀은 고마운데, 직장인이 유니폼을 입고 다녀야죠."

김사또가 흰 봉투를 내밀었다.

"이게 뭡니까?"

"기름값이여."

"안 됩니다, 안 돼!"

"몇 푼 안 되여. 혼자 와서 죙일 애쓴 게 미안시러워서……"

"김영란법 아시죠? 저 이거 받으면 진짜 큰일나요."

"우리가 아무 말 안 하면 되지. 젊은 양반이 너무 양심적이네."

"양심 때문에 그런 게 아니고요, 정말 겁나서 그래요. 아버님 어머님이 아무한테 말 안 해도 누군가는 알고 소문나게 돼 있어요. 세상이 얼마나 살벌한데요. 천 원짜리 한 장도 못 받습니다. 밥 먹은 것도 누가 알까봐 걱정인데, 돈은 절대로 받을 수가 없어요."

"대기업이 무섭긴 무섭구만."

"제가 회장 자식도 아니고, 알아서 기어야죠."

기사는 도망치듯 차에 올라 시동을 걸었다.

"어머니 밥 다시 먹으러 오고 싶네요! 농담예요, 농담. 보일러가 아무 문제 없어서 어머니를 다시 보지 말아야죠."

흰소리를 남겨놓고 기사는 멀어져갔다.

8

날이 풀렸다.

늙은이 사는 낙이 있다면 그나마 자식들 전화 받는 일일 테다.

자식들은 보일러 안부부터 물었다.

"보일러 무사히 돌아간다. 근디 잘 고쳐져서 그런 건지 덜 추워서 그런 건지 알 수가 없지. 그게 엄청 추울 때만 고장났잖냐. 2월도 다 가고 있는디 또 한없이 추울 일 있겠냐. 내년에 추워보면 알겠지. 암튼 죽다 살아난 겨울이었다. 설 때 아버지 앞에서 보일러 얘기는 보 자도 꺼내지 말아라. 노인네가 얼어 죽을 뻔한 것보다 보일러 때문에 체면이 많이 상했잖냐. 계약서도 칠칠찮게 잃어버리고, 뭐든지 독판쳐야 직성 풀리는 양반이 별로 할 수 있는 게 없었잖여. 애 봐라, 늙었다고 체면이 어디 가냐? 눈감을 때 남는 건 체면뿐이라는 말도 있잖냐. 체면이 뭐냐니? 것도 몰러. 그게 니들이 말하는 쪽인가 자존심인가 아니겄냐."

성공한 사람, 훌륭한 사람

1

인구 10만의 고장에, 서울사람 눈으로도 동네책방 푼수로는 봐줄 만한 서점은 시립도서관 기준으로 동서남북에 포진한 안녕책방, 바다서적, 오서서림, 성주문고 정도였다. 그중에서도 증조할아버지 어렸을 때부터 있었다는 안녕책방에서 노닐다가 성빈은 기절할 뻔했다.

어마어마하게 두꺼운 돈키호테가 있었다. 그것도 두 권짜리로.

곧 알게 되었다. 역경초도서관 역경중도서관 안녕행복도서관 안녕시립도서관 등에 있는 수십 종의 돈키호테가 어이없는 축약본이라는 것을. 그림책 같은 얄팍한 돈키호테들은 말할 가치도 없고, 삽화 적은 돈키호테들도 원래 소설과는 한라산에서 백두산까지만큼 먼 게 확실했다.

돈키호테만 그런 게 아니었다. 소위 세계명작들은 죄다 그 랬다. 어린이용, 청소년용, 성인용이 확 달랐다.

돈키호테와 쌍벽으로 저명한 책을 예로 들자면, 성빈이 읽 은 논술대비 초등학생을 위한 세계명작『레미제라블』인지『장 발장』인지는 검정콩만한 글자에 그림도 정신 사납게 숱해서 224쪽이었다. '자음과모음'에서 나온 '청소년 클래식'『레미제 라블』은 글자가 팥만 했고 삽화도 여러 장 되었는데 두 권짜리 로 총 548쪽이었다. '민음사'에서 나온 다섯 권짜리『레미제라 블』은 글자도 작고 일러스트 같은 것도 없는데 다 합쳐서 무려 2556쪽이었다.

성빈은 극도의 배신감에 사로잡혔다. 지금까지 밤 줍듯 읽 은 세계명작은 뭐였지? 끽해야 줄이고 줄인 어린이용을 읽고 자랑스러워했다니. 기껏해야 청소년용으로 무두질한 것을 읽 고 "나는요 세계명작 마니아예요!" 우쭐댔다니. 이러면 읽었다 고 할 수가 없잖아! 다 다시 읽어야 한다는 건가? 어느 세월에!

행복도서관에는 없지만 시립도서관에는 그 예쁘장한 벽돌 같은 돈키호테가 있었다. 두 권 모두 대출했다. 몇 장 넘겼을까 충격적인 문장과 마주쳤다.

결국 그 양반은 독서에 너무 빠져든 나머지 밤이면 밤마다 날 이 훤히 샐 때까지, 낮이면 낮마다 밤이 어둑어둑해질 때까지 책만 읽었는데, 잠은 안 자고 책만 읽는 바람에 머릿속 골수가 다 말라버려 마침내 정신이 이상해지고 말았다. …… 그리하여 자신이 읽은 …… 꿈같은 희한한 이야기들이 모두 현실이라고 굳게 믿게 되었다. …… 이야기보다 더 명확한 현실은 없다고 생각했고, 그런 이상한 생각에 심취한 나머지 마침내 자신이 원하는 바를 하루빨리 실천에 옮기기로 했다.

—『돈끼호떼1』(세르반떼스,민용태,창비, 2005) 45쪽

어린이용, 청소년용에서는 본 바 없는 문장이었다.

성빈은 절로 뱉었다. 나랑 똑같다!

성빈은 양반하고는 거리가 너무 먼 중3짜리였지만 돈키호테처럼 된 게 넉 달은 되었다. 유치원 때부터 밤낮을 가리지 않고 책만 읽었다. 눈 나빠진다고 책 좀 그만 읽으라고 혼나는 게 일이었다. 성빈도 스마트폰을 갖게 되었지만 게임은 아무 재미가 없었다. 오로지 책이 재미있었다. 초등 3학년 때 일찌감치 안경잡이가 되었고 해마다 도수를 높여왔지만 책을 멀리할 수 없었다.

작년부터 시력 떨어지는 것과는 비교할 수 없을 만큼 심각한 문제가 생겼다. 꿈의 기억인지 망상인지가 시도 때도 없이 출몰하여 지금이 현실인지 몽중인지 환상 속인지 헷갈렸다. 정말이지 '머릿속 골수가 다 말라버려 마침내 정신이 이상해지고' 만 것 같았다. 이 무슨 날벼락이란 말인가. 게다가 성빈은 자기가 생각해도 '이상한 생각에 심취'했다. 자기가 '원하는

바'가 정확히 뭔지 어렴풋했지만 '뭔가'를 실천하고 있었다.

시나 소설을 끼적거리는 거라면 차라리 나았을 테다. 각종 공모전에 투고라도 해볼 수 있을 테니까. 동네친구 팔방미처럼 운수 대통하여 낙서 같이 써낸 소설나부랭이가 모청소년문학상 예심이라도 통과한다면 어느 리조트에서 치러지는 삼박 사일 캠프에서 백일장 상은 못 타오더라도 실컷 놀다 올 수도 있잖은가. 하필이면 '연구'라니! 하지만 돈키호테처럼 연구를 멈출 수가 없었다.

최근 성빈이 연구한 것은 '1+1=1'이라는 명제였다. 종이와 글자가 만나 책이 된다, 남한과 북한이 통일되면 하나의 나라가 된다, 남자와 여자가 사랑하면 한 몸뚱이가 된다, 계란과 동태를 함께 부치면 동태전이 된다 등등 하나 더하기 하나는 하나라는 것을 증명할 수 있는 구체적인 증거를 천 개쯤 찾아냈다. 동네친구 팔방미는 "귀에 걸면 귀걸이 코에 걸면 코걸이 말장난"이라고 무시했지만.

2

노인회장님이 아는 사람 중에 누가 책을 가장 많이 읽었나요?

—책? 가장 많이? 저번 노래자랑 때 심사 본 교수, 걔가 책만 보는 애였어. 너도 책 좀 본다며? 네가 아무리 많이 보더라

도 교수 개한테는 못 미칠 게다.

교수요? 그럼, 할아버지가 생각하기에 교수는 성공한 사람인가요?

─똥 싸는 소리 한다.

성공한 사람이 아니라는 말씀이신가요?

─성공은 얼어죽을. 지금은 교수도 아니잖아. 짤렸잖아.

짤리기 전에는 성공한 거였죠?

─교수 따위가 뭐 성공이야. 돈 많은 놈이 성공이지. 교수 그것들 내가 보기엔 돈 많은 놈들 따까리야. 봐라, 최순실 딸내미 하나 때문에 줄줄이 감옥 가는 거. 힘없는 놈들인 거지. 힘 있는 놈들 걸레 노릇이나 하는 종자들이야. 똥닭개라고!

또 누구 없나요? 많이는 아니더라도 조금이라도 읽으신 분들. 노인회장님도 책 좀 읽으셨을 것 같은데요. 그러니까 회장님도 되신 거고.

─지랄한다. 나는 76년 살면서 읽은 책이 열 권도 안 돼.

정말요?

─농사꾼이 책 읽을 시간이 어디 있어.

아침부터 저녁까지 일한다고 쳐도 밤에는 시간이 되지 않나요?

─농사가 얼마나 힘든데. 지금은 기계로 다 한다지만 옛날엔 순전히 봄눙으로 굴러먹는 일이었어. 네 외삼촌 보면 알겠네. 네 외삼촌이 책 한 자라도 보는 거 봤어?

아뇨. 너무 바쁘셔서.

—그 사람이 겁나게 바빠 보이지만 부지런하다는 소리를 건성으로도 못 듣는 위인이야. 뭘 해도 모양새가 왠지 듬성듬성하잖아. 열심히 해도 표 안 나는. 헌데 이 할애비는 네 나이 때부터 부지런하다 소리만 들었어. 그토록 부지런했던 내가 부지런하지도 않은 네 외삼촌도 못 읽은 책을 어찌 읽었겠느냐? 농사꾼답지 않게 책깨나 보던 꿩타령이도 책 놓은 지 이십 년은 되었다더라.

꿩타령요? 저어기 돼지 키우시는 분요? 그분은 얼마나 읽었는데요?

—한 백 권은 읽었을걸.

할아버지가 아는 사람 중에 가장 성공한 사람은 어떤 분이신가요?

—텔레비에 나오는 놈들.

텔레비에 나오는 분들 말고요, 할아버지랑 가까운 사람 중에. 그러니까 이 마을 분이나 할아버지 친구분.

—검찰총장 아니겠냐. 대통령하고 사이가 나빠서 석 달도 못 채우고 옷 벗었지만.

그분 전화번호 아세요?

—내가 어떻게 아냐?

그분 전화번호 알 만한 분 계세요?

—모른다. 내가 그놈의 집안하고 상종을 안 했다.

검찰총장 그분도 책을 많이 읽었을 것 같은데요. 그러니까 그런 높은 사람이 됐죠.

—지랄한다. 책 읽었으면 검찰총장이 됐겠냐? 법전만 죽어라고 파도 되기가 하늘의 별 따기처럼 어렵다는 것이 검사야. 검사 되고 나서도 승승장구, 죽죽 높아지려면 책 읽을 시간이 어디 있었겠어? 죽기 살기로 사람이나 잡았겠지.

제가 직접 만나뵙거나 통화라도 해볼 수 있는 분들 중에서는 없을까요? 성공하신 분.

—마을회관에 와서 제 아들 자랑만 주구장창인 늙은이가 있어. 그 늙은이 말로는 그 잘난 아들놈이 수원에서 커다란 마트를 세 개나 한대. 직원이 도합 삼백 명은 된다나. 삼백 명한테 월급 주는 사장이면 성공이냐?

그 정도면 성공 아닌가요?

—일요일에 그 늙은이 팔순잔치가 있어. 그 사장아들도 오겠지. 직접 물어보든가. 한데 웬 해괴한 질문질이야? 장기나 한판 둬.

제가 뭘 좀 새로 연구해보려고요. 책을 많이 읽으면 훌륭한 사람이 된다고 하잖아요? 진짜로 그런가 해서. 제 생각엔 별로 그런 것 같지가 않아서요. 박근혜 보세요. 책 많이 읽었으면 그랬겠어요? 최순실도 책 많이 읽은 아줌마 같지는 않고.

—야, 이놈아! 대통령이 네 친구나?

한 판 둬요. 안 봐줍니다.

3

이 고장에는 높은 취업률을 보장하는, 도내에서도 알아주는 실업고가 넷 있었다. 대학 다닐 형편이 못 되거나 공부를 지지리도 못하는 청소년만 가는 학교라는 이미지가 무슨 못된 전통처럼 면면히 이어져온 게 사실이다. 아비와 어미가 어디서 무엇 하는지도 모르고 옆집 사는 외삼촌의 가호 아래 할머니랑 사는 성빈이 농업·정보·산업·수산 과학고 중에 장학금 최고로 받을 수 있는 곳으로 진학하겠다는 포부는 소문거리도 못 되었다.

하지만 역경리 최고 부자로 통하는 큰면장의 막내딸 팔방미가 상고(정보과학고로 바뀐 지가 어언 십수 년이건만 여전히 상고 소리를 들었다) 아니면 고등학교에 안 가고 검정고시 치르겠다고 나대는 것은 가정·학교·삼동네뿐만 아니라 시내까지 떠들썩하게 만들었다.

성빈은 진정 성질이 났다. 내 친구 팔방미야, 못하는 게 없는 팔방미인 팔방미야. 내가 어렸을 때부터 만날 너한테 얻어터졌지만 성질 한번 안 부리고 네 '딸랑이' 노릇에 충실했다. 책 읽다가도 네가 부르면 당장 달려가서 싸우라면 싸우고 구르라면 구르고 까라면 깠어. 네가 사고 친 거 고자질한 적 없어. 너한테 맞을까 겁나기도 했지만 진정 너를 아꼈기 때문이야. 그런데 처음으로 너한테 화가 나. 가고 싶어도 못 가는 애들 염장 지르냐? 네 집이 돈밖에 없는 집인데 빨리 사회 나가서 돈이나 벌겠다니, 그게 부잣집 딸이 할 소리냐? 차라리 해외유학을 가라. 네가 가겠다면 안 보내주시겠냐.

—부잣집 딸은 상고 가면 안 된다는 법이라도 있니? 그리고 우리 아빠 부자 아니라니까. 지금 소 천 마리 있는 거 싹 정리한다고 치자. 은행 대출, 밀린 사료값, 그 외 각종 빚 몽땅 땡처리 하면 남는 게 없어. 내가 물려받을 게 없다고. 십년지대계. 나도 아빠처럼 자수성가할 거야. 나중에 돈 벌어 대학 가면 되지 뭐. 내가 걱정이 아니라 네가 걱정이다. 책밖에 모르는 애가 실업계를 어찌 다니니? 우리 아빠한테 부탁할까? 너한테 장학금 좀 대주시라고!

친구야, 넌 내가 자존심도 없다고 생각하지?

—자존심은 개뿔. 미친 연구는 잘 돼가?

내가 여쭌 거에는 대답 한마디도 안 해주시고, 팔방미 걔는 왜 삐딱선이냐? 소꿉친구인 너는 알 것 아니냐 꼬치꼬치 캐물으신다니까. 어른들은 네가 사내가 아닌 걸 믿을 수가 없나봐. 나도 믿기 힘들지만.

—네가 요새 좀 안 맞았지.

살려주세요.

—농사짓고 소 키우는 분들한테 책을 물으니 무슨 대답을 하시겠냐. 남극 펭귄한테 걸그룹 '소녀시대' 아냐고 묻는 거나 똑같지. 근데 이번 연구는 도대체 무얼 연구하겠다는 건지 소

꼽친구인 나부터 이해가 안 가.

봐봐, 너하고 나, 누가 훌륭한 사람이 되겠니? 우리가 뭘 하면서 사는지는 알 수 없지만, 누가 더 성공한 사람이 되겠니?

─그야, 당연히 나지.

그렇지! 나도 그렇게 생각해. 너는 매사에 창의적이고 적극적이고 진취적이고 게다가 아버지가 부자고 성공 안 할 수가 없잖아?

─너도 할 수 있어. 책 그만 읽으면.

그런데 봐라, 나는 책 겁나게 읽었지. 너는 책 별로 안 읽은 거 인정하지?

─재미가 하나도 없어. 중학교 다니면서 그거 하나는 좋더라. 책 읽으라는 소리 안 들어서.

앞으로도 책 읽을 것 같지 않지?

─당근. 재미있는 일이 얼마나 많은데.

나는 책만 읽었잖아. 앞으로도 그럴 것 같고.

─그래, 너는 책 읽다가 뒈질 거야.

그러니까 독서가인 나는 성공한 사람 훌륭한 사람이 될 수 없다, 책을 거의 안 읽는 너는 성공한 사람 훌륭한 사람이 된다 이런 결론이 나오잖아. 나는 이게 진리인 것 같아. 근데 선생님들은 그렇게 말하지 않지? 책을 많이 읽어야 더 나은 인간이 된다고 우기잖아?

─그만. 오늘따라 네 얘기를 너무 많이 들어준 것 같다. 한

마디만 더하면, 이거 뭐야, 무기 같네. 돈키호테? 이걸로 한 대 시원하게 때려줄란다.

4

별명이 왜 꿩타령이세요? 도무지 감이 안 잡힙니다.

─창문을 봐라. 훤하지. 별의별 새들이 영화 화면처럼 보였단다. 그중에서도 꿩들이 참 볼만했거든. 원앙새가 금슬이 좋다고 들었는데 꿩도 만만치 않더구나. 장끼랑 까투리랑 다정히 붙어서 놀고 사랑하고 그 모습이 참 아름다웠지. 점심 먹을 때 그렇게 행복할 수가 없었다. 꿩들 노는 게 그냥 반찬이야. 인간 말종들이 나타나 총질을 해대는 거야. 산골짜기라도 엄연히 남의 집 앞이잖아. 막 쏘아대. 볼 때마다 야단쳤지만 한계가 있잖아. 하루는 장끼 한 마리가 날아오더니 창문을 들이받더라고. 총을 맞은 거였어. 그때부터 꿩들이 안 와. 꿩 보는 재미로 살았는데 꿩들이 안 와. 방방곡곡에 소문났나. 여기 오면 총 맞는다고. 쥑일 놈의 엽사새끼들. 이 얘기를 노상 해댔더니 꿩타령이라더구나.

삼동네에서 교수 아저씨 다음으로 책을 많이 읽으셨다고 하던데요.

─옛날에 많이 읽었지. 이것서것 닥치는 대로 읽었지. 심지어 시집 같은 것도 읽었다. 읽고 있으면 쓰고 싶어져. 너, 신춘

문예라고 아냐? 내가 거기에 투고도 하고 그랬어. 결혼 전까지는 그래도 꾸준히 읽고 썼는데. 결혼하니까 불가능해. 내 시간이란 게 없으니까. 세 살 버릇 여든 간다는 말도 틀린 구석이 있어. 독서가 20년 버릇이었다. 한데 한 번 안 읽기 시작하니 계속 못 읽어. 내가 허리 디스크가 좀 심해. 두 달 입원했을 때, 푹 쉬면서 책 좀 읽자, 이런 각오를 하면 뭐해. 안 읽어져. 병원도 참 시끄럽고 집중이 안 돼. 나도 벌써 환갑이 훨씬 넘었잖냐. 이 나이쯤 되면 한가로이 책이나 읽고 있을 줄 알았는데, 아직도 돼지 수발드느라 눈코 뜰 새 없는 신세구나. 허리만 아프냐, 눈도 완전 맛이 갔어. 인제 누가 한 권 당 십만 원씩 준다고 해도 읽을 수 없는 신세가 되었구나. 하고 보니 책 읽던 시절이 내 인생에서 으뜸 빛나던 때였을까. 성빈아, 네가 이미 많이 읽었다는 소문은 들었다만 더 많이 읽어놔라. 나이 먹을수록 못 읽는다.

아저씨는 성공하신 거지요? 돼지가 천 마리고 차도 두 대 있고 기계도 많으시고 큰 따님은 선생님이 되셨고 집도 엄청 크고.

─성공이라고 그랬냐? 성공이라. 시골에서 이 정도 안 큰 집이 몇 집이나 돼? 요새 차 없는 축산가가 어디 있어? 트럭 없이는 아무것도 못 해. 집이고 차고 기계고 다 대출 낀 거고. 우리 딸들이 참 고생이 많았어. 나도 알거든. 돼지냄새 지독한 거. 우리끼리야 다 무슨 냄새 나는 사람들이니까 상관없지만

애들은 다르잖아. 애들을 아무리 잘 씻겨 보내도 코 밝은 애들이 놀린다는 거야. 돼지냄새 난다고. 딸들이 다 착해서 별로 내색 안 했지만 그 마음들은 오죽했겠나. 그래, 큰딸이 교사가 되었지. 그 어렵다는 선생님이 되었어. 마을 잔치 수준으로 한턱 쐈지. 육십 평생 그렇게 자랑스럽기는 처음이었다니까.

성공하신 거네요.

─성공과는 거리가 멀다. 잘 버텨낸 정도. 참 이상한 일이구나. 성공했냐고 물으니까 자꾸 실패한 일만 떠오르네.

실패 많이 하셨어요?

─그럼. 내가 한때 별명이 실패꾼이었다니까. 또실패(정지주 아들 정지도의 별칭)만큼은 아니었지만. 젖소, 과수원, 하우스……. 아들도 없고. 또실패 그 양반이 하도 실패를 많이 해서 육경면 최고의 실패왕으로 행세를 하지만, 그 정도 실패 안한 촌사람이 어디 있냐. 실패왕한테는 해결사 마누라라도 있지, 우리집 마나님은 워낙 공주과라.

5

도서샘은 반색으로 맞아주었다.

─우와, 3년 만에 보네. 자빠지면 코 닿을 거리잖니. 왜 한번도 안 왔어. 지금도 책 많이 읽지?

선생님, 아직 이 학교 계시네요.

―갈 데가 없어. 오라는 데도 없고.

사서도 아직 맡고 계셔요?

―하겠다는 사람이 없어. 나밖에.

성빈은 연구 취지를 설명하고 덧붙였다. 기록적으로 책을 가장 많이 읽은 어린이, 지금은 어른이 된, 그런 분들을 혹시 알 수 있을까 해서요. 초등학교 때 책을 많이 읽었으면 그후로도 계속 많이 읽지 않았을까요? 그분들 중에 혹시 검색될 정도로 성공한 분이 있지 않을까 해서요.

―성공을 운운할 정도면 나이가 사오십은 돼야잖아.

제가 다닐 때 이달의 독서왕, 올해의 독서왕 같은 것을 뽑았잖아요. 제가 늘 타먹어서 죄송했어요.

―네 잘못이 아니야.

옛날에도 그런 게 있지 않았을까요?

―나도 궁금타. 네가 한번 찾아볼래?

샘은 자료보존실의 열쇠를 내주었다. 성빈은 꼬박 두 시간을 뒤져 노트 하나를 찾아냈다. '역대 다독 어린이'라는 표지가 붙어 있었다. 사서를 맡았던 어떤 샘이 심심풀이로 꾸민 수첩 같은 것이었다. 도서관이 개관한 1982년부터 2005년까지 유난했던 어린이 독서가들에 대한 신상명세, 행태, 품평, 독서량, 교내외 글쓰기대회에서 거둔 수상실적 등이 두서없이 적혀 있었다.

성빈은 첫 쪽에서 잘린 교수의 이름을 발견했다. 기록에 따르면 교수는 1982년과 1983년 두 해 연속으로 대출왕이었다. '심지어 방학 때도 등교하다시피 해서는 쉬지 않고 읽었다. 문 닫기 직전까지 읽었고 밤에 읽을 책을 세 권씩 빌려갔다. 책을 많이 읽으니 글도 잘 쓸 것 같았지만 워낙 악필이었다. 글을 잘 쓰는지 못 쓰는지 판단 불가능한 글씨였다. 우리 학교 독서왕 중에 유일하게 시청 글쓰기대회에서 동상 한 번 못 타봤다.'

교수를 능가하는 독서가가 출현한 것은 1992년이었다. 별 명이 독귀신이었다. '졸업하기 두 달 전이었다. 선생님, 도서관 책 다 읽었어요. 혹시 선생님 댁에 책 없나요? 방학 동안 내 집 에 있는 책 천 권을 다 읽어치웠다. 내가 이 요상한 글을 쓰게 된 것은 순전히 독귀신 녀석 때문이다. 커서 뭐가 되려는지, 이 아이의 놀라운 독서력을 기록해두고 싶었다. 녀석은 글도 잘 썼다. 산지사방에서 타온 상장이 휴지 같았다.'

이후로 독귀신을 능가하는 독서가는 없었다.

사서샘은 '독귀신'이 누군지 알았다.

—얘, 내 친구야. 고등학교 때 독서동아리도 같이 했어. 지 금 잘나가는 박사야. 아직 교수는 못 되었지만 책도 한 열 권 은 나왔어. 엄청 두껍고 어려운 책이라 나는 끝까지 읽어본 적 없지만. 거, 도올 김용옥씨 있잖아, 아, 너는 아직 모르나? 암튼 도올처럼 독창적인 데가 있더라고. 지금은 티브이에 안 나오 지만 걔도 언젠기는 디브이에 나와서 설민석처럼 유명해질걸. 설민석 알지?

〈무한도전〉에서 봤어요.

—그래, 그 사람.

연락처 아시나요?

—그런 유명한 애랑 아직도 연락이 되겠니. 걔는 잘나가는 한문박사 역사박사고 나는 촌구석 선생인데.

샘은 몇 번의 통화 끝에 독귀신의 전화번호를 알아냈다.

—혹시 독귀신? 야, 목소리 그대로구나. 나, 여고 다니던 묘순이. 우와, 기억해줘서 고맙다. 너처럼 훌륭한 사람은 나 같은 애는 기억 못하는 줄 알았지. 네 책 다 사봤다. 뭐가 그렇게 어렵냐? 대중적인 글쓰기, 어쩌고 해서 요새는 다 쉽게 쓰던데, 설민석 봐라, 막 쉽게 쓰니까 잘 팔리고 잘나가잖아. 너도 좀 쉽게 써봐라. 내가 지금 박사한테 가르치고 있네. 미쳤어, 미쳤어. 너도 텔레비전에 나왔어? 언제, 무슨 프로그램이야?

사서샘은 20분은 더 왈왈댄 뒤에야 성빈에게 질문할 기회를 주었다.

박사님께서는 성공하셨나요?

—너 어디 아픈 애냐?

죄송합니다.

—다른 건 모르겠는데 내가 성공 안 한 건 확실해. 한 달에 2백도 못 벌어. 역사보다 애 학원비를 더 걱정한다. 죽지 못해 산다.

성공은 안 하셨을지라도 훌륭하신 분인 거 맞지요? 박사 학위를 두 개나 따셨으니까.

　─박사가 뭐? 요샌 개나 소나 다 박사야.

　훌륭하신 건 맞지요?

　─내가 좀 훌륭하긴 하다. 하지만 남들이 그리 안 보니까 문제지. 제 스스로는 훌륭한 사람이 얼마나 많겠는가. 하지만 남들이 알아주지 않으니 그건 훌륭한 것인가 아닌가. 묵자가 말씀하시기를, 너 묵자 알아?

　공자, 맹자, 순자 그때 분이시죠?

　─오호, 너 책 좀 읽었구나! 내가 '묵자' 하면 뭐 먹자고 까부는 중학생들 때문에 내가 아주 미친다니까. 나처럼 훌륭한 한학자가 중학생들 과외나 해서 먹고산다니 이게 정녕 나라인가!

6

　성빈이 다니는 중학교는 전체 학생 수가 92명이었다. 옛날에는 한 학년에 150명이었다는데 탄광이 없어진 후로 확 줄었단다. 이번 3학년은 유독 학생 수가 적어서 남자 열셋, 여자 열둘로 달랑 한 반이었다. 교장 교감 보직교사까지 교사가 열넷이었다. 열네 분 중에 책을 가장 많이 읽은 사람은 당연히 국어 샘 아니겠는가.

　질문이 있어 왔습니다.

─네가 혹시 괴력나발이니?

이성적으로 설명하기 어려운 불가사의한 존재나 현상을 괴력난신(怪力亂神)이라고 한다는데, 괴이(怪異)와 용력(勇力)과 패란(悖亂)과 귀신에 관한 일도 이성적으로 설명이 가능하다고 헛소리를 남발하고 다니다가 얻은 별명이었다.

어떻게 아셨는지요?

─척 보면 삼천리지. 전 국어샘이 그러더라고. 소피스트 같은 애가 하나 있다고. 반갑다, 나도 소피스트과야. 네가 뭘 물어도 당황하지 않을 거야.

국어선생님은 국어선생님이시니까 책 많이 읽으셨죠?

─별로 안 읽었는데.

그러면 어떻게 국어선생님이 되셨어요?

─공부해서.

책은 별로 안 읽어도 되는가보지요?

─선생 되기가 쉬운 줄 아니? 임용고시 장난 아니게 어렵다. 한화 이글스가 우승하는 것보다 어려워. 책 같은 거 읽을 시간이 없다.

저는 국어 선생님들은 책을 많이 읽는 줄 알았어요. 국어를 가르치시니까.

─선생 된 뒤부터는 많이 읽지. 가르쳐야 하니까. 읽은 척은 해야 하니까.

얼마나 많이 읽으시는데요?

—너는?

제가 초등학교 때는 많이 읽었는데, 중학생 되니까 시간이 참 부족합니다. 방과후 수업 받고 숙제하고 나면 제 개인시간이 서너 시간 될까 싶은데, 게임도 좀 해줘야 하고, 텔레비전도 좀 봐줘야 하고, 연구도 해야 하고, 책 읽고 싶은 마음도 예전 같지 않고. 그래서 월간 열 권도 못 채우는 지경입니다.

　—나보다 많이 읽네. 나는 월평균 댓 권이야. 정말 책 읽을 시간이 없어. 내가 선생 하러 왔지 공문 만들러 왔냐고. 별의별 걸 다 만들라고 하니 언제 책을 읽어. 미친다, 미쳐.

선생님은 스스로 성공했다고 생각하십니까?

　—아니. 망했어.

선생님 나이에 선생님 5년차이시면 성공하신 거 아닙니까?

　—나보다 못한 애들도 있지. 아직도 임용고시 공부중이고, 학원강사나 하고 있고. 하지만 사람이 자기보다 못하다고 생각되는 쪽을 바라보기가 쉽지 않아. 왜? 도 닦는 사람이 아니니까. 항상 나보다 잘나간다고 생각되는 쪽을 바라보게 된단 말이다. 나보다 먼저 돼서 호봉이 더 높은, 이런 깡촌 말고 대도시에 있는, 빽 있는, 벌써 결혼해서 애 낳은…… 그 친구들을 시기질투하며 산다. 옛날에 〈질투는 나의 힘〉이라는 영화가 있었지. 정말 그래, 질투가 나의 힘이야.

그러니까 성공하셨다는 건지 못하셨다는 건지?

　—성공했다고 스스로 생각하는 순간 그 사람은 끝난 거야.

여기까지면 되었다, 여기가 내가 이룰 수 있는 최고의 성취다, 이렇게 생각하는 순간 그 인생은 끝난 거야. 내가 비루하게 살고 있지만 나는 나의 허영심, 질투심이 마음에 들어. 포기하지 않았다는 거니까.

그럼 혹시 아시는 분 중에, 누가 보더라도 선생님보다 더 읽으신 분이나, 스스로 성공했다고, 훌륭하다고 자부하는 분들 계신가요?

—많지. 백 명은 돼.

텔레비전에 나오는 분들 말고요.

—다 이 고장 사람들이야.

농담이시죠?

—내가 중3짜리하고 농담 따먹기 할 사람으로 보이니?

7

주먹구구식으로 몇 분을 찾아뵙고 명쾌하지 않은 대화만 나눈 성빈은 대오각성했다.

무작정 찾아다녀서는 안 되겠어. 체계적이어야 해.

설문지는 쉽게 만들었다.

〈육경면의 훌륭한 분 및 성공한 분들의 독서 실태 조사〉라는 제목으로 출생년도, 직업과 직책, 취미 및 특기, 무슨 님이 되기 전까지 읽은 책의 권수, 무슨 님이 된 후 읽은 책의 권수,

청소년에게 가장 추천해주고 싶은 책 3권 등과 같은 단답형만 있는 게 아니었다. 청소년이 책을 읽어야만 하는 까닭, 내세우고픈 독서경험담, 책을 안 읽는 사람에게 하고 싶은 말 등과 같은 주관식도 있었다.

난관은 '훌륭한 분 및 성공한 분'의 기준이었다.

돈으로 하자니 백만 원짜리 수표도 본 적이 없는 성빈으로서는 얼마까지를 성공 혹은 훌륭함으로 봐야 할지 막막했다. 한 10억으로 설정한다 쳐도 어떤 어른이 얼마를 가졌는지 무슨 수로 알 수 있단 말인가. 얼마 가지고 있다고 선선히 밝히는 어른을 본 적이 없다. 빚 많다고 자랑하는 어른은 무수히 보았다. 부자 소리 듣는 분도 은행 빚이 몇억이라고 징징대지 않는가.

됨됨이가 탁월하신 분이 훌륭한 분일 테다. 같은 말 같기도 하고 다른 말 같기도 한 인격, 인품, 인간성의 기준은 또 어떻게 잡아야 하나. 열 명 중 일곱 명 이상이 칭찬하는 분? 욕하는 세 명의 말에도 일리가 있다면? 욕설의 사용 빈도로? 보는 데서는 도인 같고 안 보는 데서는 망나니 같은 경우에는? 술 먹었을 때 개가 되는 분의 경우 개가 되기 전을 인격으로 볼 것인가 개일 때의 상태를 인격으로 볼 것인가. 훌륭함을 따지는 문제도 답이 나올 것 같지가 않았다.

성공 역시 그렇다. 도대체 어느 정도를 성취해야 성공이라 할 것인가?

성빈은 이박삼일 머리 터지게 고민한 끝에 비로소 해결책을 찾았다.

보기에 따라 생각에 따라 판단이 다를 수밖에 없는 돈이니 성공이니 훌륭함이니는 묻지도 말고 따지지도 말자. 구체적으로 가자.

하여 성빈은 '훌륭한 분 및 성공한 분'의 조건을 다음과 같이 설정했다.

면사무소 치안센터 소방서 주민자치센터 보건소 농협 등의 '장'.

주민자치위원회 초 · 중학교동창회 등 유력 단체의 '장'.

초등학교와 중학교의 '사' 및 '장'.

직원이 다섯 명 이상인 업체의 '장'.

논이나 밭을 쉰 마지기 이상 소유한 농부.

과수원 비닐하우스 화원 등의 주인.

소나 돼지나 염소를 삼백 마리 이상, 가금을 만 마리 이상 소유한 축산가.

식당 다방 슈퍼 미장원 이발소 등의 주인.

지금은 아니지만 과거에 위의 조건을 충족했던 분들.

위의 어떤 사항에도 들지 않지만 설문 받은 분들이 훌륭하다거나 성공했다고 추천한 분.

이 정도면 그물망 아니겠는가. 이 정도 기준이면 육경면에서 훌륭하거나 성공했다고 할 만한 분을 어떤 식으로든 만날 수밖에 없지 않겠는가.

훌륭한 분들이라 그런지 당돌한 중학생을, 우리집 애들도 질문 한 번 안 하는데 나 같은 사람한테 궁금한 게 뭔지 모르겠지만 어른에게 여쭈어 배우려는 네가 참 기특하구나, 아직도 이런 청소년이 있다니 갸륵하구나, 나는 어른이니까 모르는 게 없어 뭐든지 물어보거라, 하는 살가운 낯빛으로 맞아주었다.

설문지를 보여드리자, 십중팔구 안색이 변했다. 십중팔구 설문을 사양했다. 다양한 말씀으로 거부했지만, 몇 가지 말로 정리할 수 있었다.

─미안하다. 난 훌륭하지도 않고 성공한 사람도 아니다.

─책이라는 말만 들어도 골치가 띵하구나.

─갑자기 바쁜 일이 생겨서 다음에.

─되는 일이 없어 환장하겠구만 별⋯⋯.

설문에 응해주신 몇 분도 대개 성의가 없었다. 마지못해 단답형에만 숫자를 툭 뱉거나 찍익 써주었다. 주관식에는 쓰지도 말하지도 않으려고 했다. 쓰기든 말하기든 생각이란 걸 해야 되는데, 그 생각하는 게 되게 싫은 모양이었다. 하기는 우리 배우는 학생들도 생각해서 답 쓰거나 말하는 거 무진장 싫어한다. 학생도 아닌 어른들의 귀찮음이 오죽하겠는가.

그래도 무려 아홉 분이 성실하게 답해주고 녹취까지 허락해주었다. 면장님, 주민자치위원회 위원장님, 보건소장님, 중학교교장샘, 중학교동창회장님, 전충청남도부지사님, 전육군소장님, 농공단지에서 직원이 스무 명도 넘는 짚공장을 운영하는 박사장님, 냉풍욕장을 개발하고 운영해온 조사장님.

성빈의 예상을 으뜸 배반한 것은 선생님들이었다. 선생님 정도면 당연히 훌륭하거나 성공한 거라고 믿어왔는데, 그 어떤 선생님도 인정하지 않았다. 교장샘마저도 이런 시골학교 교장으로 머물러 있는 자기가 한심하다는 듯 자조하는 어투가 역력했다. 국어샘처럼 대놓고 자학하는 샘은 드물었지만 확언컨대 자기가 성공했다고 믿거나 훌륭하다고 자부하는 샘은 단한 분도 없었다. 겸손으로 보이지가 않았다. 시골 학교에 있다 보니 자존감이 완전 졸아들 계신 듯했다.

8

인터넷을 열심히 뒤져보니, 책을 많이 읽고, 스스로 성공했다고 자부하지는 않더라도 현재의 삶에 만족할 것 같은 분들이 역경면에는 거의 없었지만, 안녕시 중심인 8개 동에는 최소백 명은 넘을 듯했다. 같은 시 지역이라도 면에 사는 것과 동에 사는 것이 천양지차로구나!

블로그며 뉴스기사 등을 짯짯이 읽어보니, 안녕시에는, 독서를 최고의 가치로 주장하고 실천하며 심지어 쓰기까지 촉구하고 병행하는, 무슨 '장'이나 '사'인 분들과 그분들의 가족들과 '장'이나 '사'는 아니지만 그에 맞먹는 직책이나 신분을 가진 이들과 문인들과 문학애호가들과 그밖에 하여튼 독서와 글쓰기에 애정 깊은 분들로 구성된 각종 동아리가 여남은 개는 있었다. 책을 가장 많이 볼 것 같은 사람들, 시인이니 수필가니 소설가니 하는 작가도 한두 명이 아니었다. 아무 책이라도 한두 권 이상 낸 분만 50명은 되었다.

성빈은 다짐했다. 함부로 놀라지 말자. 놀랄 만한 상황이 아닐 수도 있으니. 우리 고장만 이처럼 작가가 많고 동아리가 많은 게 아닐 수도 있잖은가. 다음번 연구는 '작가 숫자와 문학동아리 실태로 살펴본 문학적으로 가장 놀라운 고장 탐구'로 해야겠다. 뭐, 어려울 것 없다. 이번 연구처럼 발품 입품 팔 필요도 없고 오로지 인터넷만 뒤지면 되는 거니까.

으뜸 빛나는 모임은 '간서치(看書癡)'인 듯했다. 조직이라고 하기에는 펌훼고 단체라고 하기에는 거창한 그 모임의 홈페이지 같은 카페가 있었다. 비공개여서 들어가볼 수 없었다. 하지만 각종 소셜네트워크에 널린 글을 통해 대략 꿰맞출 수 있었다.

박목월의 시 〈나그네〉를 모방한, '독서에 미친 듯이/ 사는 간서치(看書癡)/ 책은 빛줄기/ 책길 끝없어/ 책 읽는 사람마다/ 타는 독서향'이라는 〈간서치〉를 외워대며 우겨댄 분의 의견이 결국엔 채택되었다. 2009년에 열댓 명으로 시작해서 지금은 회원이 4백 명을 웃돌았다. 여러 개의 동아리로 나뉘어 한 달에 두어 차례씩 독서토론회를 가져왔다. 연간행사도 다양했다. 달마다 텔레비전에 나오는 저자들을 초청해 강연을 들었고, 여름에는 삼박사일짜리 독서축제도 열었다.

성빈은 감동했다. 이렇게 훌륭하신 분들이 계셨다니!

국어샘은 간서치 회원인 분을 알고 있었다. 그분은 보통 회원이 아니라 〈간서치〉라는 모방시를 짓기도 했으며 모임을 발기하고 결성하고 성장시킨 주축 회원이었고 '치'장을 삼사 년간 맡기도 했다.

그분은 신포1동 안녕책방 근방에서 '신통방통 역사나라'를 운영했다. 시립도서관 갈 때 늘 보던 간판이잖아. 아, 자주 오가던 길에 그처럼 훌륭한 독서가가 계셨다니. 워낙 분주하고 출장도 잦은 분이라 팔고초려를 하고서야 그분과 독대할 수 있었다.

치장님, 역사를 배워보겠다는 것도 아닌 중3짜리를 만나주셔서 감사합니다.

—이제야 만나줘서 완전 미안. 진짜 내가 바빴어. 그러고 지금은 치장 아냐.

어울리는 호칭 같아서. 치장님, 일단 설문지를 보시고…….

—이런 질문들에 대해서는 내가 써놓은 글이 있다. 그걸 정리해서 이메일로 보내줄게.

그럼, 다른 것을 여쭤봐도 될는지요. 회원이 4백 명이 넘잖아요. 회원 분들 평균 독서량이 어느 정도나 되나요?

—다 바쁜 직업 가진 분들인데 언제 책을 읽겠니. 진짜 책 많이 읽는 회원은 몇 안돼. 어른 되면 책 읽기가 쉬운 일이 아니거든. 비로소 책 좀 읽어보겠다고 마음먹은 분들이 주로 모인 거야.

치장님은 한 달에 몇 권이나 읽으시나요?

—옛날엔 열 권 이상 읽었지. 요새는 일주일에 한 권도 벅차. 그게 어디냐?

이 질문 저 질문 더 해봤는데, 성빈이 기대했던 것과는 너무 달랐다.

9

간서치장의 적극적인 도움으로, 두루 인정받는 직업 혹은 직책을 가지고 있으며 책도 많이 읽는 몇몇 분을 더 찾아뵀었다.

진지맨(짧고 사소한 질문에도 길고 중대하게 답하셨다. 수업 듣는 것 같았다), 농담맨(언중유골이라지만 다 엉뚱하게 들렸다. 진의가 무엇이었는지 파악 불가능했다), 오락가락맨(진지했다가 농담했다가), 욕맨(말의 8할이 욕이었다. 세상에 쌓인 불만이 너무 많으신 듯. 나한테 욕한 게 아니었지만 나한테 하는 듯해 들기 거북했다), 냉소맨(욕을 한마디도 안 섞였는데도 세상에 대한 적개심이 팍팍 느껴졌다) 등등 다양한 말버릇을 가진 분들을 만나 일목요연하게 정리가 불가능한 무수한 말씀을 들었다.

인상적인 말씀은 오래도록 되새김질하는 맛이 있을 듯했다.

"훌륭하거나 성공한 분? 그런 사람이 어디 있어. 너는 아마도 유지를 찾아다니고 있나보다. 유지가 뭐냐고? 사이버국어사전을 보자꾸나. 유지(有志): 마을이나 지역에서 명망 있고 영향력을 가진 사람. 맞지? 넌 유지를 만나고 다녔어. 서울에도 성인군자 따위는 없어. 유지밖에 없지."

"국회의원들 그것들이 왜 늘 그 모양인 줄 아니?『삼국지』밖에 읽은 게 없어서야. 우리나라 역사상 최고의 독서가 이덕무 선생께서 '삼국지는 권모술수와 모략으로 가득찼으니 아이들은 절대로 읽어서는 안 된다'고 하셨건만 삼국지 읽은 것들만 출세하는 나라가 되었으니."

"책을 읽는다는 것은 훈련입니다. 재미와 감동과 깨달음을 즐기는 반복훈련을 통해, 더불어 살아가는 사람들을 이해하고 사랑하게 됩니다. 판단력이 날카로워지고, 성찰에서 우러나오는 실천의지가 강해집니다. 불의의 사건·사고를 방비할 수 있습니다. 타의 귀감이 되고 독서의 전도사가 되겠죠. 아들딸이 덩달아 책을 사랑하지 않을 수 없게 만드는 독서 생활인 아빠엄마가 되겠죠. 한 분의 독서 씨앗은 수십 수백 수천 명에게 독서재미를 퍼뜨릴 것입니다. 당신은 우리 사회를 이해와 사랑의 마법상자인 독서로 물들일 수 있는 위대한 씨앗입니다."

"책을 많이 읽는다면 생각 좀 하고 사는 사람이 될 수밖에 없습니다. 생각하는 삶이야말로 진정으로 성공한 삶이 아닐까요?"

"내가 한 말이 아니고 『벌거벗은 성서』(이상성)라는 책에 나오는 말이다. '정신도 마찬가지다. 잠시라도 정신작용이 일어나는 뇌에 에너지를 공급하지 않으면 정신이 흐려지고 결국 죽음에 이르게 된다. 끊임없는 에너지의 공급만이 정신작용을 지탱해주듯이 계속해서 새로운 정보를 입력해주고 사상을 발전시켜가지 않으면 인간의 정신작용 역시 순식간에 퇴화하고 무질서하게 변질된다.' 멋지지? 책이야말로 정신 에너지지."

"책 읽으면 좋지. 하지만 중고등학교 다니는 자기 자식한테 책 읽으라고 권할 용기 있는 부모가 얼마나 될까. 책 재미에 빠지면 영어 수학 공부할 시간이 모자라게 되겠지. 대학 못 간다고! 그래서 우리나라 부모들이 초등학교 때까지만 책을 반강제로 읽히고 중고등학교 때는 책을 가까이하지 못하도록 하는 거야."

"책 많이 읽는 사람은 성공하기 대단히 힘들어. 인간적으론 훌륭한 사람이 될 수 있을지언정 사회적으로 경제적으로는 구제불능의 인간 되는 거지. 책을 많이 읽으면 창의와 비판정신이 발달할 수밖에 없어. 창의 그거는 권력의 핵심구성원한테나 필요한 거야. 보통 사람은 창의로울수록 외로워. 비판도 학교 토론놀이 때나 필요한 거야. 사회생활에서 비판은 왕따가 되거나 잘리는 지름길이야. 비판하는 만큼 괴로워. 윗분들이 싫어하니까. 좋은 책일수록 위험해. 재미와 비판정신과 창의력의 강도가 높은 게 좋은 책이겠지? 좋은 책 읽어봐. 무슨 사회생활이 가능하겠어. 굳이 읽어야 한다면 달콤한 말 가득한 자기계발서 같은 것을 읽으라고."

"이놈아, 이런 거 할 시간에 책 한 권 더 읽어라. 무슨 까닭이 있어서 읽냐? 읽고 싶으니까 읽는 거지. 아, 뭐라도 남겠지. 또 안 남으면 어때. 그 시간에 쓸데없는 짓 않고 책 읽었다는 것만으로도 얼마나 훌륭하니?"

10

바야흐로 3월. 팔방미의 얼굴은 다가오는 봄처럼 활짝 피어날 낌새였다.

—연구를 끝냈으면 결론이 있을 거 아냐?

끝낸 게 아니라 평생 계속 해야 할 연구라 일단 접어두었어.

—근데 너 진짜 괴력나발이야. 자기 집 꼰대한테도 무슨 말 듣는 게 싫은 게 우리 청소년 아니냐. 공부하란 얘기 밖에 안하니까. 스치는 꼰대 입냄새만 맡아도 삼십육계줄행랑 치는 게 우리 청소년일진대, 넌, 넌, 동네방네 꼰대도 모자라서 시내 꼰대들까지 만나고 다녀?

꼰대 너무 미워하지 마. 우리집엔 꼰대가 없어서 그런가 난 꼰대들이 재미있더라. 꼰대들하고 얘기하면 그분들 자체가 하나의 책 같거든. 성공한 책인지 훌륭한 책인지 그건 알기 어렵지만 아무튼 한 권의 책 같아.

팔방미가 성빈의 오른쪽 뺨을 꼬집어 비틀기까지 했다.

─정신 차려. 책 읽다가 미친 돈키호테처럼 되기 전에!

당산뜸 이웃사촌

1

믿기 힘들겠지만, 범골에도 37호 200여 명이 살아, 명절 때 위뜸 중뜸 아래뜸 음지뜸 수리뜸 여우뜸 당산뜸 패를 나누어 윷놀이대회를 열어도 남우세스럽지 않던 시절이 있었다.

당산 자락에 붙은 집 네 채는 자연스레 당산뜸으로 불렸다. 사실 그 산이 당산이라는 걸 기억하는 늙은이도 드물었다. 산신령과 백호랑이신께 제사지내던 풍습은 먹고 죽을 것도 없었던 일제강점기 막판에 유야무야되었다. 산꼭대기 푼수의 정상부는 묘지가 되었고, 밑자락은 밭농사 지어먹었고, 서낭당 소나무 한 그루만 겨우 흔적처럼 남아 있을 뿐이었다.

당산뜸에서도 위쪽 두 집은 90년대에 폐허가 되었는데, 2000년대에 헌 집 있던 자리에 농기계창고가 세워지고, 두 집 앞 논배미이던 곳에 새로 집 한 채가 들어서는 등, 눈이 휘둥그레질 만한 변화가 있었지만, 아래쪽 두 집은 반세기 동안 그 자리 그곳에서 마을의 끝을 지켜왔다.

두 집의 바깥주인이 열한 살, 안주인이 일곱 살 차이여서 동년배로 너나들이할 수는 없었다. 왕년엔 바깥주인들이 한 성깔 해서 사소한 일로 마을 일로 건건이 부딪히기도 하고, 애들 때문에 덩달아 얼굴 붉히는 일도 있었지만, 한 집 안주인이 순둥이 보살이고 다른 집 안주인이 경우 밝히는 덕에, 오랜 세월 '허물없이'까지는 아니더라도 그냥저냥 무던히 지내왔는데, 두 집 다 늙어가는 이들만 남고부터는, 별미가 있으면 나눠 먹고, 거들어주고 챙겨주는, 이웃이라도 원수 같은 사이가 숱한 세상에 말 그대로 '이웃사촌'이라고 해도 좋을 사이였다. 그래도 격의까지 없다고는 할 수 없었는데, 근년에 격의를 한껏 줄이는 일이 연달았다.

2

김사또(1941년생) 오지랖(1947년생) 부부가 아침나절 고추 한바탕 따서 수돗물 받아 대강 씻고 있을 때였다. 오늘도 징하게 뜨거울 본새인 하늘을 쫙 찢는 소리가 들렸다.

"아아아아악!"

칠순 귀에 이다지도 명징하게 들릴 정도라면 뭔 일 나도 난 것이다. 오지랖은 "에그머니!" 철퍼덕 주저앉았다.

역경리 노인회장 6년째인 김사또 귀에도 심상치 않게 들렸다.

"이거 완전히 돼지 먹따는 소린데."

밭뙈기를 사이에 둔 이웃집 공주댁(1940년생)의 곡소리가 타령처럼 들려왔다.

"아이고, 나 죽네. 사람 살류. 덕칠아부지, 나 죽어. 덕칠아부지, 나 죽는다고. 나를 살려야지 어디가? 이 덜떨어진 노인네야, 마누라 죽는다고. 아휴, 판돈엄마, 나 좀 살려줘. 회장님, 나 좀 살려주쇼. 나 죽어어어엉!"

고향이 교육도시 공주이기도 했지만 텔레비전 드라마에 나오는 중산층 가정주부 뺨치는 일상에 외모 관리와 옷맵시에 남달리 집착하여 '공주님' 같다고 얻게 된 별호였다. 때와 장소에 상관없이 일부러 저음으로 조곤조곤 말하려고 애쓰는 것만으로도 표가 나는 여인이었다. 그런 사람이 이웃집 바깥마당까지 들릴 정도로 악을 쓰다니.

오지랖과 김사또는 스무 발짝 거리를 허둥지둥 줄달음쳤다. 공주댁네는 울타리고 대문이고 시늉도 없는 대신 동네 으뜸 은행나무가 집 지킴이처럼 우뚝했다.

공주댁은 왼발목을 부여잡고 자갈마당을 숫제 구르고 있었다. 평소 표준어로만 말하던 사람이 사투리를 남발했다.

"오셨슈? 와수셨구만요. 아이구, 나 죽네. 나 죽어. 판돈엄마, 회장님. 나 좀 살려주슈. 배암이, 배암이, 나를 물고 갔슈. 신발을 신었는디 뭔가 꽉 물잖유. 신발 속에 배암이 있던규. 요새도 뱀이 있네. 나, 이젠 죽는거쥬? 독뱀 같이 생겼어유. 살모사 대가리를 봤슈. 아이구, 우리 남편은 그 뱀 잡는다고 작대기 들고 쫓아갔슈. 워칙히 좀 해줘유. 나 죽네, 죽어."

김사또가 어이없는 낯빛으로 물었다.

"전화는 했슈?"

"아파죽겠는데 어디로 전화를 해유."

"119유."

"119 우린 그런 거 부를 줄 몰라요. 좀 불러주슈."

공주댁 앞에서 어쩔 줄 모르는 오지랖 얼굴도 그새 눈물범벅이었다.

"당신도 뱀 물렸어? 같이 울게. 빨랑 119나 불러. 아줌씨는 치마 바짝 올리고 양말 좀 벗어봐유."

"왜유, 왜 그러는듀?"

"얼마나 물렸는지 봐야쥬. 진짜 독사한테 물린 거면 얼른 피를 빼야 된다구유."

"그류? 얼른 벗겨줘요. 나는 못 혀요. 좀 벗겨줘요."

"내가 왜유? 큰일날라구."

"난 못혀요. 회장님이 벗겨줘요."

그제야 이장사(1930년생)가 작대기를 들고 어슬렁어슬렁 나타났다. 소싯적부터 힘쓰는 것으로 뜨르르했는데 48년 전 면민화합대회에서 역경리 선수 최초로 씨름 1등을 한 뒤부터

장사 별호가 붙었다.

"오셨슈. 놀래서 달려오셨구먼. 고놈의 배암 새끼가 우리 마누라를 물었슈. 잡아서 껍질을 쫙 벗겨가지고 대가리부터 씹어먹어야 되는디 뒈지게 빠르네유. 결국 못 잡았네."

"한가하게 뱀 잡으러 다닐 땝니까. 빨리 아줌씨 양말 좀 벗겨유. 놀래서 우느라고 스스로 못 벗는대유."

이장사가 자기 마누라 발목 잡고 애쓰는 모양새가 가관이었다.

"뭐햐, 얼른 못 벗겨."

"왜 이렇게 안 벗겨진댜. 오장(五臟) 떨려 영 못 벗기겠네."

"아이구야, 살살 못 벗겨. 살이 뜯어지는 것 같잖여."

오지랖은 울면서 통화했다.

"여기가 역경리 범골 제일 끝 집인디, 빨리 좀 와줘유. 내가 119 여러 번 탄 오지랖인데 거기 장부 찾아보면 우리집 주소 있을규. 자주 와본 집이니께 역경리까지만 오시면 금방 생각나실규. (이번엔 어디가 아프신데요?) 이번엔 내가 아니고 우리 이웃집 공주님이 아파요. 뱀에 물렸단 말유. 독사래유, 독사. 겁나게 급해유. (집이라고요?) 그류, 집이유, 집! (에이, 할머니 농담하시네. 요새 누가 집에서 뱀에 물려요.) 진짜 물렸다니께 젊은 양반이 왜 농으로 받고 그래유?"

이장사는 와중에 인사까지 챙겼다.

"아줌씨도 오셨슈. 인사가 늦었네유. 여편네가 조심치 않고서. 괜히 뱀 물려 가지고 잘 놀래는 판돈어머니 간 떨어뜨릴 뻔 했잖어. 119, 그게 되게 시끄러운데 온동네 사람 다 놀라겠구먼. 우리는 한 번도 안 불러봐서 모르는데 다른 집서 부르는 거 보면 시끄러워서 못 살겠더라고. 보청기 낀 귀에도 기차 화통 삶아먹 는 소리니 말 다 했지. 왜 이렇게 안 벗겨져. 좀 큰 걸로 신지."

"야, 이 답답한 할배야. 양말 하나 못 벗기면서 무슨 염불이 야."

속 터지는 걸 참고 지켜보던 김사또가 "안 되겠어요! 찢어 냅시다!" 하고, 은행나무 밑동께 버려진 녹슨 낫을 찾아와서 이장사에게 내밀었다.

"빨리 찢어유."

"왜 날 줘유. 엄청 무섭고 떨려서 손이 부들부들해."

진짜 독사에 물렸다면 이러고 있을 시간이 없잖은가. 김사 또는 이장사를 밀쳐내듯 하고 양말을 찢었다. 복숭아뼈 바로 위가 탱자만하게 불어나 있었다.

"끈 없어요, 끈? 아무거나 좀 빨리 줘봐요. 허리띠라도 풀러 유. 허리띠도 없슈?"

"요새 허리띠 있는 옷이 있간유. 회장님도 허리띠 없는 옷이 구만."

"저거라도 가져와. 저거! 빨랫줄!"

김사또가 오지랖에게 벼락치듯 주문했지만, 못 기다리고 제 가 얼른 끊어 왔다.

"자, 빨랫줄로 묶을게유. 아파도 참아유."

"살살 묶어줘요. 나 아픈 거 싫어요."

"지금 죽게 생겼는데 아픈 게 문제유."

김사또는 공주댁의 종아리 밑에 빨랫줄을 감아 한껏 옥죄었다.

"아아악!"

공주댁의 비명이 범골 늙은이들 뒷골 서늘하도록 퍼져나갔다. 옛날 같았으면 5분도 못 돼 조력꾼이든 구경꾼이든 동네 사람 절반은 달려오고도 남았을 테다.

김사또는 이장사를 신칙했다.

"뭘 구경하고 계유. 빨리 뜯어 빠슈! 뱀 물린 자리, 뱀 이빨자국 보이잖아요, 막 부풀어오른 데!"

"뭘 어쩌라는 겨? 뭔 소리 하는 겨?"

"텔레비도 못 봤슈? 독을 빼내야쥬."

"아하, 본 적 있슈. 내가 요새 이빨심이 하나도 없시유. 회장님이 해주시면 안두?"

"내가 남의 마누라 발목쟁이를 왜 뜯어유. 환장하겠네. 그럼 낫으로 고 이빨자국을 찢어유. 찢고서 독을 짜내게."

"내 마누라한테 낫질을 허라고? 난 못혀. 회장님이 해주슈."

"내가 남의 마누라한테 왜 낫질을 해유? 그리고 낫은 안 되겠네. 녹슬어서 파상풍 걸리기 딱 좋겠슈. 당신이 해봐. 같은 여자끼리니께. 어이구, 넋이 나갔구먼. 뱀 물린 사람보다 더 정신이 나갔어."

아닌 게 아니라 오지랖은 아까부터 얼빠져 있었다. 누가 보면 뱀 물린 사람이 오지랖인 줄 알았을 테다.

공주댁이 뇌까렸다.

"아무나 빨리 해줘요! 나 진짜 죽는 거예요?"

"이장사님, 급하다니까."

"난 뭇혀유. 글고 독사 아닌게벼. 독사였으면 벌써 독 퍼져서 죽었지."

"이 미친 할배야. 마누라 발도 못 빨면서 그게 할 소리야. 회장님, 빨리 해줘요."

"아, 진짜루 미치겄네. 아줌씨 미안해유. 물어뜯습니다."

"으아아아아아악!"

"퉤. 보이쥬? 저게 뱀독이라구!" 김사또는 겸연쩍기 그지없었다. "좀더 빨아야겠는디. 이 악물구 꾹 참어유. 자, 또 뺍니다."

오지랖이 빨랫줄에 걸려 있던 수건을 가져와 공주댁 입에 물려주었다.

"애 낳을 때 생각하고 참어유."

앰뷸런스 소리가 범골을 뒤흔들었다.

3

은행나무는 '씨를 심어 손자를 볼 나이에 열매를 얻을 수 있다고 하여 공손수(公孫樹)라고 부른다'는데 과연 그랬다. 김사 또가 묘목 꽂은 지 23년 만인, 첫손자를 얻은 해에 바깥마당 개집 앞 나무가 흐드러지게 열매를 매달았다. 텃밭머리 나무는 영 열매를 맺지 않아 수나무인가보다 했는데, 두번째 손자를 얻은 해에 불현듯 나도 암나무였지유 하듯 함빡 매달았다.

먼저 맺혀 먼저 익은 것들은 바람만 스쳐도 뚝 떨어졌다. 틈날 때마다 주워모았다. 날 잡아서 털었다. 오지랖은 남편이 10미터 훌쩍 넘는 나무에 기어올라 장대를 들고 용쓰는 모습을 보노라면 애간장이 탔다. 남편이 휘청대면 아내의 오장육부도 휘청였다. 육십 줄에는 그나마 젊으니께 그랬다 치지만 칠십 줄에 어쩌려고 그란댜. 그 걱정거리를 사위가 덜어주었다. 다른 농사일도 도우러 자주 오는 사위지만 은행나무는 매년 도맡아 털어주었다. 두 아들놈은 한 번도 은행 타작하러 온 적이 없어, 외손녀랑 "할아버지 할머니, 왜 맨날 외삼촌들은 안 오고 우리 아빠만 해요?" "삼촌들은 나무 못 타." "피이, 그런 게 어딨어요. 맨날 우리 아빠만 고생해." "할머니가 외삼촌들 대신 미안혀." 이런 대화를 나누기도 하는데, 암튼 사위 아니었으면 팔순 노인네가 높다란 데서 버르적거리는 꼴을 보아야 했을 테다.

거의 모든 농사일을 함께 해왔지만 오지랖이 절대 더불어 못하는 일이 있었는데 바로 은행 거두기였다. 오지랖은 은행을 고무장갑 끼고 만져도 치명적인 독기가 오르는 체질이었다. 한 5년 전까지는 기계도 없었다. 사흘 동안 이불빨래 하듯 밟아야 했다. 은행껍질을 벗겨준다기보다는 짓이겨주는 기계를 장만하여 수고를 어지간히 줄이기는 했으나, 씻는 것은 예전과 마찬가지로 심란한 일이었다.

올해도 김사또는 지난한 작업 끝에 깨끗하게 씻어 말린 은행 세 말을 팔아 33만 원을 벌었다. 그런데 남의 집 은행 때문에 잠을 잘 수가 없었다.

이장사네 자랑인 은행나무는 김사또네 두 은행나무를 합한 것보다 더 많은 열매를 매달았다. 집 뒤쪽에도 두 그루가 한껏 매달았다. 이장사네 텃밭은 김사또네 집 울타리까지 닿아 있었는데, 그 텃밭 끝머리에도 한 그루가 제법 매달았다. 이장사네는 범골에서 유일하게 논이 한 뼘도 없었다. 부동산이라고는 집과 밭 세 뙈기가 전부였다. 지을 농사도 없거니와 밭매는 것도 고추 따먹는 것도 벅차서 텃밭에 아무것도 심지 않게 된 뒤부터는, 늙은이들뿐이라지만 자리보전한 이 빼고는 다들 분주한 가을에도 이장사와 공주댁은 베짱이처럼 유유자적했다. 은행일만 빼놓고. 은행만큼은 어떻게든 거두던 이장사네가 올해는 은행을 마구 방치하는 것이었다.

속 끓이던 김사또는 아내를 사자(使者) 파견하듯 했다.

"자기가 직접 하지, 하기 어려운 말은 꼭 나를 시킨다니께."

오지랖은 마땅찮지만 거역할 용기가 없었다. 이웃집을 찾아가 하소연하듯 남편 말을 전했다.

"보청기 어딨냐. 여편네야 보청기 어딨냐니께? 인제 말해 보셔요. 뭐라고요? 은행을 빻아주겠다구유? 가져오기만 하라고유. 어휴, 말씀은 되게 고마운데 못해유, 못해. 요샌 하루 한 번 은행 쓰는 것도 힘들어유. 앞마당 것만 겨우 쓸고 나머지 세 그루는 떨어지면 떨어지는갑다, 쌓이면 쌓이는갑다, 그냥 놔두고 살어유. 아이구, 못 날러유. 회장님댁이 엎어지면 코 닿을 데지만 구십 늙은이가 되니께 지우 부엌 옆 화장실 갈 때 걷는 것도 죽기 살기로 걸어야 되는디 은행을 워칙히 날라유. 차라리 무덤 들어가라고 하셔유."

"남의 집 은행 갖고 배 놔라 감 놔라 하면 안 되는 게 맞는디유, 우리 남편은 그 냄새 때문에."

"그류, 냄새가 오죽하겠슈. 은행 냄새가 좀 독하간디. 근디 힘이 없슈, 힘이."

아닌 보살 하던 공주댁이 남편 역성을 들었다.

"고려장 노인네가 무슨 힘이 있겠어요. 구들장이나 지고 있는 거지. 죽는 거보다는 나으니까 내가 누워 있으라고 했어요."

"내가 은행 줘버리자고 했잖여. 거두지는 못하겠고 남 주기도 아깝고 대책 없이 갖고 있으니께 이웃에 피해를 끼치잖여."

"얄밉잖아. 돈 한 푼 안 주면서 공짜로 가져가겠다니. 차라리 버리고 말지 공짜로 못 줘. 우리는 늙어서 냄새 별로 못 맡는데 판둥네는 아직 젊어서 그런가 냄새를 잘 맡나봐요. 회장님 말씀은 고마운데요, 우리가 어떻게 할 수가 없어요. 조금만 참아줘요. 비 몇 번 내리고 하면 쓸려가겠지요. 냄새가 가시겠지요. 비 안 오면 눈이라도 와서 덮어주겠지요."

이웃집 부부의 한가한 반응을 고하자, 김사또는 분기탱천하여 차마 기록할 수 없는 뒷담화를 남발했다.

"들리겄슈! 공주댁은 귀가 밝단 말유."

"들으라고 허는 소리여. 기가 막혀서."

오지랖이 시내 단골 한의원 가서 허리에 침 맞고 돌아왔더니, 남편이 정말로 기가 막힐 일을 벌이고 있었다. 이웃집 은행을 일륜차로 실어나르고 있었다.

"지금 뭐해유? 허락도 안 받고! 남의 걸 왜 날라유? 증말 사서 고생이라더니, 그깟 냄새 좀 못 참아요?"

김사또가 열댓 번은 왔다갔다하는 동안 이장사와 공주댁은 코빼기도 보이지 않았다.

김사또는 이튿날 오전 아내를 또 사자로 보냈다.

"애엄마는 애들 집에 갔슈. 애들 장가도 못 보낸 여편네가 뭐가 그리 신나서 만날 싸돌아댕기는지. 오늘 온다구는 혔는데. 뭐라구유? 어허, 그런 고마운 일. 회장님이 참 젊어서 그런가 근력도 좋네. 언제 그걸 다 퍼 싣고 가서 빨았댜. 힘이 없어서 나가보지도 못했는디 그런 일이 있었구만유. 도랑에 떨어진 것도 건지고 밭에 떨어진 것도 주워서 다 가져가서 빨았다구요? 이걸 어찌 감사해야 된댜. 근디 그게 빨는 걸로 끝나는 게 아닌 걸로 아는디. 씻어야 되잖유? 니? 그려서 부르러 왔다구요? 힘이 하나도 없는데 그걸 워칙히. 그렇다고 이냥 누워 있는 거 경우가 아니구. 큰일났네. 큰일났어. 회장님은 그걸 놔두지 왜 가져가서 미안시럽게 만든댜. 남이야 은행을 썩히든 말든 왜 신경을 쓴댜. 냄새 때문에. 그지요, 냄새 때문에."

오지랖이 이장사의 미적지근한 반응을 전하자 김사또는 씨불댔다.

"뭐여? 안 와? 이런 경우 없는 인간들이 있나. 주워다가 기계로 빻아주기까지 했는데 씻치는 것도 못해? 혼자 씻으라는 것도 아니고 같이 씻어준다는데, 뭐 이런 경우 없는 냥반들이 다 있어? 내가 소똥 퍼 나를 때 모내기할 때 벼 나를 때 고추 딸 때 우리 애새끼들도 도와주러 오는 놈이 하나 없는데 팔십 노인네가 도와줘서, 그게 늘 미안해서, 도와주겠다고 나섰는데, 그러면 나와서 거들어야지, 우리 것도 아니고 자기네 건데, 나 혼자 씻어 바치기라도 하라는 겨?"

"그러기에 누가 허라고 했슈?"

"이 여편네야. 냄새 때문에 죽겠는데 그냥 놔두란 말여."

성난 호랑이 같던 김사또 낯빛이 보드랍게 누그러졌다. 이장사가 어기적어기적 오고 있었다.

"오셨슈? 많이 편찮으시다면서요?"

"어휴, 죽긴 죽겄는디 회장님이 우리집 은행 때문에 생고생이란 말 듣고 워칙히 가만히 있대유. 이게 다 우리 은행은 아니쥬? 겁나게 많네. 이걸 언제 다 씻는댜."

경운기 짐칸에 껍질 짓이겨진 은행으로 수북한 비료포대가 열몇이었다. 그러고도 기계 앞에 네 더미는 더 있었다.

"다 이장사님네 은행유. 우리집 은행은 벌써 했쥬. 일주일 동안 호락질했슈. 여편네는 근처에도 못 오게 하고 혼자 줍고 따고 빻고 씻고 죽는 줄 알았슈. 사위놈이 하루 도와준 게 다 유. 다른 자식놈들은 50만 원도 못 버는 은행 뭐러 그 고생이 냐고 쳐다보지도 않는데 그래도 사위가 신경을 써줘유. 근데 사위가 은행나무 올라갔다가 떨어질까봐 후덜덜하더라고요. 내가 떨어지는 게 낫지, 다쳐봐, 딸년한테 무슨 원망을 들을규. 아닌 게 아니라 사위가 다 못 턴 거 털겠다고 올라갔다가 뚝 떨어져갖고 발목쟁이가 퉁퉁 부었슈. 그 집 아주머니 독사한 테 물렸을 때만큼 뵜었다니께유."

"병원 갔슈?"

"병원 갈 시간이 어딨슈."

"회장님도 참 미련한 인사여. 나무에서 떨어져서 그렇게 부었으면 병원 가서 침 맞고 누워 있어야지 병원을 왜 안 간다? 그러다 경치면 아줌씨는 어쩌라구. 그냥 아픈 사람이 자기네 은행 간신히 다 했으면 편히 쉬실 일이지 왜 남의 집 거까지 해주겠다고 난리냐구. 이럴 때 보면 회장님 참 마음에 안 들어. 이게 물장화유? 어딜 가는디 물장화까지 신어유? 뭐여? 갬발 냇가까지 가요? 거기밖에 씻을 데가 없슈? 이르케 개고생해서 은행을 거둬야 할 까닭을 모르겠네."

이장사는 팔순이 넘고부터 어지럼증 탓에 오토바이도 못 타고 자전거도 못 탔다. 짐칸 은행더미 사이에 장홧발로 섰다.

"꽉 잡으슈."

"걱정 말어유. 웬만하면 걸어가겄는디 너무 멀어서 엄두가 안 나유."

시린 바람까지 부는 날이었다. 가는 동안 내내 고시랑대던 이장사는 흐르는 냇물에 은행을 부서대면서도 쉼없이 나불댔다.

"아이구, 춥다. 이놈의 장갑 하나도 안 따뜻하네. 아이구, 힘들다. 아이구, 미안해유. 춥고 고생스러우니까 미치고 팔짝 뛰겄네. 왜 남의 집 은행 때문에 회장님이 이 고생이랴. 이리서 시골서 사는 게 힘든규. 도시서는 내가 안 하고 싶으면 안 하는 걸로 끝이라는디, 여기는 내가 안 하고 싶어도 하지 않을 수 없는 일이 너무 많유. 옛날부터 그랬슈. 나는 농사 하나도 안 짓는디 새마을운동은 똑같이 동참하랴. 한두 번 안 나갔더니 빨갱이 취급하구. 아이구, 이놈의 육시럴 시골, 몬 산다, 몬 살아. 아니, 우리가 이 나이에 왜 이러고 있어야 되냐구. 이깟 개갈 안 나는 은행 땜시."

"도시라고 뭐 다르겄슈. 참구 하슈. 다섯 경운기니께 한 60만 원 벌이는 될규. 저거 다 팔면 재벌 되시겄슈."

"재벌이 들으면 기 맥히겄슈. 회장님 다 가져유. 거기에 내가 수고비를 얹어드려야 뎌. 골칫거리 은행을 치워주었으니께."

"내가 왜 이장사님 은행을 탐내유. 장사님이 여러 해 동안 나를 얼마나 도와줬슈. 그거 갚는 거니께 너무 부담스러워하지 마셔유."

"아이구, 힘들어. 내가 이번엔 기어이 베고 말겨. 해마다 베버리려고 했는데 차마 불쌍해서 못 베었는디 이번엔 증말로 베버리고 말규."

"이장사님네 은행나무가 삼동네서 최고로 멋있는디 그걸 왜 베유."

"가을마다 은행 때문에 미치겄슈. 십 년 전인가 어떤 미친놈이 백만 원인가 준다면서 팔라고 했을 때 고마워유, 얼른 파가슈 했어야 되는디. 내년이면 내가 증말 구십이유, 남이 빻아준 은행 씻는 것도 못 할 거라고. 회장님 신세지기 싫어서라도 베버릴겨. 내가 도우면 도왔지 누구 신세지는 거는 해본 적이 없슈."

그날 밤 이장사와 김사또는 호되게 앓았다.

김사또는 남 흉보면 덜 아프기라도 한 지 툴툴댔다.

"공주님은 증말 경우가 없어도 너무 없구만. 자기네 거 닦고 있는데, 지아비가 용쓰고 있는데 한번 와보지도 않네. 코빼기도 안 비쳐. 와서 같이 닦지는 못할망정 지 서방 좋아하는 소주 한 병은 들고 와야지. 멀긴 뭐가 멀어. 시내는 택시 불러 타고 잘도 싸돌아다니면서. 누가 별명 잘 지었어. 완전 시골 공주님이라니까. 다 그만두고 내가 생명의 은인 아니냔 말여. 내가 독을 안 빨아냈으면 경 칠 뻔했잖어. 목숨 건진 건 둘째 치구 내가 안 빨았으면 다리 한 짝 싹뚝 잘라낼 뻔했으면서."

"나라도 가봐야는디 너무 멀어서유."

"자기가 왜 와? 우리 은행도 아닌디."

한나절에 한 경운기씩, 이틀 동안 네 번 씻어왔다.

사흘째 오전, 마지막 더미였다.

이장사는 거의 울고 있었다.

"미치겄다, 미치겄어. 회장님, 백골난망여, 백골난망. 내년에 우리집 은행이 썩어 문드러지더라도 제발 이러지 말아유. 나는 은행 닦다가 죽고 싶지 않어. 도와주는 사람한테 할 소리는 아니지만 증말 회장님이 원망스럽구만. 여남은 살 더 먹어봐유. 앞으로 나도 회장님 안 도와줄 테니까 회장님도 나를 절대로 돕지 말라구. 진짜여, 진짜! 이제 우리 남남으로 살자구유. 명박이 근혜 때처럼 너는 북이고 나는 남으로다 일절 모르고 살자구유."

이장사의 얼굴이 활짝 펴졌다. 뜻밖에도 공주댁이 짠하고 나타난 것이었다.

"마누라 왔어? 이 민 데까지 워칙히 왔댜? 다 끝나가. 이게 마지막여."

공주댁이 남편에게는 콧방귀를 뀌어주고, 김사또에게는 변명하듯 말했다.

"정말 송구스립고 민복 없어요. 너무 죄송해서 이제야 나와 봤네요."

안 보이는 데서는 흉봤던 김사또가 순한 토끼 낯빛으로 대꾸했다.

"별 말씀을 다 하시네요. 아줌씨도 안 아픈 데 없이 다 아프다면서 여기까지 걸음을 하셨대요. 그 무거운 걸 들고."

"걸어오다가 도저히 더 못 걷겠어서 히치해서 왔어요. 시골 인심이 남아 있어서 열심히 손들면 태워주는 젊은이가 있기는 해요. 면다방 공양이 타왔다 생각하고 한 잔씩 자셔요."

김사또가 하고픈 말을 이장사가 했다.

"마누라, 술을 가져와야지, 커피는 얼어죽을."

막걸리든 소주든 하루에 네댓 병 마시는 걸로는 술 좀 마신다고 명함도 못 내미는 촌구석에서, 이장사는 '진짜 술꾼' 소리를 들었다.

"회장님 음주운전하시다가 일 나면 자기가 책임질 거야? 회장님 술은 집에 가서 드시고 뜨뜻한 커피 자셔요."

두 늙은 사내가 커피를 소주 마시듯 하는데, 공주님이 은행껍질 사태 난 냇가를 바라보고 읊조렸다.

"은행이 참 독한 것인데, 물고기들 작살났네요."

4

이장사네는 외관상 은행나무밖에 없는 집인데, 동네사람들이 기이하게 여길 정도로 풍족히 살았다. 특히 공주댁은 잘 쓰고 잘 입고 사는 것으로 호가 났다. 실상은 어떻든 간에, 정말 아무 걱정 없이 서울 하고도 강남 아줌마처럼 산다고 시샘을 한 몸에 받아온 공주댁에게 모처럼 예리한 두통거리가 생겼다.

공주댁은 집 뒤 텃밭 두 뙈기도 50년간 자기네 밭으로 알았다. 시아주버니가 아우 이장사가 결혼할 때 나눠준 땅. 명의는 여전히 시아주버니로 되어 있었고, 시아주버니가 그 땅을 내놓았다. 친형 앞에만 서면 한없이 작아져서 벙어리가 돼버리는 남편을 대신해 공주댁이 따졌다.

"이런 법이 어디 있어요? 아주버니네가 예수 믿는 바람에 우리가 제사도 모셔왔는데, 그 땅이 아버님 돌아가시기 전에 아우 주라고 신신당부한 땅이잖아요? 우리가 아버님한테 물려받은 땅이라고요. 그 땅을 날강도처럼 빼앗아가겠다고요? 이 사람이 숙맥이라 이제까지 명의이전도 못 받고 그걸 지금까지 나한테 숨긴 것도 기가 막힌데 아주버니는 한술 더 떠서 도로 내놓으라니 이게 말이에요? 아주버님 좋아하는 예수님이 듣고 불벼락 내릴 일이 아닌가요?"

"제수씨, 입이 열 개라도 할말이 없슈. 알다시피 우리 두 부부가 번갈아서 병원신세만 20년째 지고 있어유. 그렇게 어려워도 제수씨 밭은 생각해본 적도 없슈. 그런디 우리 하나밖에 없는 자식이 천만 원이 없으면 죽게 생겼대잖유. 우리한테 돈이 될 건 그 밭 두 뙈기밖에 없슈. 제수씨가 우리 사정 좀 봐줘유. 제수씨네는 그 밭 없어도 사는데 지장 없잖유? 안 그러냐? 아우야, 제발 우리 딸 좀 살려줘라. 니가 사면 서로 편하잖여. 너 천만 원 없냐? 원래 천이백에 내놓았는디 너한테는 천만 원에 팔 수 있어."

이장사가 기어드는 목소리로 간신히 대꾸했다.

"내가 돈이 어딨슈."

이때다 싶었는지 이장사의 형수가 초들었다.

"돈이 왜 읎다고 그류. 도련님이 감기 한 번 안 걸리는 튼튼한 몸으로다가 팔순까지 산판 공사판 다니면서 번 돈이 엄청나잖유. 농사짓는 것들이 바보쥬, 돈은 도련님처럼 노가다판에서 벌 수 있는 건디."

"형님, 이 양반이 막노동판 마감한 게 십 오년 전이에요. 팔순 늙은이를 누가 써줘요. 그때 돈이 남아 있을 리 있어요?"

"자네는 돈 들어갈 데도 없었잖여? 애들을 가르치기를 했나? 애들이 장가를 갔나? 병원에 갖다 바친 돈도 삼동네에서 제일 적을걸. 자네가 옷 해입고 화장품 사고 식기세트 바꾸고 그런 데다가 쓰는 돈이 얼마나 된다고. 나머지는 다 쌓여 있을 거 아닌가베."

"지금 애들 못 가르치고 장가 못 보낸 거 염장 질러요? 내가 대신 공부해줄 수도 없고 내가 대신 장가 가줄 수도 없는 일이라 그저 그렇구나 살아온 거지 뭐 내 속은 편했겠어요? 그나마 가지고 있던 돈, 딸내미 시집보낼 때 한밑천 뚝 떼어줬다고요.

애들 장가간다고 하면 집은 못 사줘도 예식장비는 내줘야 부모 도리인데 그 돈도 없어서 전전반측이라고요."

"자네도 옳잖는소리 잘허네. 천만 원도 없다는 게 말이 되나?"

"형님네도 없는 천만 원이 우리한테 왜 있겠어요?"

"농협 대출도 안 되나?"

"형님네가 농협 대출 받으면 되잖아요?"

"우린 이미 많이 받았지. 이자도 못 내고 있어. 우리는 죽기 전에 못 갚으니께 집 가져가라고 했어."

"농협 대출은 아무나 해주나요? 논 한 뼘 염생이 한 마리 없는 사람한테 농협이 왜 돈을 빌려주나요?"

통장들에 이러저러하게 흩어져 있는 것 모으고, 보험들 해약하고, 명의 가진 텃밭 팔고, 애들한테 몇백이라도 우려낸다면 천만 원을 만들 수도 있을 테다. 하지만 그 천만 원으로 지어먹지도 않을 밭뙈기를 사고나면 어떻게 먹고살란 말인가. 늙었다고 사는데 돈 안 드나? 밭흙 파먹고 살란 말인가? 게다가 여태까지 자기네 것으로 알던 밭을 살 수는 없었다. 억울해서라도.

당산에 자리잡은 묘가 버려진 것까지 다 헤아리면 열다섯 기나 되었다. 풍수지리적으로는 어떤지 모르겠으나 사시사철 볕 잘 드니 보통 사람 눈으로도 묘 쓰기에 안성맞춤이었다. 즉 문제의 밭도 채소 심어 먹겠다는 이주농이라도 나타나면 모를까, 천생 묘지로 팔릴 가능성이 높았다.

공주댁이 혼인하고 보니 두 밭뙈기 사이에 시어머니 묘가 있었다. 귀신 시모는 밤마다 나타나 공주댁을 갈궜다. 당산의 귀신들을 다 데리고 와서 밤새 요란을 떨었다. 공주댁이 남묘호랑개교라는 중뿔난 종교를 믿게 된 것도 그 귀신들 때문이었다. 남묘호랑개교 주문을 외우면 귀신들의 기세가 좀 약해졌다. 형제가 돈을 모아 수리산 속 땅 열 평을 얻어 이장하고, 해골 나간 자리에 밤나무를 심은 다음에야 편히 살 수 있게 되었다. 한 10년 귀신들한테 단련되어서인지 웬만한 걱정은 대수롭지 않을 만큼 대범해졌다.

"안 돼! 또다시 무덤을 이고 살 수는 없어!"

공주댁은 한동안 잊고 살았던 남묘호랑개교 주문을 다시 외우며 빌었다. 제발 묏자리로 팔리지 말라고. 보람도 없이 최후통첩이 왔다.

"제수씨, 사겠다는 사람이 나왔슈. 가족묘지를 만들겠다고. 제수씨가 우리 어머니 묘 때문에 고생하신 거 아니께 전화한 거유. 닷새밖에 못 기다려유. 그 안에 제수씨네가 사든 살 사람을 데려오든 못하믄 할 수 없이 팔아야쥬. 그때까지 돈이 안 되면 우리 자식이 죽는다니께유."

하여 공주댁 내외가 김사또네를 방문하게 되었다. 거리낌 없이 서로 드나들던 사이인데 사안이 사안인지라 어색했다. 이런 어색한 자리는 만날 얻어맞기만 하던 김사또네 둘째 판범이가 이장사네 첫째 덕칠이 등에 칼자국을 냈을 때 이후로 처음이었다. 친형님 앞에서와 마찬가지로 진지한 분위기에서는 벙어리가 되는 이장사는 난처한 낯빛으로 파리나 쫓고, 범골 외교부장관 별호도 보유하고 있는 공주댁이 운을 뗐다.

"우리가 이웃하면서 서로 돕고는 살아도 신세는 안 지고 살았는데 작년부터 큰 신세를 지네요. 독사한테 물렸을 때 목숨도 구해주시고."

"그게 뭔 신세진 일이라고. 그런 걸로 따지면 이장사님도 우리 식구 목숨 여러 번 구해줬쥬. 십 년 전 장마 때 이 사람이 도랑물에 빠져 죽을 뻔한 걸 이장사님이 빤스 바람으로 건져주신 건 지금도 생생히 기억나유."

"그런데 정말로 큰 신세를 져야 할 것 같아요. 우리 밭 얘기 들으셨지요? 그 밭 좀 사주세요. 회장님네가 사시면 모든 게 해결됩니다."

"지금 있는 밭도 다 못 겨먹고 놀리는 판인데유."

"그냥 사 놨다가 자식들한테 물려주면 되잖아요? 혹시나 해서 우리 애들한테 그 밭 살 돈 있냐고 물어봤더니 자기들은 시골에 살 마음이 전무하대요. 시골 사느니 이민 가겠대요. 저번에 소문 들으니까 회장님 훌륭한 아들 판범이는 여기께 집 짓고 살 계획이라면서요. 우리 밭에다 지으면 되죠, 우리 죽은 다음에. 밭농사 짓기 싫으면 컨테이너 하나 갖다놓으면 되잖아요."

"어쨌거나 우리도 돈 없어요."

"회장님이 돈 없다는 건 정말 거짓말이다. 안 그래요, 판돈 엄마?"

"저는 암것도 몰라유. 돈이 있는지 소가 팔리는지 벼 팔아서 얼마를 했는지 기초연금이 얼마나 나왔는지. 저축이 얼마나 있는지."

"돈 많다는 소리네!"

"소문을 들으니 무덤으로 쓸까봐 걱정하신다면서유?"

"맞아요, 환장하겠어요."

"만약 내가 그 밭을 사놓으면, 우리 죽었을 때 우리 애들이 거기다 무덤 쓴다고 할 수도 있잖아요?"

이장사가 나도 밤나무유! 하듯 껄껄댔다.

"어허, 젊은 양반이 별 걱정이서. 회장님이 나보다는 오래 살 거 아뉴. 아줌씨도 우리 마누라보다는 오래 살 거고. 우리 죽은 다음에야 워칙히 되든 상관이 읎쥬. 그러고 회장님네는 밭도 많은데 경우 바른 애들이 하필이면 거기다 쓰겄슈."

"당신, 간만에 옳은 말 했어요."

"만약 내가 그 밭을 사면, 농사는 어쩌실 거유?"

"안 짓고 놀린 지 몇 년 된 거 아시잖아요. 회장님네 밭이니까 회장님네가 지어야죠."

"내가 지으면 소똥 갖다 뿌릴 건데, 냄새가 고약시러울 텐데유."

"지금 회장님네 축사에서 날아오는 냄새도 가끔 고약스러워요. 그러고 그 냄새가 우리가 한 5년 더불어 견딘 냄새만 하겠어요. 그러고 보니 참, 그때도 미칠 뻔했네. 괜찮아요, 저희는 은행 곯는 냄새도 잘 참아요."

당산뜸 한 집의 주인이었던 김우유는 당산의 3분의 2를 소유했다. 그 땅에 한 5년은 젖소를 키웠고, 또 10년은 과수원을 했다. 김우유는 군신리 외딴 기슭으로 옮겨가서 돼지 500마리를 쳤다. 축사 가까이에 똥창고를 짓기 전까지 방치한 과수원에 돼지 똥을 부려놓았다. 누구 말마따나 산신령과 백호랑이 신을 모시던 당산을 똥산으로 만들어버렸다. 범골 전체가 돼지똥 냄새에 뒤덮여 집집마다 욕설로 시작해서 욕설로 끝나는 나날을 살았으니, 특히 똥산 아래 두 집의 고통은 이루 말할 수 없었다. 김사또는 김우유의 작은아버지였고, 이장사의 형수가 김우유의 큰누나였다. 하고 보니 김사또네와 이장사네는 사돈지간이라도 할 수 있었는데, 복잡한 촌수 더 따질 필요 없이 이웃사촌이다 보니 동병상련할 일이 적지 않았고 가장 대표적인 사건이 바로 그 돼지똥 사태였다.

김사또는 그 자리에서 끝내 밭을 사겠다고 확언하지 않았다. 천만 원이 강아지 이름도 아니고, 성격상 고심이 필요했다.

"회장님 믿어요. 판돈엄마 회장님 좀 잘 설득해줘요."

공주댁이 간절한 바람을 남겨놓고 돌아갔다.

김사또가 물었다.

"밭 사면 질 겨?"

"지금 것도 밭매기 힘들어 죽겄구만. 나는 못 져유."

"그럼 사지 마?"

"살 돈은 있나보네유. 나는 물러유. 사든지 말든지. 무덤 이고 사는 게 꺼림칙하기는 할규. 근데 거기에 무덤이 크게 생기면 우리도 무덤 이고 사는 건 똑같잖유? 장사님네하고 우리집이 얼마나 떨어져 있다고."

"그런가? 에이, 시발! 사야겄네."

밭 내놓았다는 소문을 들었을 때부터 김사또는 사고 싶었는지도 모른다. 젊었을 적에는 탐내던 땅이었다. 그 밭뙈기만 사면 당산의 남쪽 밭자락을 모두 갖게 되는 것이다. 잊고 살았는데 무주공산이 되었다니 예전의 소유욕이 은근히 되살아났다. 돈 천만 원이 쉬운 돈은 아니고, 지을 자신도 없고, 꾹 참고 모르쇠로 나가려고 했는데, 공주댁의 간청을 듣노라니 사놓고 보자는 쪽으로도 쏠렸다.

김사또가 밭을 샀다는 말을 듣고, 공주댁이 손뼉을 쳤다.

"에고, 한 시름 났네."

5

설 전날, 윤기술이 용달차에 기계톱을 싣고 왔다.

이장사는 단호했다.

"저 은행나무들 싹 베주게. 저것들 땜시 아주 힘들어서 못 살겄어."

"다른 것은 그렇다 치고 이 나무는 너무 아까운디유. 이 영험한 나무를 왜 베려고 그러슈. 사 가라면 사 갈 것도 같은디."

"저겟 걸 사긴 누가 사. 은행이라면 내가 아주 치가 떨려! 없애버려야 뎌."

"그런디 올해는 어쩔 수가 없네유. 은행나무는 신령스러워서 아무때나 못 베잖유."

"그려서 오늘 부른 거 아녀. 해 가기 전에!"

"다저녁에 불러놓고 대책 없는 말 하시네유. 이르케 큰 나무를 무슨 수로 지금 다 베유. 이박삼일은 베야겄구먼. 그리고 요 정도면 백 살은 됐을 것 같은디 함부로 못 베유. 고사상이라도 차리고 베야지. 공짜로 나무 가져다 때라는 건 참 고마운 말씀이신듀 나무 나름이쥬. 저런 나무는 막 때기도 거시기허다구유."

작심하고 불렀건만, 엔간히 짜대는 말을 듣노라니 이장사는 약해졌다. 집 짓기 전부터 있었던 나무였고, 아닌 게 아니라 구십 평생을 친구처럼 지내온 나무가 아닌가. 은행을 모아놓기만 하면 가져가겠다는 사람은 있으니, 마누라 잘 설득해서 줘버리면 될 것 아닌가. 김사또가 귀찮게 하기 전에.

"저거는 꼭 베줘."

이장사가 가리킨 나무는 김사또네에 바짝 붙은 텃밭머리 은행나무였다.

"이웃에 피해를 너무 끼쳐."

그 나무가 만만해 뵀는지 왔다가 그냥 가기 뭐했는지 윤기술은 전기톱을 들이댔다. 오래도록 수나무로 의심 받다가 15년 전부터 이웃집 지붕에까지 열매를 날리던 앙상한 나무가 맥없이 잘려나갔다.

이웃의 경계마저 가뭇없어졌다.

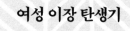

여성 이장 탄생기

현재 이장(63세)이 한숨 돌리고 사뭇 진지한 체했다.

"다음 안건은 이장 선출에 관한 것인디요, 지가 여러분의 지지를 받아 이장한 지가 벌써 2년이 되야부렸습다. 이장이 뭣이냐, 이장 하기 전에는 증말 아무것도 모르는 것이었습다, 막상해보니 딱 동네 머슴임다, 상머슴. 지는 상머슴 노릇에 충실하얐다고 자부하는 바임다. 그런디 하다가 만 일이 있습다. 다 아시겠지만서도 우리동네 숙원사업이었던 산업단지를 유치하긴 했는데 그것이 진짜로 될라믄 땅문제부터 시작해서 갖가지 문제가 해결되야됨다. 그러한 난제를 깨끗하게 매듭짓기 전에 저 하나 편하자고 물러나는 것은 마을 사람 된 도리가 아님다. 옛말에 똥 싼 놈이 치우고, 시작한 놈이 끝낸다는 말이 있듯이……."

이장은 면사무소로부터 매월 활동비 20만 원, 교통보조비 15만 원을 지급받았다. 본인 건강보험료에 중·고등학생 손주 수업료에 미취학 손자녀 양육비 3만 원에 특별 상여금(월급의 두 배)에, 받을 수 있는 것을 다 받는다면 1년에 500만 원쯤 받을 수 있다. 누구 말마따나 "면사무소 따까리!" 하고 받는 돈인데, 그것도 많이 받는다고 시샘하는 이도 있지만, 대개는 이장 자리가 돈에 집착하는 자리가 아님을 증거하는 액수로 여겼다. 돈 보고 하는 자리가 아니라면, 상머슴이 되겠다는 각오 그 비슷한 것이 필요하기는 할 터였다.

"자네가 한 번 더 하고 싶다는 겨?" 노인회장 김사또가 더 듣기 싫다는 투로 끊었다.

"하다가 만 일을 마치겠다는 것임다."

"그게 그 소리지. 도긴개긴!" 안골대표(66세)가 철 지난 유행가 흉내까지 냈다.

"증말로 더 하고 싶은 생각이 요맨큼도 없슈."

전임 이장인 당골대표(65세)가 신경질적으로 말했다. "민주적으로 해. 민주적으로."

"민주적인 거 너무 좋아하지 맙시다. 그놈에 민주주의 땜시 허구헌 날 슨거인디 이런 콧구멍 같은 산골동네서까지 슨거하고 그러면 되겠습니까?"

"코미디언 뺨 때릴 사람이네."

"회의 석상임다. 존대합시다."

"지금으로부터 정확히 2년 전 무슨 일이 있었는지 나만 기억하는 겨? 내가 2년 임기 채우고 리민 여러분의 지지를 받아 2년 더 하고, 그러고도 하고 싶은 일이 더 있어 한 번만 더해보겠다고 했을 때, 민주! 민주! 하면서 슨거 하자고 나선 게 너여, 너."

전임 이장이 삿대질까지 하자, 현 이장도 점잖은 체를 버리고 팔뚝을 걷어붙였다.

"4년씩이나 하고 또 하겠다고 나선 분이 제정신인가? 지가 무슨 이통여 박통여? 전두환이도 한 번 하고 노태우한테 물려줬는디 댁이 염치는 오일장에다 팔아먹은 얼굴로다 뻔뻔히 나섰잖아. 나는 겨우 2년 했거든. 이장 2년만 하고 물러난 경우가 있어? 2년 한 번은 원래 더 하는 거잖아. 한 번 더 하는 걸 더 하겠다고 하는 게 뭐가 문제여? 글구 이장서 물러났으면 깨끗이 물러나서 손주불알이나 만질 것이지, 뭐 반장은 또 맡아가지고 사사건건 딴지냐고. 내가 이장 하면서 댁 때문에 정말 힘들었어. 친노빠 야당보다 더 짜증나는 인간여, 댁이."

"뭔 소리여. 내가 네 얼굴 보기 싫어서 이 자리에도 처음 나오는디."

"꼭 얼굴 보고 지랄해야 지랄여? 댁이 나 없는디서 내 욕한 것만 모아도 욕사전 한 권은 나올 텐디."

"지랄? 이런 장유유서도 없는 새끼를 이장으로 앉혀놨으니 마을 꼬라지가 워칙히 되겠냐고."

"새끼? 나잇값도 못하는 게."

김사또는 어이 상실한 낯꽃이었다. "쌍으로 똥 싸고 자빠졌네. 젊은 사람들한테 부끄럽지도 않어?"

부녀회장(55세)이 느물댔다. "기운들 좋으슈. 왜 먹살 안 잡고 주먹 안 날리나 모르겄어. 과연 이장 감투를 괜히 쓰신 분들이 아니라니께. 꼭 국회의원들 같으셔. 그 사람들이 그러잖유. 금방이라도 겁나게 싸울 것처럼 티격태격하지만 실제로는 싸우는 걸 못 봤다니께. 폼만 잡는 거지, 폼만. 두 분도 얼른 화해 악수하고 히 웃으셔."

"자시고들 하셔유. 다 먹자고 하는 일이니께." 부녀회부회장 겸 범골대표 이덕순(45세)이 민물고기잡탕찌개를 들여왔다.

"지가 잡은 괴기유. 저수지 탈탈 털었슈." 범부락대표(50세)가 우쭐대었다.

더 복잡한 얘기 해봐야 직구, 커브, 슬라이더 모르는 이가 프로야구중계 듣는 거나 마찬가지일 터, 결론만 전하자면 한 달 후 이장 선거를 하기로 했다.

역경리는 안골(1반), 당골(2반), 범골(3반)이 동네 축에 들었다. 댓골 휘유골 원자울 선녀골 벼락골 등은 한두 서너 집이 궁벽진 산골짜기였다.

안골과 당골은 오백 년 역사와 전통을 자랑했고 내로라하는 가문도 대여섯이나 되었다. 유서 깊은 두 마을은 지난 100

년 동안 범골의 도전을 받았다.

범골이 가구수로나 인구수로나 경제적으로나 성장하여, 역경리를 명실공히 삼국지 형세로 재편한 것은 보릿고개시대 즈음부터였다. 세 가문이 개척한 범골은 신체 건강한 타성바지들이 대거 유입되고, 부농을 다수 배출하고, 월급쟁이 광부들이 가세하면서, 안골과 당골을 능가는 못하더라도 맞먹는 푼수는 되었다.

범골인에게 마을 차원의 소망이 있었다. 이장 배출!

면에서 으뜸 버금을 다투던 친일지주 안골 이씨는 해방 이후 몰락하는 듯했지만, 잠시 이장 자리를 가져갔던 당골 윤씨네가 한국전쟁 때 풍비박산 난 이후, 도로 이장을 독차지했다.

4.19혁명으로 온 나라에 혁명의 기운이 넘쳐날 때 역경리에도 혁명을 꿈꾸는 이들이 생겨났다. 특히 범골 사나이들은 새 술은 새 병에 담아야 한다는 논리로 이장 교체를 준동했다.

"이승만 자유당의 의붓자식처럼 굴러먹던 놈이 안골 이씨 아닌감. 고놈들이 다 결딴났는데, 안골 이씨는 왜 그대로여?"

마을비상회의가 개최되었고, 범골의 팔팔한 청년들은 인민재판이라도 하듯 성토하여 안골 이씨의 자진사퇴를 받아내고야 말았다. 무려 40년간 구장 혹은 이장이었던 안골 이씨는 통곡하며 하야성명도 못 남긴 채, 부부집(안골과 당골과 범골이 마주보는 삼거리에 위치한 하꼬방 겸 술집)을 떠났다. 범골인은 분위기를 휘잡아 범골의 자랑 말술김을 이장으로 추대했다.

안골인은 이장 자리를 똥개한테 줄 수는 있어도 "병신동네 것"들한테는 줄 수 없었기에, 안골 이씨의 사돈이었던 당골 박씨를 지지했다. 결딴 난 당골 윤씨네가 '빨갱이 집안'이었다면, 당골 박씨네는 그 빨갱이 집안과 수백년을 앙숙으로 지내온 '반동집안'이었다.

새로 이장이 된 당골 박씨는 한국전쟁 때 당골 윤씨 등을 비롯한 빨갱이를 잡는 데 혁혁한 공을 세운 역경리 반공청년회 대장이었다. 역경리 사상 최초로 경쟁선거를 치렀는데, 안골인과 당골인이 합심하여 당골 박씨에게 몰표하니, 범골의 희망 말술김은 낙선할 수밖에 없었다.

반공이장이라고 불렸던 당골 박씨는, 5·16으로 더욱 기세등등해졌다. 반공을 국시로 아는 정부가 들어서자, 그전부터 반공을 국시로 실천하던 박씨는 날개 넷 달린 독수리처럼 설치고 다녔다. 성씨만 박통과 비슷한 게 아니라 생김새도 비슷했고 일부러 닮으려고 애쓴 보람인지도 모르겠으나 하고 다니는 짓도 비슷했다.

육경면에는 스물세 명의 이장이 있었는데, 당골 박씨만큼 정력 넘치게 활동한 이는 없었다. 면 행사 때 외지인들은 박씨를 면장으로 착각하곤 했다. 언변으로나 폼으로나 활약상으로나 박씨가 면장보다 오롯했다.

면장부터가 당골 박씨만 보면 저승사자 만난 것처럼 벌벌 떨었다. 박씨가 음으로 양으로 면사무소 공무원들을 손아귀에

쥐고 흔드니, 사실상 면장은 수시로 바뀌는 타향 사람이 아닌, 박씨라 해도 좋았다.

대개 역경리민은 당골 박씨의 독재에 불만이 없었다. 박씨는 다른 리보다 뭐든지 먼저 되고 먼저 들어오도록 했다. 영농자금, 새마을시대의 각종 시설 물자, 볍씨 새 품종, 새 농약, 새 기계, 재해보상비 등등, 무엇이든 면소재지 시경리 다음 역경리였다. 시경리보다 빠를 때도 숱했다. 역경리민은 그 모든 것이 박씨의 능력과 활약 때문이라고 믿었다.

말술김은 당골 박씨 병환이 도질 때마다, 국가적 정권교체기의 혼란으로 덩달아 일개 시골 이장의 정치적 영향력까지 약화되었을 때마다, 범골인의 지지를 업고 이장 자리를 노렸으나 번번이 실패했다. 범골인의 지지는 세월이 무상하게 확고했으나, 안골인과 당골인의 지지는 감불생심이었다.

당골 박씨가 졸하여 이장을 마감한 것은 1985년으로 그의 나이 73세 때였다.

진정한 민선 이장시대가 열렸다. 안타깝게도 범골에선 이장 후보로 밀 만한 사람이 없었다. 말술김이 조금만 더 오래 살았더라면 그토록 염원했던 이장이 되었을지 모르겠다. 당골 박씨의 필생의 맞수 말술김은 그 몇 년 전에 밭고랑에서 고혈압으로 쓰러져 세상을 떠났다.

1990년대에 안골과 당골과 범부락에서 번갈아 이장이 나왔다. 2년 임기를 마치면 재신임받아 2년 더하는 모양새가 잡음 없이 유지되었다. 이 시기에 가장 찬란한 공적을 남긴 이가 있다면, 댓골 최씨였다.

"그 사람이 뭘 했다는 거여? 김대중이 짝짜꿍해준 자민련 김종필한테 잠깐 대우해주느라고 충청도에 돈 쏟아부을 때잖아? 그때 마을회관 안 지은 데가 어디 있어? 다 지었어. 원래 있던 데는 잘 있던 것 때려 부수고 새로 지었어. 그때 운좋게 이장이었던 것뿐이지!" 폄훼하는 이들도 있기는 했다.

"기억 못 하나? 그때 안골 당골 범골 세 동네 것들이 자기 부락에다 회관 세우겠다고 대갈통 깨지게 싸웠잖아. 범부락 출신 최씨가 세 동네를 신발짝 닳도록 싸돌아댕기면서 설득해갖고 하꼬방 술집 있던 딱 그 자리에, 회관이 세워진 거라고. 최씨 아니었으면 아직도 싸우느라고 회관 못 지었을걸!" 고평하는 이가 다수였다.

2003년, 범골은 드디어 이장을 탄생시키고야 말았다. 말술 김의 조카이자, 수리바위에 올라 야호를 질러 수탉보다 빨리 아침을 알렸던 큰면장이 그 주인공이었다. 그는 범골을 넘어 육경면도 넘어 시 차원에서 노는 큰 인물이었으니, 43세에 역 경리의 '개혁'을 내걸고 출마한 그에게 몰표가 쏟아진 것은 이변이 아니었다.

"겨우 마흔셋밖에 안 된 놈이 무슨 이장을 하겠다고 깝죽거리누!" 고시랑댄 늙은이들이 있었다. 30년간 독재했던 당골 박씨가 처음 이장이 되었던 것도 43세였다는 것을 환기시켜주

자, 노인네들은 무르춤했다.

범골인은 한마음 한뜻으로 큰면장의 이장 선출을 기뻐했다. 범골인의 99퍼센트가 일심동체가 된 것은 그때가 처음이자 마지막이었다.

큰면장은 2005년 재선에 나서지 않았다. 그가 이장 따위와는 격이 다른, 더 때깔 나고 멋진 자리 '시의원'을 목표로 하고 있다는 것은 널리 알려진 일이었으니, 이장 자리를 시시하게 대수롭지 않게 여긴 때문이라고 말이 났다.

역경리민에게 대단히 실망했기 때문인지도 모른다.

30년간 부부뜰에 농수를 대주었던 부부저수지를 확장하는 공사가 추진되었다. 수몰된 농토에 대한 조사가 제대로 이루어졌다. 큰면장의 활약으로, 삼동네 조상들이 남겨놓은 땅 백여 마지기를 찾아냈다. 아쉽게도 누구네 집안 땅이다, 하는 것까지는 추적할 수 없었다.

큰면장은 마을기금을 조성하려 했다. 보상금을 공평하게 나누면 한 집에 몇백만 원밖에 안 되고, 몇백만 원은 무엇에 썼는지도 모르게 없어지는 돈에 불과하다. 하지만 수억 원을 발전기금으로 적립해놓으면 다각도로 크게 쓸 수 있다. 도시사람들 찾아오는 주말농장 혹은 테마생태공원을 만들 수도 있다. 하다못해 마을회관을 '호텔급'으로 신축할 수도 있다. 도서관 유치원 공동마켓 등을 지을 수도 있나. 직거래유통망이나 온라인장터를 구축할 수도 있다.

늙은이들은 공평히 나누어갖기를 원했다. 고향에 돌아와 살겠다는 자손이 있나? 마을이 제아무리 발전해도 그것을 누릴 자손이 있나? 결정적으로 늙은이도 돈 필요해. 젊은 사람들 눈에는 몇백만 원밖에 안 될지 몰라도 한 해 두 해가 마지막일지 모르는 노인네들에게는 큰돈이라고. 남은 생을 조금이라도 덜 누추하게 보내고 싶다. 뭐, 그런 생각들이었을 테다.

늙은이들의 자손도 대개, 몇백만 원이라도 받아 쓰라고 권했다. 자손은 자신과 별 상관없는 고향마을의 미래에 관심이 없었다. 몇백만 원이면 일 년은 용돈 안 드려도 되겠네, 좋아했을 지도 모른다.

사오십대도 발전기금보다는 나눠갖자가 대세 의견이었다. 한마디로 믿을 수 없다는 것이다.

"발전기금 좋지, 좋아. 근데 그걸 생각해야 돼. 수억이야, 수억. 새마을운동 때 부락격려금 놓고도 살벌하게 싸웠던 기억 안 나? 수억이 마을 통장에 있다고 해봐. 마을이 조용할까."

"네 말대로 관리 잘하면 되지. 그런데 누가 관리할 거야? 네가? 언제까지? 평생? 그럼 너도 박꼴통이 되겠다는 얘기네. 그리고 너는 변하지 않을 수 있어? 너는 수억에 견물생심하지 않을 수 있느냐고. 나는 누구도 못 믿어."

"내 생각도 그랴. 괜히 그거 쌓아놓고 있으면 만날 싸울 겨. 그런 것 없어도 만날 싸우는 삼동네여. 주말농장 같은 거 하나 하려 해도 어느 동네에다 할 거냐부터 시작해서 얼마나 투자

할 거냐 별의별 거로 입씨름만 하다가 볼 장 다 볼걸. 괜히 동네 싸움판 만들지 말고 분배하고 말지."

"그랴, 동넷돈이 없어서 그나마 유지되는 동네여, 여기가."

"그런 거 잘해서 잘된 동네도 많겠지. 그런 거 하다가 망한 동네가 더 많을걸. 〈여섯시 내 고향〉에 나오는 동네 말고는 다 망한 동네 아니겠느냐고."

큰면장은 고집을 부렸다. 균등분배와 발전기금을 놓고 주민 투표를 붙인 것이다. 투표에서 기적은 없었다. 압도적으로 균등분배가 승리했다. 그 문제를 자신에 대한 신임을 묻는 사안으로 키웠던 큰면장은, 임기는 채웠지만, 신임을 잃은 사람이 이장을 더 해 뭣하겠냐며 여지없이 그만두었다.

큰면장이 역경리를 위해 한 일이 많았다. 범골에서는 당연하고 안골과 당골과 범부락 사람 모두가 '역시 믿었던 우리의 젊은 인재, 경상도에 김두관이 있다면 우리 마을에는 큰면장이 있다'고 추켜세웠다. 큰면장이 진짜로 이장을 그만두겠다고 할지 몰랐다. 늙은이 동년배 할 것 없이 생각 있는 이들이 새 이장을 뽑지 않고 두어 달이나 설득했지만 소용없었다.

큰면장은 역경리 차원으로 '돈이 없어' 무슨 일을 못할 때마다 아쉬워했다. "그때 그 돈만 적립해놨어도 참 많은 발전이 가능했었는데 사후약방문이지, 뭐!"

현재 이장 대 전임 이장의 싱거운 대결로 예상되었던 선거가 새로운 국면에 접어들었다.

"전 이장이 뭘 했었나? 뭘 했는지 하나도 기억 안 나는데."

"현 이장이 뭘 했지? 산업단지를 유치했다고? 그게 왜 그 사람이 한 거야? 시청 국장으로 있는 범골 축공무가 따낸 거나 마찬가지지. 그 사람 덕분에 여경리가 많이 발전했지. 삼동네 도로가 삐까번쩍 넓어진 게 다 그 사람이 힘쓴 덕택이라고."

"한 게 왜 없어? 엄청 놀러 다녔잖아. 글케 지성으로 관광에 참석하는 이장들은 첨 봤어. 대동여지도를 만들라고 그랬나."

작정한다면 이장으로서 여행 다닐 일이 부지기수였다. 시청에서 면에서 국회의원이 도의원이 시의원이 이렇게 저렇게 대절한 관광버스가 두어 달에 한 번꼴이었다. 마을에서 한두 명씩 대표로 가기 마련인데, 누가 갈 것인가, 따지고 자시고 할 것 없이 이장, 노인회장, 부녀회장 중에서 가고는 했다.

감투가 막중하고 아무리 공짜라지만 그 여행 다 따라다니려면 가정과 경조사와 농토 등에 등한할 수밖에 없고 무엇보다도 강인한 체력이 필요할 테다. 단거리여행은 더욱 흔해 빠졌다.

머드, 세발낙지, 오서산 억새밭, 성주산, 버섯냉풍욕장, 안녕댐, 대엄사, 어버이날, 면민화합, 저수지, 장사씨름, 벼루가 앞머리에 붙는 축제와 잔치와 대회에서 꼭 모시러 오고, 때로는 축사까지 부탁받는 게 이장 감투였다. 그밖에도 일일이 거론하기 피곤한 자리에서 청하고 이장으로서 안 갈 수 없는 자리도 다반사였다. 이런 걸 다 챙기다간 마을 일은커녕 집안일도 돌보기 힘들 테다. 전임 이장이나 현 이장이 대소 관광행사에 유난히 집착한 건 사실이다.

"두 사람 말고는 사람이 없나?"

"왜 없어. 찾자면 이장감 하나가 없을까."

말 많던 4대강 사업도 일거리 없어 무료하던 토목박사와 삽질회장과 뭐라도 해보고 싶었던 정치가의 장난 같은 대화에서 비롯되었다는 우스개도 있듯이, 심심해서 시작한 일이라도 여럿이 머리를 맞대고 입씨름하다보면 범상치 않은 일로 발전할 수 있다.

불과 열흘 만에 여러 후보가 물망에 올랐다. 찾아보니 인물이 한둘이 아니었다.

제1후보는 큰면장. 꼭 10년 전에 이장을 했던 그 사람. 한 번도 출마한 적 없지만 한 번도 공천을 신청한 적 없지만 각종 선거 때마다. 이번에는 나서지 않을까 은근히 바라보게 되는 ㄱ 사람. 면단위 수준에서는 맡을 수 있는 자리는 다 맡았었거나 맡고 있고, 시 차원에서도 영향력 있는 단체나 조직에 위원이나 부장으로 이름을 걸어둔 사람. 게다가 아주 젊기까지 했다. 문제는 의향이 전혀 없다는 것.

큰면장은 자기가 이번에도 어김없이 이장 후보로 거론되고 있다는 말을 듣고 이 말을 남겼다. "10년 전에 떠난 버스를 아직도 불러?"

　제2후보는 범골 척박사(66세). 그는 어릴 때부터 모르는 게
없어 보였다. 처음 들어보는 것도 어느 정도 짐작해서 알았고,
이미 들어본 것은 가르쳐줄 정도로 알았다. 모르는 것조차 아
는 척할 수 있었다. 책이라고는『새농민』밖에 본 일이 없는 그
가 '박사'라는 별호로 통하게 된 것은, 세월이 흘러도 변함없는
총기 때문이었다.

　보릿고개시절에 성장한 아이들이 대개 그렇듯, 그는 국민학
교만 겨우 졸업했다. 아비는 아들 셋, 딸 셋을 낳은 뒤에 일찌
감치 저승 사람이 되었다. 밥알까지 세어 먹던 어미 짠물댁 곁
에서, 늘 든든한 장남으로 동생들을 배곯지 않게 했으며 가르
치는 데까지는 가르쳤다.

　한 번 들은 것은 웬만해서는 까먹지 않고, 한 번 본 것은 바
로 따라 할 수 있는 날카로운 눈썰미가 있었다. 하나를 가르쳐
주면 다섯까지는 미루어 깨우쳤다. 청소년 때부터 상일꾼으
로 대우받았다. 어른들 못지않은 작업량을 보였다. 또래의 청
소년들이 "귓구멍에 말 좆을 박았냐?" "까마귀 고기를 처먹었
냐?" "대가리가 비었냐?" "거북이 손이여? 느려터져 갖고 밥숟
갈이나 쥐고 살겠니?" 노상 통바리 먹고 얻어터지며, 막걸리는
커녕 맹물 한 잔 못 얻어마실 때, 그는 "야, 기똥차게 잘헌다."
"대가리가 탈곡기마냥 또랑또랑 돌아가는구나!" 칭찬만 받으

며 막걸리를 대접으로 받아마셨다.

새마을운동시대에 그는 범골 청년들의 막내이자 리더였다. 선배들은 의견이 분분하다가 답이 안 나오면 그에게 물었다. 그의 의견이 곧 결론이 되었다. 선배들은 천리마운동 하듯 울력하다가도 수틀리거나 삐치면 연장 집어던지고 하꼬방으로 도망가는 일이 흔했다. 그는 일을 완전히 매조질 때까지 제자리를 지켰다.

선배들이 사소한 까닭으로 사색당파꼴로 분열 반목할 때 (위뜸 대 아래뜸 대 음지뜸, 타성바지 대 토박이 대 자기가 타성바지인지 토박이인지 헷갈리는 이들, 말술김씨네 편 대 맹물김씨네 편, 노장 대 중견 대 소장, 유부남 대 총각, 전업농 대 농업광업 겸업 대 축산, 노가다 대 벌목 대 공장, 노태우 대 김대중 대 김영삼 대 김종필), 각 패거리 사이를 비둘기처럼 날아다니며 화해시키는 역할도 그가 아니면 맡을 사람이 없었다.

동네사람끼리 욕질은 해도 주먹다짐 없이 범골이 평화로울 수 있었던 것은, 박통의 긴급조치법이나 전통의 삼청교육대나 노통의 '범죄와의 전쟁' 때문이 아니라, 척박사라는 탁월한 중재자 덕분이었다.

짠물댁은 아직도 큰며느리한테 서운한 마음이 컸는데, 그 훌륭한 장남을 서울로 데려갔기 때문이다. 큰며느리 판단으로, 범골에서는 아무런 선망이 없었다. 그토록 마을을 위해 애썼을 뿐 아니라 다섯 마지기 농사일에도 게으르지 않았고 여름에는 공사판, 겨울에는 산판을 다니며 벌었다지만 모은 돈이 없잖은가! 중학교 마치고 도시로 상경했다는 두 도련님이 수도권에서 사는 모습과 견줄 때, 이게 사람처럼 사는 건가, 들짐승처럼 사는 거지. 꿈이 있다면 고향을 지키는 것이었던 척박사는 끌려가듯 서울로 갔다.

환갑 무렵부터 척박사는 소작으로 내놓았던 농사를 다시 짓는다며, 기차값도 아깝지 않은가, 서울과 범골을 무수히 오갔다. 차차로 범골에 상주하는 기간이 길어졌다. 봄부터 가을까지는 범골에 있고, 겨울에만 서울에 있는 것 같더니, 최근에는 특별한 일이 있을 때만 서울에 갔다. 20여 년의 서울살이 이력까지 더해진 김씨는 박사를 넘어 만물척척박사로 통하게 되었다.

척박사는 자연스레 노인회의 막내가 되었는데, 새마을운동 시대의 주역들이 어느덧 마을회관에서 노닥거리는 나이가 된 것이었다. 그때는 하꼬방에서 회의라도 한 번 할라치면 안골 청년, 당골 청년 빼고, 범골 청년만으로도 방 한 칸이 꽉꽉 들어찼는데, 현재는 삼동네 늙은이를 다 긁어모아도 노인방 하나 채우기가 힘들었다. 이미 간 사람도 많았고 마을회관에 기어나올 기운도 없이 자리보전한 늙은이도 많았다.

소수정예 노인네들은, 먼저 땅속으로 들어간 사람을 추억하며, 떠난 사람이 어디서 안 죽고 잘 살고 있다는 소식을 나누며, 그들 혹은 마누라의 갑작스러운 발병과 그 병을 치료하기 위한 고난의 행군담을 자랑하며, 종합편성채널과 비교해도 손색 없는 말발로 청와대와 여의도 정치꾼들을 자근자근 씹어대며, 그밖에도 별의별 시답지 않은 얘기를 해가며 시간을 때웠다.

맨입으로 영양가 없는 이야기만 할 수는 없었다. 소주와 맥주와 음료수는 늘 넉넉했다. 나름대로 성공했다는 젊은이들이 준 것, 경조사 있었던 집에서 처치 곤란하다고 준 것, 선거를 대비한 사람들이 툭하면 주고 가는 것 등등.

문제는 안주인데, 부녀회에서 담가준 김장김치만 먹을 수는 없고, 경로당 막내가 도맡은 일이 안주 장만이었다. 척박사는 냉장고에 빽빽이 들어 있는 것을 삶거나 데치거나 볶아서 이름 붙이기 뭣한 요리를 내놓았고, 누가 민물고기를 갖다주면 매운탕을 끓였고, 누가 고기를 끊어주면 두루치기를 하든 굽든 백숙을 하든 했고, 차에 치여 죽은 고라니를 가져다 개고기 수육처럼 내놓기도 했고, 설거지까지 책임져야 했다.

젊은 세대는 척박사가 얼마나 똑똑하고 일 잘하는 사람인지 알지 못했는데, 그는 자신의 박사다움을 산역할 때 자랑할 수 있었다. 시골이라 아직 매장을 하는 집이 많았다. 상주들은 동네 산에다 어버이를 묻기는 해야겠는데 아는 게 하나도 없고, 늙은이들도 기억 안 난다고 도리질만 치니 답답했지만, 척박사가 나타나면 모든 게 일사천리로 바뀌었다.

척박사가 이렇게 저렇게 설명하면, 상주는 "예, 그렇게 해야 되겠네요. 그런데 그렇게 하려면 어떻게 해야 되나요?" 할 수밖에 없었다.

척박사는 "거기는 상주 노릇이나 잘해. 내가 알아서 할 테니께!" 앞장서는 것이었다. 아직도 정정한 박지관에게 알려 묏자리 잡게 하고, 포클레인 방에게 전화해서 날짜 시간 하달하고, 매장 당일에는 상여 운구, 무덤 파기, 관 안치기, 봉분 만들기, 뗏장 덮기 등을 진두지휘했다. 하도 장례를 자주 다녀서 좀 아는 척 하는 사람들이 다수 끼어 있기 마련이나, 아는 척 나섰다가도 척박사의 말 몇 마디에 "예, 그게 맞겠구먼유" 꼬리뼈를 감췄다.

척박사가 역경리 모든 늙은이를 묻어가고 있었다. 척박사가 노인네를 보면 하는 말이 있었다. "나보다 오래 살지 마슈. 그래야 묻어주지." 자기가 죽으면 죽은 사람 묻어줄 사람도 없지 않겠느냐는 오만스러운 발언인데, 틀린 말도 아니었다. 노인네들도 각오하고 있었다. "척박사보다 오래 살면 무조건 화장당하는 겨."

짠물댁은 아직도 아들에게 새 밥을 지어 먹이기 위해 새벽 다섯시면 밥을 안쳤다. 척박사가 "찬밥 먹어도 된다니께요. 지발 잠이나 더 주무시라니께" 못마땅해하면, 짠물댁은 그러는 것이었다. "이눔아, 새 밥을 먹어야 힘을 쓰는 것이여."

짠물댁은 할망구들의 부러움을 한몸에 받았다. 애비 없이 키운 자식들이 도시 나가서 잘되었고, 큰형 척박사가 한마디

하면 세 시간 안에 범골 집마당에 집결할 정도로 자식들 간 우애가 좋았고, 어쨌든 자식 한 명이라도 곁에 두고 사니 외롭지 않고 이런 것들이 부러운 것이 아니라, 아픈 일이 드문 것도 부럽지만, 허리가 하나도 굽어지지 않은 게 그토록 부러웠다.

늙은 여인들은 도무지 이해할 수 없었다. "칠순 넘어가면 기억자로 꺾어지고, 팔순 넘으면 방바닥에 붙어있는 게 농촌에서 썩은 여성 허리 아니겠냐고. 왜 짠물댁 허리는 여든여덟이나 먹고도 저리 나무꼬챙이처럼 꼿꼿허냔 말이여."

각설하고, 척박사 또한 전혀 출마의지가 없었다.

"왜 그런 걸 한다냐? 난 자유인이여, 자유인."

몰표 당선이 예상되는 척박사를 무슨 수가 있더라도 이장 자리에 앉히겠다는 일념에 불타, 몇몇이 사흘을 괴롭혔다. 척박사는 새마을호를 타고 서울로 도망가버렸다.

제3후보는 별명이 영화제목스러웠다. 해결사!

역경리에는 안골에도 당골에도 범골에도 범부락에도 속하지 않는, 말 그대로 독립된 집이 하나 있었다. 굳이 따지자면 범골과 가장 가까웠는데, 부부뜰 한복판에 섬처럼 자리잡았다. 일제 때 정지주택으로 불렸던 집이다. 그 집 장손이 새마을운동지도자 정지도였다. 정지도가 다방에서 만난 여자가 있있다.

강미자가 '육경다방'에 입적하던 날, 마담은 남발했다. "미스 강이 아버님 빚을 다 갚기 위해서는, 하루에 백 잔의 차와 20병의 맥주를 기본으로 팔아야 돼. 꼬박 1년 동안! 겪어보면 알겠지만 기본을 할 수 있는 날은 한 달에 열흘도 안 돼. 농번기 때는 한 달에 하루도 기본을 못할 때도 많아. 게다가 여기서 먹고 자는 값에, 옷값 목욕비 화장품값 다 미스 박이 부담해야 한다. 어떡하니! 1년이 아니라 5년, 10년이 걸려도 네 아버지 빚 갚을 전망이 없네. 그지?"

"그러니까 죽을 때까지 이 다방에서 있으라는 거죠?"

"손쉬운 방법이 있지. 반년 안에 이 다방에서 나갈 수 있는 방법. 미스 강은 완전 영계잖아? 처녀일 테고?"

"싫어요!"

"나는 상관없어! 정 안 되겠으면, 해수욕장 앞바다에서도 멀리 떨어진 섬 술집에 팔면 되니까. 섬 작부 되고 제 명에 죽었다는 년 못 봤다. 열심히 하라는 얘기야!"

더 자세한 이야기는 해봐야 지저분하고 결론만 말하면, 강미자는 정지도의 아이를 가졌고, 삼청교육대에 다녀와 정신이 3분의 2쯤 나간 정지도 집에 들어가 살게 되었다.

범골 아낙들은 강미자를 무척이나 괄시했다. "우리가 논고랑 밭고랑에서 평생 썩어난 여성들이지만서두 과거는 나무랄 데가 없지. 처녀적엔 내남없이 규방 규수였지. 아버지가 시집가라니께 시집간 거구, 시집 와서 보니께 농사꾼 집구석이어서 이냥 한평생 농사꾼으로 굴러먹은 것이제. 우리두 시집만 잘 갔으면 폼 나는 사모님으로 살며, '김 기사 운전해' 하고 다녔을 것이구먼. 규방 규수 입장에서, 다방 여성이니께 얼마나 지저분하게 보였을 겨? 겨우 보름 있었다고? 물러, 우리 귀에는 15년으로 들렸어."

아낙들은 강미자가 일 달라고 찾아오면, "수수깡 몸뚱이로 무슨 일을 하겠다고, 가서 차나 나르시지" 비아냥거렸다. 강아지손도 아쉬운 판이라 일을 주긴 했지만 말이다.

십 년 쯤 흘러 아낙들의 수다는 이랬다.

"농사짓는 집에서, 그런 상농사꾼을 어찌 안 이뻐할 수가 있댜. 다방 거시기가 아니라 청량리 588이라고 해도 그게 무슨 상관이여. 우리집 며느리도 아닌디. 농촌에서 농사일만 잘하면 되지."

"다방댁은 천하지대본이라는 농사일을 그르케 잘하니께, 공장을 다니든 파출부를 하든 보험을 팔든 무슨 일이든 무조건 다 잘할 수 있었을 거 아닌가베. 애새끼를 데리고 가든 떨어뜨리고 가든 도시로 나가, 남부럽지 않게 살 수 있을 것 아닌가베."

"그렇구 말고! 도시로 가면 완전히 팔자를 고칠 것이야. 그런디 왜 그 미친 새마을지도자를 지극봉양 하면서 썩는지 이해가 안 된다니께."

디시 10년 후에는 이랬다.

"농촌에서는 해먹고 살 게 없다구, 조금만 젊다 싶으면 너도 나도 도시로 뜨는디, 엉덩이에 본드 칠을 했나 꼼짝을 안 하니 이해가 안 돼. 남편 끌고 못 올라가겠다면, 버리고라도 가야지."

"다방댁이 겨우 마흔 넘었어. 떠나야 돼. 왜 서방을 못 버려. 아직도 서방한테 기대할 게 남았단 말여? 못 떠나면 병신이여, 병신!"

정지도는 경지정리사업 때 정지주가 남긴 유산을 되우 찾아냈다. 뭐든지 할 때마다 망했다. 하도 망해서 별호가 '또실패'로 바뀌었다. 재수가 없어도 그렇게 없냐고 안타까이 여기는 이도 있었지만, 젊은 시절에 거시기를 하도 잘못 놀려 여러 여자 인생 망친 죄를 받는 것이라고 고소해하는 이도 있었다.

척박사처럼 조리 있게 말하는 이도 있었다. "재수가 없는 것도 아니고, 죄 받는 것도 아니여. 워낙 일치라 뭘 해도 실패할 수밖에 없는 겨. 그냥 농사도 못 짓는 사람이 비닐하우스 농사를 어찌 지으며, 농사도 못 짓는 사람이 소돼지는 어찌 키울 것이며, 나아가 과수원이 뭔 언감생심이여. 전염병과 재해로 망했다고들 하는데, 다른 집 비닐하우스는 왜 멀쩡한가? 다른 집 소, 돼지는 왜 멀쩡해? 또실패가 능력이 안 되는 것이었어."

하여간 정지도는 아니 또실패는, 뭘 한번 시작하면 스케일이 커서, 실패도 크게 할 수밖에 없었는데, 실패 후 3년은 넋 빠져서 지냈다. 다시 삼청교육댄가 다녀왔을 때처럼 되는 것이었다. 범골인은 또실패의 넋이 돌아왔다는 말을 들으면 그 사람이 이번엔 또 무슨 대사업을 하려나 궁금해했고, 다방댁이 품 팔러 안 나오면 또실패의 새로운 사업이 본격적으로 시작되었구나 알게 되었다.

새천년에 들어서도 그의 불운은 계속되었다.

민물고기 양식을 하자 30년 만의 대홍수가 와서 고기들을 죄다 탈출시켜버렸고 양어장은 흔적도 없어졌다. 부부뜰 논바닥에 처박힌 고기들은 푹푹 썩어 이듬해 벼농사 대풍에 일조했다. 식용 황소개구리에 손을 대자 판로가 전면 끊겼다. 양계장을 짓고 닭을 만 마리인가 들여오고서 한 사흘 뒤엔가 조류독감이 터졌다. 또 소에 도전하자 구제역이 몰아닥쳤다. '조류독감 때문에 구제역 때문에 또실패가 망한 게 아니고, 또실패가 양계를 해서 조류독감이 왔고 소를 키웠기 때문에 구제역 왔다'는 말이 한동안 역경리 감초 우스개였다.

그렇게 할 때마다 망하는데, 또실패는 무슨 돈으로 3년 간격으로 망할 수 있었나. 찾아낸 땅문서가 그토록 많았나?

유력한 소문은 이랬다. 나랏돈 농협돈을 무한정 빌려 쓴 것이다. 보조금, 융자금, 무슨 진흥기금 받아 말아먹고, 농협한테 빌려 말아먹고. 나랏빚 농협빚 당연히 못 갚는다. "나 돈도 못 갚고, 죽지도 못한다!" 태평히 살아가는 범골인이 여남은은 되잖은가. 농협에서도, 농민은 빚을 절대 갚을 수 없다는 답이 나와 있다. 농협은 이자라도 받아야 한다. 농협은 이자를 받기 위해, 울머 겨자 먹기로 또 빌려준다. 또실패처럼 대책 없는 농민은 새로 대출받은 돈에서, 전에 대출한 것들의 이자만 내고는 새 사업에 투자해 또 말아먹는다.

물론 딴지 거는 이도 있었다. "말이 안 되잖아. 농협이 무슨 자선사업체도 아니고. 농협이 밑 빠진 독에 물 붓는 콩쥐라는 거여, 뭐여! 농협을 졸로 아는 그따위 얘기 못 믿겠어. 농협이 고리대금 장사를 캡짱으로 잘한다는 거 미국 백악관도 아는 일이여."

진실은, 또실패가 '쪽박 차듯 망한 적이 없었다'는 것이다. 소문과 달리, 또실패가 농협에 진 빚은 얼마 되지 않았다. 소문의 10퍼센트 정도.

또실패에게는 아내 다방댁이 있었다. 다방댁은, 시세 폭락으로 망했을 때는 중간상인들을 거치지 않고 빌린 트럭으로 전국을 돌아다니거나 온라인판매를 활용하여 손해를 최소화했다. 천연재해와 전염병으로 망했을 때는 공무원을 상대로 동분서주하여 보상금을 적절히 받아냈다.

다방댁을 모르면 안녕시 공무원 아니었다. 독학하여 학자 뺨치게 법과 절차를 숙지한 다방댁은, 면사무소와 시청을 비롯한 국가행정기관을 제집 안방처럼 드나들며 "단순하고 무식하고 동어반복만 하고 자꾸 다른 데로 가보라고만 하는 철밥통 것들"을 상대로, 만족할 때까지 "투쟁"을 했다. 다방댁이 서류 보따리를 들고 가서 탁 올려놓기만 해도 공무원은 알아서 기게 되었다. 인터넷이 상용화되자 다방댁은 더욱 강력한 힘을 갖게 되었다. 말로는 도무지 답이 안 나오던 일이 시청 게시

판에 쓴 '글' 몇 줄로 풀리고는 했다.

공무원을 상대로 잘못된 일을 바로잡는 것이 다방댁의 가장 중요한 품팔이가 되었다. 억울하나 호소하러 다니는 게 엄두가 안 나는 늙은이들은 다방댁을 찾았다. 해결사가 나서면, 자식들마저 '답 없어요! 손해보구 마시라고요! 공무원들이 어떤 놈들인데. 그냥 마음 편히 사시는 게 장땡이에요!' 하던 일이, 십중팔구는 흡족할 만하게 해결이 났다. 그녀의 별호가 바뀌었다. 남자들은 '해결사', 여자들은 '해결댁'이라고 불렀다.

"여자가 대통령 하는 나라가 되었건만, 우리 고을에서는 여자 시의원 하나가 없다니 이게 말이 되는 겨?" 안타까워하던 아낙들은 인사 삼아 권했다. "해결댁, 다음 번이는 꼭 출마를 하더라고. 우리 범골 여편네들은, 해결댁이 나서기만 하면, 전부 무보수 선거운동원으로 나설 준비가 되었으니께."

"제 주제에 무슨."

"자네가 하는 일이 공무원들 상대로 싸우는 일 아닌가베. 그게 시의원 하는 일 아냐? 지금 시의원이 어떤 놈들인지는 몰라도 자네만큼 잘 싸울라고."

"지가 다방 레이디 출신이라."

"여왕마마 씨가 따로 있간!"

시의원에 내세우려고 했던 인물인데 이장 자리쯤이야. 여자가 이장 되고, 쓸개 빠진 남성네늘이 하는 것보다 잘 굴러간다는 동네도 많다더라. 부녀회장은 물론 말 좀 한다는 여인들이 결의했다. 해결댁을 역경리 최초의 여성 이장으로 세우자. 심지어 시에까지 소문난 역경리의 욕쟁이(36년생) 가발댁마저 말했다.

"다방댁, 아니 해결댁이라면 나도 무조건 회관 나가서 한 표 줄라네."

기미를 알아챈 해결사는 즉시 자동차를 몰아 대학생 딸이 자취하는 강원도 춘천으로 달아났다.

"뭔놈의 이장을 하라는 겨. 노인네들 뒤치다꺼리를 나보러 왜 하라는 겨. 내가 이 썩을 놈의 동네를 왜 아직 못 떠나고 있는 건지."

덕분에 또실패는 사근사근하기는 하지만 음식은 더럽게 못하는 며느리밥을 먹고 며느리 눈치보는 나날을 보내느라 애로가 자심했다.

"이래서 문제라니께. 지발 해줬으면 하는 인물은 못하겠다고 도망가고, 제발 안 한다고 해줬으면 하는 인사는 하겠다고 나대고……."

"선거 때마다 꿩 쫓던 개 된 기분여. 아무나 뽑아도 괜찮은 꿩들은 다 가버리고. 또 뭘 뽑아도 시원찮은 닭 중에서 뽑아야 되는겨?"

"선거가 뭐 필요 있어. 둘이 가위바위보 하라고 해."

"하기사 이장이 뭔 상관여. 이장이 누가 되든, 동네일은 꿩들이 다할 건데."

"이장은 놀러나 다니고?"

꿩 대신 닭 뽑는 선거 날이 되었다.

예상 밖에 많은 이가 몰려왔다. 명색이 이장도 선출하는 총회라지만 서른 명 안짝으로 올 것으로 예상했다. 늘 그렇듯 노인방에 회의 자리를 마련했던 대표들은 허둥지둥 2층 강당에 보일러를 틀고 플라스틱의자를 정렬했다.

범부락대표 겸 총무가 사회를 보았다. "이제 다 끝나고 마지막 안건이 남았는듀, 아이구, 리민 여러분이 하도 많이 오셔서 저부터 너무 당황스러운디, 일단 후보자부터 받겠습니다. 마을 위해 2년 동안 열심히 일해보시겠다, 상머슴 해보시겠다 하시는 분은 나서보시지요. 다들 아시겠지만 두 분은 반드시 나설 것이고요, 혹시 재미삼아 나설 분 계시면 나서보세유. 제가 한 표 보장해드릴께유."

전 이장과 현 이장이 나섰다.

그리고 또 한 사람이 나섰다. 이덕순이었다. 아무도 예상하지 못한 출마자였다. 다들 어이없는 눈초리로 떡두꺼비 같은 여자를 쳐다보았다.

사회자가 탁자를 두들겨 조용히 시켰다. "그럼 출마의 변을 들어보겠슈."

기호 1번 현 이장과 기호 2번 전 이장이 사자후를 토했다.

기호 3번 이덕순 차례가 되었다. "우선 여기 모인 부녀 여러 분께 죄송하다는 말씀드리겠슈. 제가 반드시 춘천에 칩거중인 해결사님을 모셔오겠다고 장담하는 바람에 해결사님께 한 표를 주시고자 달려오신 걸로 알아유. 해결사님이 저에게 그랬슈. 네가 해라! 새 시대는 새 포대에 담아야 한다. 말도 안 되는 말이쥬. 헌데 말여유, 으흠, 헌데 말여유, 여기 역경리 입구에 딱 들어서는데, 그런 생각이 들었어유. 내가 못할 건 뭐냐? 제가 결혼도 못해본 여자라는 것은 별문제가 아니라고 생각해유. 지금 우리나라 대통령도 결혼한 적 없는 처녀셔유. 그분은 일제 때 만주군 장교 하시는 아버지를 두었지만, 제 아버지는 친일파도 아니고 빨갱이도 아니고 반공용사도 아녀유. 나이가 어리다? 제 나이 마흔여섯유. 김대중 대통령이 처음 대통령에 출마했던 때와 비슷해유. 저보다 어린 현 국회의원도 여럿이구유. 제가 일 잘하는 건 죽 보아오셔서 아시쥬? 제가 농사 안 도와드린 분 있으면 나와보세유? 저 안 뽑아줘도 계속 도와드릴 테니까 걱정 마시구유, 제 말은 제가 일을 잘한다는 얘기에유. 남편도 없는 제가 왜 살고 있나 싶을 때가 많았슈. 근데유 마을을 위해 살고 싶다는 생각이 들었슈. 지를 이장으로 뽑아주시면 마을을 남편이라고 생각하고 열심히 일해보겠슈. 저를 뽑아주시면 저는 계속 결혼 못하더라도 역경리 노총각 오라버니들은 워칙히 해서든 제가 싹 다 결혼시켜 버릴랍니다."

투표자는 여자가 42명, 남자가 38명이었다.

현 이장은 15표를 얻었다.

전 이장은 13표를 얻었다.

기권 및 무효 처리가 20표였다.

이덕순은 32표를 얻었다.

새 이장 이덕순은 얼떨떨해서 멍하니 서 있다가 별안간 무릎을 꿇었다.

"잘할께유. 증말 잘해볼게유."

누가 연호했다.

"이덕순! 이덕순!"

몇몇이 따라 했다. 절반 이상이 따라 했다.

"이덕순! 이덕순! 이덕순!"

학생댁 유씨씨

노인들은 늘 귓등으로 듣는지 차씨 청년을 '차돌' 아니면 '택배'라고 불렀다. 차돌(90년생)의 아내 또한 제 이름으로 불리지 못하고 학생댁(95년생)이라는, 본인이 경치게 싫어하는 별호로 통했다. '전설의 고향' 느낌 나는 '댁'도 모자라, 두어 달 다니는 둥 마는 둥 한 대학시절을 회한케 하는 '학생'까지. '학생댁'이란 말만 들으면 회한과 짜증이 정반합 되어 홱 돌아버릴 지경이었다.

　　모든 게 못마땅해서 그런지 모르겠지만, 학생댁은 시골이 도시보다 훨씬 시끄러웠다. 개구락지, 매미, 소, 이름 모를 새들(교양국어 시간에 교수님은 '이름 모를'이란 형용사를 악의 근원인 양 성토했지만 저따위 잡새들의 고유명을 일일이 알 필요가 어디 있단 말인가), 마을회관 스피커, 경운기, 오토바이, 자동차, 이동트럭, 트랙터, 포클레인, 고물장수, 선거운동원, 이름 모를 기계. 소리 내는 것들이 숱했다.

"뭐, 조용해? 이게 조용한 거면 니가 조용필이다."

아내 학생댁이 불퉁대면 남편 차돌은 멋쩍게 넉살을 떨곤 했다.

"공기는 좋잖여!"

노인들에게 차돌은 은인이나 다름없었다. 다른 늙은이들 말은 필요 없고, 욕쟁이 말만 들어보자. "세상 오래 살고 볼 일이라니께. 그놈 손 안 탄 집이 있었느냐구? 한번 도적놈은 영원한 도적놈이라는디 차돌이는 다르네, 달러. 개과천선 돌아와서 보시를 허네." 언제 또 무슨 트집을 잡아 욕을 하게 될지 모르지만 지금까지는 욕을 안 하고 있는 것이다. 다른 노인들도 '세상 참 오래 살고 볼 일'을 읊었다. 욕쟁이가 욕을 안 하고 칭찬하는 것을 다 본다고.

욕먹는 학생댁과는 대조적이었다. "차돌이처럼 착한 애한테 워디 그런 썩어 문드러질 여성이 붙었다. 그게 다 죄 받는겨. 드럼통 반 쪼개서 대강 찌그러뜨린 것처럼 생긴 여성이 싸가지는 바가지고 인사성은 어디다 팔아 처먹었는지 고개 한번 까딱하는 꼬락서니를 못 봤다니께. 으른들 기어다니믄서 쌔빠지게 일하고 자빠졌는디 지는 뭐 산책을 혀야? 어이구, 차돌이 등골 빼먹는 여성. 그러니께 스물 먹은 게 벌써 배가 불렀지. 요새 시상에 스물에 애 갖는 여성이 제대로 된 여성이냐고. 어쩌다 차돌이가 그런 흉악한 여성을 ."

학생댁도 성깔이 욕쟁이 못지않다는 게 늙은이들의 중론이었다. 공주댁이 "입 조심하자구. 학생댁 갸가 귀가 어두워서 망정이지 밝으면 난리날 겨. 까딱하다가는 스무 살짜리허고 팔순늙은이가 머리끄덩이 잡는 꼴을 본다구." 신칙하지 않아도 다들, 욕쟁이 생트집 따발총 소리가 학생댁 귀로 건너가지 않도록 조심했다.

"차돌이냐? 나 거시긴디 거시기로 거시기 좀 거시기혀야겄다." 전화 한 통만 때리면, 모든 게 해결되었다.

전에는 얼마나 힘들었던가. 그 무거운 곡식, 김치, 양념, 채소, 과일 등속을 대충 포장해서 이고 지고 끌고 우체국까지 가서 반시간은 끙끙대고서도 주소를 잘못 적는 일이 숱해 엉뚱한 데로 가거나 반송되기 일쑤였다. 오토바이로 번쩍번쩍 실어다주는 남편도 없이 혼자 사는 과부댁들은 천신만고가 곱절이었다. 세상에 택배라는 것이 있다는데 그건 또 어떻게 불러야 하는 건지 어질어질했다. 안다고 해도 무진장 비쌀 것 같아 부를 엄두를 내지 못했다.

차돌이 택배차를 타고 동네 한 바퀴 싹 돌며 전화기 바로 근처에다 '차돌택배'와 숫자가 강낭콩만하게 박힌 큰 명함을 붙여주었다. 휴대폰 있는 노인에게는 긴 번호 입력해주고 단축번호 '9'만 꾹 누르면 된나고 몇 번이나 말해주었다. 때때로 찾아와서 "뭐, 부치실 거 없대유?" 했다. 노인들은 금방 적응이 되어 차돌을 잘도 불렀다. 부칠 생각이 없다가도 차돌이 나타나면 도시에서 생고생 하는 자식이 생각났고 뭐라도 찾아서 부쳐야 직성이 풀렸다.

염치 좋은 노인들은 차돌을 더욱 요령 있게 불렀다.

노인들이 시내 병원에라도 댕겨 오려면 고난의 행군이었다. 하꼬방 있던 자리 정류장까지 가는 것부터 흐느적흐느적 천리만리길이었다. 운전자들이 동네 노인이 힘들게 걸어가는 것을 보면 태워드리지도 않느냐? 그 동네 사람들 참 싸가지 없다, 하실 수도 있겠다. 매정한 일이지만, 늙은이를 태워주다가 내려주다가 늙은이가 다쳐, 늙은이 본인이나 태워준 운전자나 큰 고생을 겪는 교통사고가 여러 번 발생하자, 태워줄 생각도 않고 언어탈 생각도 않고 지나치는 게 풍습이 되었다.

차돌은 교통사고를 두려워하지 않고 기꺼이 차를 태워주었다. "남는 자리 아껴서 뭐한대요. 나가실 거면 타세요." 차돌의 택배차를 공짜 택시로 알고, 시내 나갈 일이 있으면, 일부러 차돌한테 전화하는 노련한 늙은이도 생겨났다. 아무 자식한테 아무거나 부쳐봐야 5천 원이면 뒤집어쓰는데, 택배값에 차도 얻어타는 것이다.

학생댁은 나불댔다. "노인네들 대박 짠돌이다. 젊은 사람이 먹고 살아보겠다고 그 힘든 택배를 하는데, 그렇게 이용해먹냐?"

"뭘 이용해먹는다는 겨. 나한테, 이삼천 원이라도 벌게 해주셨는걸. 내가 어렸을 때 그분들 돈 많이 거시기했어. 한 번이라도 태워드리면, 마음이 좀 가벼워져."

"대박, 성인군자셔. 공자님 맹자님이랑 친구 먹겠다. 어후, 오빠 이 착하신 마음에 내가 속아가지고서는 이게 뭐니?"

"걱정 마. 다시 대학 다니게 해줄 거야. 1년만 참어."

말이 짧아 1년이지, 나날은 더디더디 흘렀다. 임신 4개월 때 내려왔는데, 학생댁은 10년 같은 두 달을 보내고야 겨우 적응이 되었다. 아침에 남편 새밥 지어 먹여 출근시키고 세탁기도 돌리고 마당 비질에 방걸레질도 하고 그나마 주부 꼴이 잡혔다.

그러고도 무한정 남아도는 것만 같은 시간을 주체할 수 없어 꼬부랑 할머니들을 돕겠다고 설치기도 했다. 고맙다고 이 구동성이더니 학생댁이 나타나면 손사래를 쳤다. 김매기를 할라치면 작물인지 풀인지 구분 못하니 죄다 뽑아놓았다. 마늘을 깰라치면 뿌리째 드러내는 것은 고사하고 창날을 잘못 찔러 먹을 수도 팔 수도 없게 버려놓았다. 고추를 딸라치면 빨갛게 익은 거만 따라고 누누이 가르쳐줘도, 색깔별로 다 따고 꼭지까지 따지 못해 두 동강을 내거나 바숴놓기 일쑤였다. 거치적거리다 못해 농작물을 작살내는 수준이었으니, 품값도 안받고 도와주겠다는 강아지손에 반색했던 늙은 여인들이 기절초풍할 만했다.

무료함에 지쳤던 학생댁을 구원한 이가 있었으니 반수집

(36년생) 노인이다.

그가 '수집'이란 별호로 양명한 것은 아이엠에프 난리가 났을 즈음부터였다. 처음엔 다른 노인들과 엇비슷하게 소박한 수준이었다. 일가친척이 선물로 들고 온 양주에 손수 담은 식물주 과일주 파충류주 곤충주 같은 거를 진열한다든가, 담뱃갑이나 우표나 주택복권이나 동전 같은 자질구레한 것을 모은다든가. 어느 결에 그의 수집 품목은 기하급수적으로 늘어났다. 거의 모든 것을 동시다발적으로 거둬들이는 경지에 이르렀다.

삼동네인은 이사를 가거나 집에서 뭔가를 찾아내거나 버릴 것이 생기면 반수집한테 전화부터 넣었다. 반수집은 곧장 경운기를 몰고 가 그게 무엇이 되었든 일단 싣고 왔다. 집집마다 방치되어 있던 자전거, 녹슨 농기구, 못 쓰게 된 가전제품 등이 덩치를 불문하고 반씨네 뒷마당에 쌓였다. 고물상들이 툭하면 방문해 졸랐지만 팔지 않았다. 자식들과 아내가 도대체 뭐하자는 짓거리냐고 말렸지만 멈추지 않았다. "네 아비가 뭐에 홀린 게 틀림없다!" 아내는 수집 귀신이 들린 남편하고는 못 살겠다고, 잡동사니 속에서 밤마다 도깨비를 본다고 징징대더니 도시 사는 자식네를 전전했다.

꽃과 나무까지 수집하게 되었다. 텃밭에다가 꽃이란 꽃은 다 심었다. 산꽃 들꽃도 부지런히 옮겨다 심었다. 울타리 뒤쪽으로 소나무 참나무 이런 흔하게 볼 수 있는 나무는 당연하고 보기 힘들게 된 나무들까지 산속을 뒤져 한 그루씩 뽑아다 심어놓았다.

봄여름가을에 온갖 꽃이 피어나면 전래동화에 나오는 집 같았다. 꽃과 나무 사이에는 낡은 경운기, 보릿고개시대에 쓰던 타작기, 80년대 산 콤바인 같은 게 미대 조각과 학생들이 과제물로 제작한 것처럼 음산했다. 집안에 들어가면 자료관 혹은 박물관이나 다름없었다. 반수집은 마목수(40년)를 불러 집안을 칸칸으로 개조했는데, 칸마다 뭔가가 진열되어 있었고 문패도 붙어 있었다. 우표방, 주택복권방, 편지방, 자전거방, 농민신문방, 가전제품방, 깡통방, 교과서방, 술병방, 돌멩이방, 농사도우미방, 선거출마자명함방, 놀이도구방⋯⋯.

범골인은 도시 출신 며느리나 사위, 손자손녀들이 심심해 죽겠다고 입방정을 떨면, 맨 꼭대기 외딴집으로 가보라고 했다. 뭐 볼 게 있다고! 입을 삐죽 내밀었던 도시 것들은 다녀와서 덕분에 괜찮은 구경했다고 좋아했다. 사진도 수백 장을 찍어왔다. '버려진 것들에 새 삶을 주는 할아버지가 계셔요!' 같은 제목으로 관람기를 인터넷에 올리기도 했다.

반수집은 괜히 기분이 좋았다. 구경꾼 받을 염도 품어본 적이 없고, 누구한테 인정받으려는 허영도 없이, 그냥 미친 듯이 무았고, 모은 것을 때깔나게 정리하며 보낸 세월이었는데, 남들이 볼 만하다 하니, 특히 어린아이들이 박물관에 온 것처럼 신기해하니 뿌듯했다. 시내 초등학교에서 관광버스로 견학 올 정도였다. 아이들이 묻지 않아도 "이것은 말여, 옛날에 도랑 칠 때 쓰던 보습이라는 것이여!" 가르쳐주기를 즐겼다.

여러 방송국 여러 프로그램에서 찾아왔다. 반수집은 멋모르고 어느 방송 어느 프로그램에 출연했다가 된통 고생했다. 방송인들은 '적당한 연출이 필요하다'며 아주 귀찮게 했다. 피디인지 뭔지는 "아우, 그림 좋다. 근데 실감이 부족하다. 어쩌죠, 딱 한 컷만 더 찍지요" 하면서 계속 찍었다. 노인의 연기력 미흡으로, 구경왔던 동네사람들이 진력 나서 돌아갈 만큼 오래오래 찍었다.

방송 후가 더 문제였다. 시청률이 0.1퍼센트도 안 나왔다던데, 시청률과는 무관한 조홧속이 있는지 어마어마한 양의 문의전화를 받았고, 끝없는 방문객을 맞이하고 말았다. 칠순 노인이 감당하기엔 지나친 인파였다. 점점 사람이 싫어졌고 사람과 무슨 말하는 게 싫어졌다. 무엇보다도 '농촌박물관을 만들어 어린이들에게 옛것의 소중함과 가치를 배우도록 하겠다는 사명감으로 수집해왔다'라고 앵무새처럼 외워대는 게 진력 났다. 노인은 가급적 전화를 받지 않았고, 사람들이 나타나면 산속에 숨어버렸다.

그래도 살 만한 세상인 것이 사람들은 빨리 잊는다는 것이었다. "수집이가 방송 탔던 게 언젯적이랴? 내가 예순 때였나 칠순 때였나?" 경로당 늙은이들 기억 속에서도 가물가물해졌다. 그나마 청소년수련원에서 밤새 행사 치른 학생들이 아침 산책 삼아 발길해주곤 해서 그 버려진 것들은 사람 냄새를 더러 쐴 수 있었다.

학생댁은 잔뜩 긴장해서 구경하다가 저도 모르게 스마트폰으로 찍어댔다. 찍을 만하다 싶은 거면 반사적으로 찍고 보는 개버릇, 사라지질 않아. 이따위 것들을 왜 찍냐고. 짜증을 내면서도 멈추지 못했다.

"자네가 학생댁여?" 그렇지 않아도 섬쩍지근했던 학생댁은 갑작스럽고 음산하기 이를 데 없는 저음에 기겁하며 엉덩방아를 찧었다. 애가 떨어지지는 않은 것 같았다.

대강 수인사를 나눴다.

수집 노인이 뜻밖의 말을 했다. "사실은 말여, 내가 자네를 좀 찾아가보려 했어. 부탁 좀 혀볼라고." "나를요? 아, 아니, 저를요? 나한테, 아니 저한테 부탁할 게 뭐가 있으신가요?" "걱정이 많어." "걱정이야, 저도 많은데." "이 쓰레기들 말여. 내가 30년 가까이 소중하게 모은 쓰레기들 말여……" "말 끊어서 죄송한데요, 쓰레기라뇨? 아주 귀한 물건들인데. 할아버지, 혹시 자학?" "쓰레기는 쓰레기잖여." "그야, 그렇지만요."

"내가 이젠 팔순여, 자네랑 이리 건강히 얘기하다가 자네 가자마자 뒷목 잡고 쓰러져 숙어도 이상할 게 없는 나이라구." "대박 무섭게 얘기하시네요." "내가 뒈지고 나면 이 쓰레기들은 어찌될까? 내 자손들은 틀렸어. 운을 띄워봤는데 한 놈도 관심 없어. 이 시골서 사느니 죽고 말겠다는 분위기야." "그건 이해하셔야 돼요. 젊은 사람 시골에서 못 살아요. 봐요, 이 동네도 젊은 사람 하나도 없잖아요. 차돌이 오빠가 돈 좀 모으면, 우리도 금방 떠날 거구요."

"그런데 말여, 영원히는 아니더라도 오래오래 살려낼 방법이 있을 것도 같여." "그래요?" "젊은 사람들 좋아하는 인터넷이라는 거, 거기에다가 넣어버리면 어떨까 싶어서." "넣는다구요?" "그니께 여기 쓰레기들 사진을 찍어가지구 텔레비 화면처럼 볼 수 있게 만들 수가 있다고 들었는디, 거 왜 박물관 같은 디 가면 보여주는 화면 있잖어. 나두 그렇게 한번 만들어 보고 싶다는 겨." "아, 유씨씨를 만들고 싶은 거군요." "유, 씨씨? 욕한 겨?" "아니, 동영상 말에요." "암튼 그런 거를 만들어서 위칙히 하는 방법이 있다며? 남들이 다 볼 수 있도록 하는 방법이." "유튜브 같은 데 올리는 거죠." "그려, 거 유튜브인가 거기에. 유튜브 그게 없어질 때까지는 이 쓰레기들도 살아남는 거 아닐까 싶어서. 나 죽은 다음에 이 쓰레기들이 고물상으로 가구 불태워지고 흔적도 없이 사라진다 해두, 유튜브에 올라간 거는 그대로 있는 것 아닌가?" "와, 사이버 그랜드파더신데요."

"건 또 무슨 해괴한. 암튼 자네한테 그 씨씨 고것을 만들어 달라고 부탁할라고 그러지. 내가 돈두 줄게. 달라는 대로. 나 죽기 전에 만들어만 달라구. 이 쓰레기 집을 봐줄 사람은 구했어. 연변댁(64년생)이 봐줄 수 있을 때까지 봐주겠다고 했거든. 근데 연변댁이 화면까지는 어렵댜. 그거는 학생댁처럼 젊은 사람이나 할 수 있는 일이라구. 내가 찾아가서 부탁하려고 마음먹은 게 발써인디 어째 젊은 사람들이 무섭단 말이지. 오늘 보니께 별로 안 무서운 사람 같아서, 얼굴 본 김에. 으째, 도와줄 수 있겠는가?"

"근데요, 그런 거 잘 만드는 사람 많고요. 제 생각엔 방송국에다 얘기하면 충분히 방송에 나올 만한 거 같거든요. 요새 뭐 이런 거 찾아다니는 방송이 한둘이 아니잖아요. 할아버지 박물관보다 못한 데도 숱하게 나왔고요." "방송국은 싫어. 그런 디는 싫다구. 내 말을 이해 못했는가 본데, 내가 방송에 나가고 싶다는 게 아니여, 내가 나가고 싶은 게 아니고, 이 쓰레기들을 영원히 나 죽은 다음에도 계속 누군가 볼 수 있도록 만들고 싶단 말여. 화면으로라도. 잘 못 알아듣겄지? 그니께 내 마음을 워쪽히 해야 제대로 전달할 수 있을까 잘 모르겠지만 그니께……" '그니께' 소리를 백 번도 넘게 듣고서야 학생댁은 노인의 집을 떠날 수 있었다.

"그 할아버지 사람 미치게 하네. 싫다고 못 한다고 딱 부러지게 말씀드렸는데 자꾸 성가시게 해. 전화하고 찾아오고." "자기, 유씨씨 선수잖아. 뜻이 갸륵하신데 좀 해드리지." "난 인터넷도 안 하는 사람이야. 스맛폰도 사진기로만 쓰고." "뭐, 말이래?" "그걸 하려면 인터넷을 깔아야 하고 깔면 그 유혹을 어떻게 견뎌?" "뭔 유혹?" "소셜네트워크 말야." "그게 어렵나? 그냥 안 하면 되지." "말처럼 쉽냐고. 이 넷맹아." 학생댁의 손바닥이 차돌의 등짝을 때렸다.

학생댁이 차돌과 인연을 맺고 아이를 가지고 아이를 지우느니 마느니 북새통을 떤 석 달 동안, 학생댁은 '소셜네트워크'에서 '인간쓰레기' 취급을 받았다. '얌전한 고양이가 부뚜막에 제일 먼저 올라간다' 정도의 비방은 너무 착하게 얘기해주셔서 감사합니다 해야 할 만큼, 차마 눈뜨고 읽을 수 없는 글들이 회자했다. 그 글들에 매달린 욕설 댓글은 하늘에서 쏟아지는 화살 같았다. 오프라인에서도 온라인에서도 숨을 곳이 없었다. 온라인은 모든 소셜네트워크에서 계정 탈퇴하는 것으로 오프라인에서는 휴학계를 내는 것으로 해결했다. 해결한 게 아니라 도망친 것이겠지만.

학생댁은 멘붕에 빠진 차돌을 이리 끌고 저리 끌어 상견례, 결혼식을 속도전으로 치렀다. 어디서 살 것인가?

우리를 아무도 모르는 곳, 그런 곳 없을까?

너를 아무도 모르는 곳은 있는디. 내 고향 범골.

시골? 깡촌?

차만 있으면 시골도 살 만해. 겁나게 조용해.

화장실은 있어?

할아버지가 돌아가시기 전에 최신식으로 지어놨어. 뜨슨 물도 나오고, 비데도 있고, 별장급이라니까.

범골의 인터넷 1호 가입자는 소 오백 마리 키우는 축산업자 큰면장(61년생), 2호 가입자는 넷바둑에 흠뻑 빠진 호신선(42년생), 3호 가입자는 마을책제작업자 성영구의 아내 연변댁이었다. 2015년 7월 1일, 범골에 4호 인터넷 가입자가 탄생하니 별장 같은 집의 학생댁이었다. 학생댁은 강인한 정신력으로 그 어떤 소셜네트워크에도 계정을 살리지도 만들지도 않았다.

학생댁은 반수집 노인의 박물관을 꼼꼼히 찍었다. 공식 인터뷰는 하지 않았다. 비공식 인터뷰는 숱하게 했다. 수집 노인은 스마트폰 촬영중인 학생댁을 졸졸 따라다니며 이건 뭐고, 요건 어떻게 사용하는 거고, 저건 어디서 구했고, 그건 누가 남긴 뭐고 끈덕지게 설명했다. 가끔 도 닦는 소리도 했다. 또 노인은 혼자 술 마실 때가 많았는데 쉴 겸 해서 마주앉으면 별의별 소리를 늘어놓았다.

"말씀 잘하시네요. 거의 내레이터 수준이신데." "내가 좀 거시기한 성격여. 멍석 깔아놓고 말 시키면 한마디를 못해. 근디 말 시키는 사람이 없으면 누가 듣거나 말거나 잘 떠들어." 노인의 생생한 말을 대개 녹음했다. 몰래 촬영하기도 했다.

반수집 노인이 서울 자식네서 추석을 쇠고 내려왔다. 학생댁과 차돌이 찾아와서는 연변댁 집으로 가자고 했다. 대형 티브이 화면에 영상을 띄웠다. 〈범골 농촌사 박물관〉이란 제목이 나왔고, 30분 동안 이어졌다. 영상 속에서 노인은 자연스럽게 움직이고 자연스럽게 말했다.

학생댁이 참지 못하고 여쭈었다. "마음에 안 드시는구나. 원하시는 걸 말씀해보세요. 어디를 어떻게 고쳐달라, 더 넣어달라, 빼달라." "아녀, 아녀." 수집 노인은 손사래를 치며 도리질을 했다. 우물쭈물 웃으려고 애썼다.

반수집의 필사적 꿈을 이뤄주고, 학생댁은 얻은 것이 있었다. 돈이 아니었다. 한 백만 원 주셨으면 받았을지 모르겠다. 달랑 5만 원짜리 두 장을 차마 받을 수가 없었다. 학생댁이 얻은 것은 의욕이었다. 할일 혹은 해야 할 일이 생겼다.

'범골 사람들'이 살아가는 모습을 동영상으로 제작하겠다? 참 어처구니없지 않나.

농촌 사람들이 살아가는 모습이라면, 〈전원일기〉(1980~2002) 〈대추나무 사랑걸렸네〉(1990~2007) 〈산 너머 남촌에는〉(2007~2014), 〈오! 할매〉(2015~) 같은 공중파 드라마에서 누누이 보아왔고, 요즘은 별의별 채널의 별의별 예능, 시사, 교양 프로그램에서 질리도록 볼 수 있다. 그것들이 가공, 조작, 왜곡되었다고 생각하는 것이냐? 가공되지 않은, 조작되지 않은, 왜곡되지 않은 참모습을 담고 싶다는 거야? 그러니까 소명의식? 거창해! 게다가 네 주제에 무슨 소명씩이나. 농촌에서 나고 자란 것도 아니고, 농촌에서 '농활' 수준으로 산 지 녁 달밖에 안 된 주제에 어떻게 감히 농촌을 얘기할 수 있어. 농촌 운운하는 것부터가 농촌에 외람된 것 아니냔 말이다. 그리고 너는 가공, 조작, 왜곡하지 않는다고 자신할 수 있어?

고등학교 때처럼 조회수 올리고 싶어서? 조회수 늘리려면 특이하거나 엽기적이거나 패륜적이거나 괴상망측하거나 폭력적이거나 하여튼 뭇 사람들의 신경과 감정을 자극할 만한 게 있어야 하잖아. 이 촌구석에 그럴 게 뭐 있어.

그냥 허영심이라고 해두자.

학생댁은 번민했지만, '어쨌든 하고 싶다'는 기본적인 충동에 굴복했다. 하고 보면 까닭이 있어서 했던 일이 얼마나 되나. 거의 없었다. 아이를 만들 목적으로 차돌과 만난 게 아니다. 차돌을 만나 사랑했고, 사랑하다보니 아이가 생겼다. 아이를 아주 훌륭한 사람으로 키울 목적으로 애를 낳자는 게 아니다. 낳고 싶으니까 낳겠다는 것이다. 나은 뒤에는? 잘 기르고 싶겠지. 그래서 잘 기를 거야. 역시 생각은 꼬리를 물고 복잡할 뿐이었다.

학생댁이 제작한 '범골 동영상' 제2호는 〈중풍에 효자 있는가?〉였다. 여러 사람의 인터뷰를 통해 한 사람의 이야기를 들려준다.

조창진(73년생): 우리 어머니 한밭댁(38년생)이 중풍에 걸렸습니다. 별다른 방책이 없었죠. 첫째도 모실 형편이 못 되고,

둘째 셋째도 불가항력이고, 막내인 저도 어렵고, 다른 집들이 대개 그러하듯이 요양원으로 모시기로 의견을 모았습니다. 한마디도 안 하고 있던 넷째 창효(68년생) 형이 말했습니다. '낳아주고 길러주신 어머님을 그런 데 모실 수는 없어. 내가 모실게.' 요새 세상에 병든 부모를 요양원에 모시는 게 흉될 일도 없건만, 그래도 어쩐지, 영 불효하는 것 같아 울상이던 우리 형제들의 얼굴이 확 펴졌습니다.

조창만(60년생): 우리는 갸가 지 식당을 하는 도시로 모셔가서 수발하겠다는 소리인 줄 알았지. 아파트에 간병인 두고 모시겠다는 소리인 줄 알았지. 근디 식당을 처분해버리잖아. 농사짓겠다고 귀농하는 젊은이는 간혹 있었지. 오로지 중풍든 어머니를 모시겠다고 귀향한 젊은이는, 마을이 생긴 이래 최초라더군.

한밭댁네에 일주일에 한 번씩 간호봉사 들르는 백장미(57년생): 우리가 중풍 걸린 부모 모시는 자식들 숱하게 보았지만, 그런 청년은 못 보았어요. 우리가 할 게 없어요. 중풍 걸린 노인네 사는 집은 냄새부터 다르거든요. 청년은 냄새가 밸 틈도 없이 똥오줌 기저귀를 칼같이 갑니다. 다른 집 노인네는 우리가 가는 날이 일주일에 한 번 목욕하는 날인데, 청년은 날마다 목욕까지 시켜드립니다. 우리보다 목욕을 더 잘 해드려요. 선수예요, 선수. 노인간호사로 나서면 무조건 성공할 겁니다.

이공주: 갸는 어머니를 휠체어에 태워 갖구 잔치무대가 젤

잘 뵈는 곳에 딱 자리를 잡아. 사람들에 가려 보이지 않으면 휠체어를 이리저리 밀어 조금이라도 잘 볼 수 있게 받들어. 먹을 것 또한 어찌나 푸짐하게 챙기는지. 접시를 수도 없이 날라. 모든 요리를 조금씩이라도 맛보게 해드리겠다는 거지. 중풍댁은 아들이 가져다준 요리를 남김없이 먹어치워. 반신불수라지만 입만은 반듯하여 먹는 데 거리낌이 없어. 저렇게 먹으면 똥을 참 푸짐하게 쌀 텐데, 그걸 어찌 다 치우나, 걱정스럽지.

광천댁(48년생): 한밭댁 기억력이 참 비상혀요. 별걸 다 기억해. 넘의 집 자식들의 안부를 일일이 물어본다니까. 지난번에 들은 얘기를 정확히 기억하고 있다가, 그 이후의 일을 묻는 것이여. 어머니가 간만에 동네 사람들을 만나 실컷 대화를 나누도록 지지치도 않고 통역을 해. 창효가 중간에서 통역해주면 그럭저럭 말이 통해.

화장댁(53년생): 우리가 일삼아 떠드는데 요점은 세 가지죠. 나도 병 걸려 자식 고생시킬까 몹시 두렵다. 내가 아프면 저리 해줄 자식이 없을 텐데, 한밭댁은 복도 많다. 청년 머리가 위칙히 된 거 아닌가, 젊은 사람이 효도도 좋지만 하던 일 다 때려치고 인생 스톱한 거잖아.

바다댁(45년생): 치매어머니를 모시는 정철(69년생)이, 중풍어머니를 모시는 창효 둘 중에 누가 더 힘들겠느냐고 우리끼리 말싸움도 했디요. 치매는 몸뚱이가 자유롭고, 중풍은 누워서 지내거나 휠체어에 의지해야잖아. 그밖에는 똑같아. 똥

오줌 못 가리고, 잘 먹고, 자기 위주로만 생각하고. 차라리 못 움직이는 어머니가 모시기에 더 편하지 않겠느냐? 몸이 편하면 뭘 하나 마음이 편해야지. 움직이는 어머니를 모시는 정철이가 마음은 더 편할 것 아니냐? 답이 없더라고.

배선장(65년생): 박정철과 창효의 존재는, 우리 범골 출신 젊은이들에게 부담감을 줍니다. 우리도 저들처럼 부모에게 할 수 있을까. 고개를 절레절레 흔들며 "우리는 저렇게 못해요!" 부모님 앞에서 대놓고 말하기도 했다니까요. "니들 고생시킬까봐 겁나서라도 앓지 말아야지" 고시랑대면서도 자식들 말이 섭섭하시겠죠. 말이라도, 우리도 정철이 창효처럼 어머니 아버지를 모실 테니까 치매든 중풍이든 걱정 마셔요. 뭐 이런 식으로 할 수 있잖아요.

마목수(30년생): 참말로 불안해. 치매, 중풍 생각하면 불안해서 몇 끼니째 밥맛이 없어. 현실적으로 병든 노인네들은 다 요양원에 들어갔지. 나도 곧 가야겠지. 요양원으로 가든, 무덤으로 가든.

박정철(68년생): 창효야, 힘들지 않냐? 나는 정말 힘들어죽겠어. 요양원으로 모시자는 걸, 내가 죽자 살자 반대했고, 그럼 네가 모시겠다는 거냐? 그려, 내가 모시겠다, 해서 모시고 있기는 한데, 이거 참말로 힘들어서, 너도 나처럼 힘들지? 그랬더니 이럽디다. "어머님을 모시는 일인데 뭐가 힘들다냐? 자식으로서 할일을 하는 것뿐인데. 그래도 세상이 얼마나 좋아졌냐. 차 있어. 휠체어 있지. 도와주는 간병인 아줌마들 계시지. 어머니 친구 해주는 텔레비전도 있지. 내 친구 해주는 스맛폰도 있지. 옛날 자식들에 비하면 우리는 아무것도 하는 일이 없는 거야. 나는 어머님을 날마다 볼 수 있어 좋기만 하고만. 너도 긍정적으로 생각해. 사시면 얼마나 사시겠냐. 잘 모셔야지." 진짜 재수 없는 자식이라니까요.

시청 공무원 최영이(83년생): 두 분 다 요즘 세상에 보기 드문 효자잖아요. 시에서 효자상을 드리기로 했죠. 정철씨는 학교를 즐겨 다니지 않아서 개근상도 받아본 적이 없으시대요. 덥석 상을 받을 줄 알았죠. 거부하셨죠. "쪽팔리게 뭐 그딴 걸 받아요? 싫어요!" 하대요. 창효씨도 거부했죠. "어머니가 아프신 게 다 지들 기르고 가르치시다 그렇게 된 건데, 무슨 염치로 효자상을 받습니까? 어불성설입니다." 하데요.

학생댁이 제작한 '범골 동영상' 3호는 〈청소년수련원〉이었다. '다큐'라고 해줄 만했다. 대강 정리하면 아래와 같은 내용이 담겨 있다.

과연 장사가 될까? 볼 것도 없는 산속에서 뭘 수련한단 말인가. 깎아지른 절벽이 있어 암벽타기를 할 수 있나? 콸콸 흐르는 계곡물이 있어 래프팅인가를 할 수 있나? 땅굴이 있어 동굴 탐사 비슷한 거라도 할 수 있나? 벼락바위 위에서 강강술래나 돌까, 반년도 못가 귀신 소굴처럼 되리라 여겼다.

웬걸, 계절도 가리지 않는 성업이었다. 청소년은 당연하고, 온갖 대학생, 각종 종교단체, 갖가지 동호회, 잡다한 중소기업이 수련회다 엠티다 단합대회다 설명회다 홍보회다 오리엔테이션이다 워크숍이다 뭐다뭐다 해서, 일주일에 한두 차례씩, 관광버스 대여섯 대로 들고나는 것이었다.

관광버스가 들어간 뒤부터 다음날이나 다다음날 다시 나갈 때까지, 수련원 마이크가 줄곧 꽥꽥대었다. 마이크 소리가 잠잠하다 싶으면 요새 십대들이 좋아하는 댄스곡인가 하는 것들이 메아리치고, 단체로 게임이다 에어로빅이다 레크리에이션이다 하는 모양인데, 그거 할 때 웃음소리인지 비명인지가 하늘을 둥둥 울렸다.

또 거기 오는 이들의 찧고 빻고 까부는 소리가 새벽까지 멈출 줄 몰랐다. 그것도 수련의 일종인지 모르지만, 낮이고 밤이고 간에 마을 한복판을 가로질러 저수지까지 도보로 자전거로 왔다갔다하기도 했다. 어떤 교양 부족한 것들은 무슨 민속촌인 줄 아는지 아무 집에나 서슴없이 들어가 이것저것 만져보고 신기하다는 둥 참 서민적이라는 둥 객쩍은 평을 해대기도 했다. 삼동네가 낮이고 밤이고 북새통이었다. 마을 사람들이 수련생에 익숙해지고, 수련원측도 지도편달에 신경쓰고, 그러면서 수련원 소음도 칠팔월 매미 바락바락 소리나 마찬가지인 '자연의 소리'가 되었다.

어차피 귀 어두워 별로 시끄러움을 못 느끼는 늙은이들은,

수련원에서 남은 음식을 술안주로 마을회관에 쟁여주는 것은 물론 틈틈이 소주 맥주 상자째 넣어주고 계절마다 경로사랑관광도 보내줘서 그렇기도 하겠지만, "늙은것들만 남아 적적하니 고려장 동네 같았어. 청춘들이 밤낮으로 누벼대니 옛날처럼 사람 사는 동네 같구먼" 해가며 수련원 역성을 들었다. 수련원이 밤새도록 켜놓은 불빛 때문에 잠을 못 자겠다고 불퉁대던 소리도, "겁나게 큰 가로등이 밤새 마을을 밝혀주니까 무섭지도 않고 좋구먼!"으로 바뀌었다. 관광버스 수련생이 먼저 손을 흔들기도 했고, 늙은 농민이 먼저 손을 흔들기도 했는데, 마주 손 흔들어주는 것도 익숙한 풍경이 되었다.

수련원 가서 밥해주고 청소해주고 돈 버는 아줌마들이 생겨났다. 비교적 젊은 오륙십대 아낙들이 수련원 식당일을 전적으로 책임졌다. 가든이나 식당에 청소 및 설거지 다니거나 짚공장 한과공장 장갑공장에 뭐 만들러 다니거나 그런 여자들을 보고, 나도 월급 좀 받아봤으면 평생소원이 없겠다, 시샘하던 범골 아낙네들이 정직원이나 마찬가지가 되었다.

"잠깐 가서 밥만 해주면 된다는데 뭐가 문제야?" 남편들의 반대를 무릅쓰고 시작했는데, 성수기(학생들 방학 때)에는 거의 날마다 출근했고, 고객 뜸할 때는 가끔 출근했다. 꿈에도 소원하던 월급봉투 받는 재미에 푹 빠졌다. 최사장(58년생)은 세금관계상 계좌이체로 바꾸려고 했으나, 아낙들은 '죽어도' 현금으로 받겠다고 파업 수준으로 버티었다.

아낙들은, 적게는 30년 길게는 40년이나 해서 거의 증오했던, 밥하고 반찬하고 설거지하는 일이 즐거울 수도 있다는 것을 깨우쳤다. 수련원에서 돈 받으면서 하던 일을, 집에 와서 남편과 둘이 먹자고 할 때는 다시금 증오하는 마음이 되었다. 평생 주는 밥을 얻어먹기만 한 남편 것들은, 집에서 하는 밥은 그토록 끔찍하고 수련원에서 하는 밥은 그토록 즐겁다는 아내의 마음을 도무지 납득할 수 없었다.

다녀간 사람들이 인터넷에 올려놓은 글과 사진을 보면, 그럭저럭 만족했다는 것을 알 수 있다. 풍광이 좋으면 얼마나 좋겠는가. 도시를 떠나 대자연 속이라면 그 어디에서 '1박2일' 해도 상쾌한 여운이 오래 간다. 그것이 경치 좋은 산속에 그 많은 수련원이 들어앉은 까닭이겠다.

학생댁의 유씨씨 4호는 〈잉꼬부부〉였다. 범골에서 가장 젊은 농사꾼 부부인 윤기술과 홍시연(68년)이 탈곡하고, 짚 묶고, 짚 실어나르고, 소똥 치우고, 약초 캐고, 배추 따고 하는 모습을 영상스케치 하듯 담았다. 인터뷰가 없다. 사람 말이 아예 안 나온다.

동영상으로는 부부의 세세한 이야기를 조금도 알 수 없는데, 쓸데없이 궁금해하는 사람들을 위해 노인들 말을 들어 정리한 바를 덧붙이겠다.

윤기술은 열일곱 살 때부터 탄광 생활을 했다. 아버지랑 나란히 출근하는 게 '쪽 팔린다'고 합숙소에서 청춘을 보냈다. 광산이 없어진 뒤에는 전국 각지의 공단과 공사판을 떠돌았다. 진폐증으로 10년을 앓던 아버지가 작고한 뒤 고향에 눌러앉았다. 귀농이라면 귀농이었다. 일을 못하고 잘하고 간에 일을 할 수 있는 청년 자체가 귀했으니, 그에게 일거리가 몰려왔다. 천덕꾸러기처럼 돌고 도는 소작논들을 그가 떠안게 되었다. 각종 농기계와 트럭을 순전히 농협 대출로 장만했다. 빚더미 재산이었지만 자수성가라도 한 듯 뿌듯했다. 불혹지년에 농사일을 처음 해보는지라, 모든 게 서투르고 미흡했다. 허구한 날 지청구를 먹어가며 농사일을 배워야 했다. 노인네들은 제 몸으로 할 수 없고 도시 사는 자식들을 부를 수도 없어서 사정사정해서 그를 불러다놓고는 무시로 구박하는 것이었다. 상농사꾼 대접을 받기 전까지 시행착오가 참 많았다. 땅갈이를 제대로 못해 논바닥을 벌집으로 만들어놓고, 메벼와 찰벼를 구분해 심어달라 신신당부했건만 섞어 심었고, 소가 먹을 수 있도록 벼를 길게 잘라달라 했건만 짧게 잘랐고. 회고하면 끝이 없다.

그는 결혼하고 싶었지만 전망이 보이지 않았다. 시청 6급 공무원인 박(64년생)도, 화력발전소에서 전기기사하는 조(57년생)도, 대학까지 나와서 학원 차려 원장 하는 노(65년생)도 아직 결혼을 못하고 있는데, 내 주제에 무슨. 그들은 마을에 상주하는 것도 아니고 시내에 따로 아파트를 장만해놓고 있었다. 부모님 뵈러 가끔 들락거릴 뿐이었다. 그런데도 줄기차게 맞선을 보지만 아직도 결혼에 성공하지 못한 결정적인 이유는, 오로지 '농촌에 살기 때문'이라는 것이었다. 그들이 그러할진대 나에게 무슨 결혼할 자격이 있겠는가. 그들처럼 직업이 농사꾼이 아닌 것도 아니고, 귀농자들처럼 배움이 충분한 학벌 가진 농부도 아니고, 소유 농토가 어마어마한 것도 아니고, 땅값 오를 전망도 없는 벽지 농촌의 소작 농사꾼 주제에 무슨 수로 여자를! 밤마다 소주병을 연인 삼아 슬퍼했다.

윤기술은 '3천만 원'만 모이면 뚜엔(82년생)의 여동생을 데리러 가기로 마음을 정했다. 뚜엔은 광버섯(58년생)의 아내였다. 광버섯은 뭐가 그리 못마땅한지 모르겠지만, 뚜엔은 최고의 색시였다. 예쁘지, 마음씨도 되게 곱지, 일도 잘하지, 애도 잘 키우지. 뚜엔의 동생이니까 모든 면에서 뚜엔 못지않으리라 확신했다. 광버섯을 찾아가서 그런 뜻을 비쳤더니, 의외로 반색했다. 당장 가서 데려오라며 천만 원을 빌려주겠다고 방방 떴다.

뜻밖에 이덕순이 인연을 가져다주었다. "오라버니, 아직도 총각이라면서? 내가 아는 언니 한 분 있는데 만나볼래요?" "맞선이고 소개팅이고 간에 그런 게 들어오지도 않는 인생이다. 무조건 만나야지." "뚜엔 언니 여동생은 어쩌고요?" "니이, 너도 알아?" "소문 다 났어요. 버섯아저씨가 외로운 뚜엔 외롭지 않게 되었다고 막 떠벌리고 다녀서." "야, 그래도 웬만하면 한국여자가 좋지." "근데 내가 아는 언니가 평범하지가 않아요."

"니이, 그럼 그렇겠지. 나 같은 거한테 소개시켜줄 여자면, 문제가 적잖이 있겠지. 어느 정도인데? 뭐래도 좀 곤란한데. 외국여자하고는 살아도 어디가 좀 거시기 한 여자하고는." "말을 '잘' 못해요." "아예 못한다는 겨? 더듬는다는 겨?" "직접 만나보면 알겠죠."

트럭으로 한 시간쯤 떨어진 동네에 홍시연(68년생)이라는 노처녀 농사꾼이 살았다. 시연은 웬만한 남자 농사꾼 못지않게 능숙했고 무엇보다 힘이 장사였다. 시연은 농업고등학교를 나왔고 고향을 한 번도 떠나지 않은 채 상농사꾼으로 살아왔다. 아버지는 그녀에게 농사일을 도맡기고 놀러 다니는 게 일이었다. 시연은 어딘가 모자라 보였는데 실제로 지능이 떨어지거나 한 것은 아니었다. 의사표현을 제대로 할 수 없었으므로 그렇게 보일 뿐이었다. 그녀는 평생 구박당하고 따돌림당하고 무시당하고 손해를 봐왔지만 늘 밝았고 아무도 미워하지 않았다. 그녀의 별명이 '천사표'일 수밖에 없었다. 면단위로만 따져도 노총각이 쌔고 쌨지만, 어찌된 일인지 천사표에게 청혼하는 이는 단 한 명도 없었다.

윤기술과 홍시연은 맞선 비슷하게 만났다. 기술은 시연이 아주 마음에 들었다. 박색이라고까지 할 수 없겠고, 튼튼하게 생겼고, 마흔 살밖에 안 먹었고, 선해 보이고. 이해할 수 없었다. 도대체 왜 이런 여자가 아직도 혼자 있지. 금방 궁금증을 풀 수 있었다. 시연은 나 이런 사람이라고 밝혀주듯 뭐라고뭐

라고 떠들었다. 기술은 그 어버버버 하는 말을 거의 알아들을
수가 없었다. 그랬구나! 기술도 무수한 노총각들이 했던 생각
을 할 수밖에 없었다. 말도 못하는 여자랑 어떻게 사냐? 차라
리 한국말 가르쳐주면 배워서 할 수 있는 뚜엔 여동생이 낫
지. 인물도 뚜엔 여동생이 더 좋아(뚜엔이 여동생 사진을 보여
주었다). 기술은 시연과 다시는 만날 일이 없을 거라고 생각
했다.

　시연은 또다시 상처를 받았다. 이제 다시는 맞선 같은 거 보
지 않을 테야. 나 같은 것을 누가 좋다고 하겠어. 정신이 나가
지 않고서야.

　이상한 일이었다. 기술은 농사일하다가 자꾸 '홍시연', 빨갛
게 익은 감 닮은 그 여자의 얼굴이 생각나는 것이었다. 밤이면
더 생각났다. 그는 참지 못하고 트럭을 몰았다. 몇 번 더 만나
보니, 내 주제에 시연씨 정도면 됐지 뭘 더 바래, 만족하게 되
었다. 무엇보다 시연의 웃음소리가 좋았다.

　두 사람의 결혼을, 마을 사람들은 한마음 한뜻으로, 역시 하
늘에서 점지해준 인연은 있는 법이라며 축하해주었다. 한 사
람만 빼고. 광버섯은 도저히 축하해줄 수 없었다. 그는 호랑이
처럼 울부짖었다. "우리 외로운 뚜엔은 어쩌라고!"

　기술과 시연이 얼마나 다정한 부부인지는 관광에서의 '눈
뜨고는 못 볼 낯 뜨거운 짓거리'만으로도 증명할 수 있었다. 둘
은 나란히 앉아만 가는 게 아니라, 아무렇지도 않게 스킨십을

했고 고개를 맞대고 존다든가, 다정하게 얘기를 나누었고(홍시연의 말은 다른 이에게는 여전히 어버버버로 들렸지만, 기술에게만은 분명한 언어로 들렸다) 신혼여행 또 온 것처럼 붙어다녔다. 노인네들은 부부간에 개와 고양이가 사는 것처럼 다정한 대화라는 것을 해본 기억이 나지 않았고 평소에 손등을 살포시 어루만져준다든가 하는 사소한 스킨십도 해보거나 당한 기억이 없었으니, 젊은 부부가 외계인처럼 별스러웠다. 노인네들은 탄식했다. "젊어서 다르긴 다르구먼." 둘이 결혼한 지 10년이 되어가건만, 그들은 여전히 신혼 같았다.

4호 제작을 마치고, 학생댁은 119에 실려갔다. 학생댁이 낳은 차택배 딸은 21세기 범골에서 태어난 다섯번째 아이였다. 큰면장의 막내딸은 2001년에, 뚜엔의 첫째는 2005년에 둘째는 2007년에 태어났다. 윤기술과 홍시연의 딸은 2010년에 태어났다. 6년 만에 범골에 갓난쟁이 울음소리가 울려퍼진 것이다. 차돌은 하늘을 우러러보며 다짐했다. "훌륭한 아버지가 되겠습니다. 아내를 평생 사랑하겠습니다."

학생댁이 만인에게 공개한 유씨씨는 〈농촌사 박물관〉뿐이었다. 반수집 노인이 그러기를 원했기 때문이다. 나머지 세 편은 유튜브 같은 데에 올릴 생각이 전혀 없었다. 그럼 왜 만든 것인가? 범골 역사책을 만들겠다고 동분서주 자료수집하는 성염구가 묻자, 학생댁이 대답했다. "꼭 누구한테 보여줘야 하나요? 그냥 일기 같은 유씨씨도 있을 수 있잖아요? 내가 만들고 나만 보는. 나중에 내 딸한테나 보여주죠."

성염구가 또 물었다. "어느 게 제일 애착이 가나?"

"당연히 '잉꼬'죠, 시 같잖아요. 제가 찍은 거지만 '잉꼬' 보고 있으면 황홀하다니까요. 영상시가 따로 없어요. 제일 열심히 찍어서 그런가."

"학생댁은 자아도취가 너무 심한 것 같여."

살아야 하는 까닭

1

너무 빨라 믿을 수 없는 세월은 묵지도 않고 어김없이 손돌바람을 불러왔다.

"종편 꺼주시기 바랍니다. 지금부터 역경리 노인회 2016년도 연말 총회를 갖겠습니다. 총무님까지 겸하고 계신 회장님한테 사회까지 보라는 것은 경우가 아닌 것 같아서 감사인 제가 사회자로 나섰으니 양해 바랍니다. 국민의례를 갖겠습니다. 어려우시더라도 다들 일어나주셔요."

이우는 자들이 힘겹게 일어나 태극기를 향했다. 감사 척박사가 "국기에 대하여 경례!" 했다. 저마다 검버섯 그들먹한 손을 앙가슴에 얹었다.

"바로! '사랑스러운 태극기 앞에' 생략하고, 애국가 생략하고, 다 같이 힘차게 노인강령 낭독하겠습니다."

태극기 아래 대한노인회가 제정한 '노인강령'이 큰 달력처럼 붙어 있었다. 노쇠한 목소리들이 하나로 합쳐졌다.

"우리는 사회의 어른으로서 항상 젊은이들에게 솔선수범하는 자세를 지니는 동시에 지난날 우리가 체험한 고귀한 경험, 업적, 그리고 민족의 얼을 후손에게 계승할 전수자로서의 사명을 자각허며 아래 사항의 실천을 위하여 다 함께 노력헌다. 일, 우리는……"

진지한, 장난스러운, 수줍은 각양각색의 표정이 세 살 때의 것인 듯했다.

"다들 수고하셨습니다. 앉어주시고요. 올해도 한 해 동안 혼자서 회장, 총무 다 하면서 고생해주신 회장님 인사가 있겠습니다."

"예, 김사또입니다. 다들 올해도 무사히 살아주셔서 감사드립니다. 크게 편찮았던 분도 계시고 급히 돌아가신 분도 계셨습니다만, 우리는 건강하게 살아서 또 이렇게 한 해를 보내고 있습니다. 내년에도 무사하자는 기원으로다 건배 제의하겠습니다. 내년에도 건강하자!"

"건강하자!"

"인사말을 이것으로 마쳐야겠습니다만, 아시다시피 올해가 제 임기 만료입니다. 부족한 사람이 큰 자리를 맡아가지고 부족함이 많았습니다. 무슨 일을 한 바는 없었지만 그럭저럭 별일이 없었던 건 여러분이 물심양면으로 성심성의껏 도와주셨기 때문입니다. 그간의 성원에 감사드리고, 역경리 노인회의 계속적인 발전을 기원헙니다."

대다수가 진심으로 손뼉을 쳤다. "또 해라!"를 외치는 이도 있었다.

"올해도 점심상은 제 마누라가 차렸습니다. 뷔페 부르지 늙은 마누라 왜 고생시키느냐는 분도 계신데, 우리가 경조사 때 주구장창 먹는 뷔페음식보다 옛날 정성으로다 차린 밥 한 끼를 대접하는 게 매년 제 보람이었습니다. 올해도 제가 장 보고 제 마누라가 성의를 다했으니 맛있게 드시고 실컷 노셔유."

손뼉 치는 이가 픽 줄었다. 기어이 또 집밥 차린 처사에 불만들이 있어서였다. 집밥보다 골라먹는 재미가 있는 출장뷔페 음식을 더 좋아하거나, 안사람 부려먹는 것에 못마땅함이 있거나, 설거지할 생각에 일찌감치 짜증났거나.

척박사가 감사보고, 사업추진 경과보고, 결산보고 등을 빠른 속도로 얼렁뚱땅했다.

"마지막으로 안건 토의입니다. 알다시피 이번엔 참 중요한 안건이 있습니다. 총무 자리가 공석 3년째라 총무도 뽑아야 하고, 부회장 한 자리도 공석이고, 무엇보다 회장님을 새로 뽑아야 합니다. 사실 우리 마을만 그런 게 아니라 총무도 없고 심지어 회장님도 없는 경로당이 쎘습니다."

"이징 없는 동네도 은근히 많더라고!"

"우리 마을에 김사또 회장님이 계셔서 4년 동안 아무 걱정이 없었는데요, 또 부탁드렸으면 좋겠는데 회장님은 뜻이 없다고 하십니다."

김사또가 문빗장 걸듯 얹었다.

"오늘부로 마음 편히 삽니다."

"노인회장 연임은 기본여. 3연임 하는 이도 한둘이 아니더만. 4연임 5연임도 심심치 않어."

"그게 독재지, 뭐가 독재여!"

"자, 현 회장님 뜻이 확고하시니, 새 회장님을 뽑아야겠습니다. 해보겠다는 분이 한 분이면 그냥 그분이 하시고, 두 분 이상이면 투표를 허지요. 자, 우리 역경리 노인회를 위하여 봉사를 해보겠다 허시는 분, 나서주셔요."

"자네가 혀. 자네 말고 여기에 회장감이 어딨나?"

척박사가 손사래를 쳤다.

"저는 아직 젊어서유. 지우 일흔둘밖에 안 됐슈."

"지금 회장도 일흔둘에 회장 시작했다니께."

"4년 전에는 일흔둘이 충분히 늙었죠. 지금은 일흔둘도 젊어요. 결정적으로다 저는 서울을 왔다갔다해야 돼서 안 됩니다."

"해보겠다는 사람 나서면 무조건 시켜줄 것처럼 말하지만, 거짓부렁이지. 자, 내가 해볼게! 봐, 아무도 지지 박수가 없잖여."

"아따, 진짜로 해보겠다는 진심을 보여야지."

"무현이 명박이 근혜 같은 걸로 앉힐 바에야 없는 게 낫지."

"누가 해도 욕먹는 자리여."

"여자가 해두 되쥬?"

"대통령도 하는디 노인회장 자리가 뭐 별거라고. 당연히 되쥬. 아줌씨가 해볼규?"

"내가 하겠다는 소리는 아니구, 우리 해결댁이 지금 몇 살이지? 아직도 칠순이 멀었어?"

"밥 언제 먹어유? 노래방 틀어놓고 놀아봐야쥬."

"회장님, 미안한디 한 번 더 합시다."

"그거 좋다, 젊은 사람이 계속하는 게 맞지."

"8년을 하라고요? 미쳤슈, 미쳤어. 내가 뭐 이승만이여."

"이승만 같은 놈이 오래 하는 게 독재지, 잘허는 사람이 오래 하는 게 무슨 독재여. 다른 동네도 잘하는 사람이 맡으면 노인회장이구 부녀회장이구 청년회장이구 십 년은 기본이더구만. 이십 년짜리도 흔혀."

"암만, 잘하지 못해도 돼. 동네 분란만 안 일으키는 사람이면 충분해. 김사또가 잘했는지 못했는지 그건 모르겠네만 지난 4년 동안 아무 문제가 없었잖여."

"담배 피우는 사람들이 딴 경로당을 차릴라고 했던 것 빼고는."

"아무리 그런 말들 하셔도 나는 못합니다. 안 합니다."

"할 마음이 없는 건 아니지?"

"없다니까."

"마음 없는 것처럼 굴지만 계속하라고 권하면 할 것도 같은 디?"

"아니라니까!"

"아따, 빨리 끝내고 밥먹읍시다!"

"빨랑 수락연설하쇼."

"못한다니까!"

"그럼 회장 없는 걸로 하고 밥 먹읍시다."

2

"노인네 일 못 시켜먹어서 환장을 했나. 별걸 다 하라네. 그런 쓰잘데기없는 데다 쓸 돈이 있으면 내 수고비나 올려줄 것이지."

2018년도 첫 회의에 다녀온 회장님, 또 무슨 못마땅한 하달을 받았는지 툴툴했다. 하기로 들면 한없는 게 일이다. 김사또는 하나 하라면 다섯까지 해야 직성이 풀리는 성미라, 면사무소나 노인복지회에서 무슨 일 시키면 큰일이라도 당한 것처럼 부산떨고는 했다. 하기는 남들 보기엔 별일 아니더라도 독립운동이라도 하는 것처럼 설치는 맛에 실속 없는 감투를 6년째 쓰고 있는 것이겠지만.

오지랖은 속으로는 얄궂은 미소를 지으면서도 역성을 들었다.

"맞어유. 당신이 애쓰는 거를 생각하면 수고비 30만 원 너무 짜. 생각 모자란 이들은 그것도 그냥 번다고 부러워해쌓더만, 회장일 본다고 나댕기느라 드는 오토바이 기름값 버스값 택시값, 노인회장님들끼리 만나서 매번 얻어먹을 수 없으니께 나도 한 번은 내는 밥값, 청년회 부인회 놀러갈 때 체면상 내놓는 찬조비, 누구 아파서 노인회 대표로 갈 때마다 사가는 음료수값 쾌유기원비 등등 다 포함해서 30인디, 시샘할 걸 시샘해야지. 무슨 일인디 그류?"

"글쎄 회관 청소를 시키랴. 노인 일자리 창출로다."

"청소 당신이 만날 하잖유? 나는 남편 회장님으로 둔 덕분에 덩달아 청소하고. 청소비를 당신한테 얹어주면 되겠네."

"내가 해도 되면 무슨 문제여. 무조건 전문 청소꾼을 두라니께 그러지."

"얼마나 준다는듀?"

"한 달에 27만 원이랴. 열흘 일하고."

"일당 2만 7천 원? 요새 누가 그 돈에 일해유? 아줌마 하루 품삯이 6만 원 넘은 게 어제고 7만 원이 내일이라는디."

"하루죙일 하는 게 아니고 세 시간만 하면 된댜."

"그럼 할 만 하겠는듀."

"그럼 너두나두 한다고 하겠지. 잠깐 움직이고 2만 7천 원이 어니여! 내 마음 같어서는 딱 당신 시키고 싶은디."

"무릎 수술 받은 지 2년밖에 안 된 사람한테 바랄 걸 바라슈."

의사가 3년 동안은 아무 일도 하지 말고 부잣집 마나님처럼 지내라고 했지만 밭매기를 비롯해 할 수 없는 일 빼고는 다하고 있었다.

"내 마누라라 하는 얘기가 아니고, 냉정하게 객관적으로다 역경리서 당신만큼 청소 잘하는 사람이 어딨어? 면에서도 최고로 잘할걸."

"청소 못하는 여자도 있슈?"

"청소 못하는 여자 천지더만. 어느 집이구 가봐도 그게 집구석인지 마구간인지 대체 청소들을 않고 살어."

"노인네 둘이 살거나 혼자 사는디 뭐 치우고 닦고 산대유. 그냥 사는 거지."

"내 말이 그 말 아녀. 자기처럼 깨끗이 하고 사는 여편네 보기가 하늘의 별 따기라고. 게다가 자기는 엄청난 청소 경력도 있잖아."

오지랖은 오십대 무렵에 날마다 제과점 청소를 다녔다. 일곱시 첫 버스를 타고 나가 30평쯤 되는 바닥을 반질반질 닦고 유리창까지 윤내고 젊은이들 점심까지 해주고 돌아오면 한 시쯤 되었다. 벌써 이십 년 전 추억이다.

"그래서 지금 나보고 하라는규? 하고 싶지두 않지만 하고 싶다고 해두 남들이 뭐라고 해서 할 수가 읎잖유?"

"내 말이 그 말여. 내 마누라를 시켰다가는 그 말 많은 주둥아리들이 가만히 있겠냐고. 국회의원 것들 욕하듯 하겠지. 근디 당신 말고는 아무도 떠오르는 여편네가 없어. 청소를 잘할 것 같은 여자가 없다고."

"당신이 돈 주는 것도 아닌데 뭐가 문제래유?"

"청소를 개판으로 하면 어쩔건대? 내가 청소 잘했나 못했나 검사하고 사인해줘야 하는데, 무조건 잘했다고, 참 잘했습니다 사인해주는 거 난 못해. 못했으면 다시 하라고 할겨. 그럼 그 여편네가 가만히 있었어? 청소 못하는 여편네 들였다가는 회장짓도 못해먹는다고."

"돈 줘봐유. 다 잘하지. 집에서 청소 못하는 건 돈을 안 주니까 못하는 거유."

"청소만 잘하면 되나. 성격도 좋아야지."

"그깟 청소하는데 성격이 뭔 상관이래유? 참 바라는 것도 많유."

"청소한답시고 회관 나온 사람들 귀찮고 짜증나게 해봐. 만날 싸움 나지. 화투 치다가 똥쌍피 하나 가지고도 살벌하게 싸우는 늙은이들을 청소한답시고 갈궈봐."

"참 걱정도 팔자유. 그럼 여편네 말고 남정네를 시켜유."

"어떤 미친 할배가 청소를 하고 자빠졌어."

"그냥 하겠다는 사람 시켜유. 괜히 누구 꼭 집어서 시키지 말고, 하고 싶다는 사람 하게 놔두유. 그게 제일 뒷말 없슈."

"그럴 겨."

"그럴 거면서 왜 고민해유?"

"내가 언제 고민했어?"

"했잖유?"

"자기가 괜히 뭐라뭐라해놓고 뒤집어씌우네."

여섯 살 차이. 5년 전까지만 해도 만날 붙어살아도 소 닭 보듯 얘기 한 마디 안 나누는 게 당연했는데, 남편이 팔순 바라보고 아내가 칠순 넘긴 뒤부터는 같지 않은 화두라도 붙잡아서 노닥대는 게 낙이라면 낙이었다.

3

명부에 올라 있는 회원이 78명이었다. 정식으로 역경리 노인회가 출범한 십수 년 전부터, 나도 인제 늙은이라고 자인하며 가입하는 이만큼 세상 떠난 이가 있어 늘 80명 언저리였다. 노인회 가입은 만 65세부터 가능했지만, 칠순 되기 전에는 자기 생각도 남 생각도 한창 청춘이어서 스스로도 가입하겠다는 이도 없었고 가입하라고 권유하는 이도 없었다.

회의만 한다고 하면 참석인원이 5분의 1도 안 되었다. 회의는 곁가지고 잔치 푼수로 밥 먹는다고 하면 절반 이상은 이냥저냥 모였다. 3월 2일이 마침 음력 정월대보름. 청년회서 경로잔치까지는 아니고 어르신들께 점심 대접한다고 해서, 예순 명이나 붐볐다.

마이크 잡은 노인회장 김사또는 '올해도 다들 건강하게 잘 살아서 자식들에게 짐 되지 말자'는 요지로 인사한 뒤에, 할아 버지 할머니 차별 두지 않고 청소해보겠다는 지원자를 받는다 는 홍보를 덧붙였다.

　딱 한 명이 해보겠다고 손을 들었다. 노인회 명부에도 안 오른 고추댁이었다. 고추 농사를 잘 짓거나 고추를 잘 먹어서가 아니라 처녀시절 청양고을 고추아가씨로 뽑힌 전력을 하도 자랑스러워해 얻은 별호였다.

　"그거 노인회 가입 안 한 사람도 되면 제가 좀 해보고 싶은 데요. 낮에는 한과공장 다니니께 밤에 잠깐씩 후딱 해치워도 되죠?"

　"노인회는 가입 안 해도 되는디, 고추댁 연세가 어찌 되쇼?"

　"여자 나이는 알아서 뭐하게요?"

　"나이 제한이 있단 말유."

　"64세요."

　"젊구만 젊어. 고추댁이 나서 줘서 되게 고맙긴 한데, 우짠 댜, 만 65세 이상이어야 된댜. 고추댁은 너무 젊어서 안 된다고. 다른 사람 누구 없어요? 고추댁 말마따나 밤에 와서 후딱 해도 되유. 깨끗하게만 한다면야."

　말벌 만난 꿀벌들처럼 쏘아댔다.

　"회장님 무서워서 안 하는 게 아니라 못해유. 깨끗하게 안 하면 회장님한테 혼구멍날 거 아뉴. 회장님 청결 기준이 드높다는 거 면사무소 직원도 알더만유."

"요새 누가 이만칠천 원에 3뒤를 해유. 말이 쉬워 회관 청소지, 회관 청소두 청소는 청소구 엄연히 3뒤일 중 하난디. 아직도 3뒤를 모르는 분들이 계시네. 뒤럽고 뒷골 쑤시고 뒤지겄단 말유. 〈극한직업〉 안 봐유? 거기 보면 3뒤한 직업 천지던디."

"아직 일할 수 있는 노인네라면 돈 많이 버는 일을 하지, 한 달에 27만 원짜리 일을 왜 한대유? 요새 뭘 해두 달에 백은 벌어유."

"차라리 공공근로를 하지! 호미 들고 슬렁슬렁 왔다갔다하면서 네댓 시간 일하고 4만 원씩 벌더라고."

"신선놀음처럼 말하시네. 댁이 해봤슈? 나름 고초가 커유. 내가 하천 쓰레기 줍다가 시궁창에 빠져죽을 뻔했다니께. 공무원 것들한테 맴의 상처도 엄청 받는다구유."

"일할 수 없는 노인네는 천만금을 줘도 못하쥬. 안 아픈 데가 없고 안 고장난 데가 없는데 청소하다가 아픈 데 더 아프고 고장난 데 더 고장나봐유. 병원비만 더 나오지."

"돈 안 되는 거 알면서 그나마 농사일 하는 건 거둬서 자식들한테 보내주고 나눠주는 보람과 재미가 있으니께 하는 건디, 그깟 일은 뭔 보람과 재미가 있겠슈."

"내가 하구 싶어두 자식들 때문에 못해유. 자식들이 난리 치쥬."

"이참에 이거 한다고 나대서 용돈 인상 해야겄네. 내가 자식당 20 받는데 30으로 올려달라고 해야지."

드디어 김사또가 듣고픈 말을 해주는 이가 있었다.

"정 거시기 하면 오지랖댁이 하슈. 어차피 자주 청소하잖유? 저번에도 덤프트럭이 회관 마당에다 흙 뿌리고 갔을 때도 회장님이 아니라 회장 사모님이 쓸고 있더만."

남편이 시킨 게 아니었다. 남편이 덤프트럭 운전사와 대판 싸워 마을 시끄러울까봐 몰래 치운 거였다.

"그류, 오지랖댁이 하면 되겠네. 그간 무보수로 청소한 값 뒤늦게 이자까지 쳐서 받는다고 생각하면 되겠슈."

"청소야, 오지랖댁이 최고지. 청소대회 나가면 따놓은 일등일 겨."

반대하는 이도 있었다.

"큰일날 소리. 오지랖댁 무릎 수술받은 거 몰라요? 돈 안 받고도 청소를 그리 열심히 했는데, 돈 줘봐요, 돈값 한다고 더욱 열심히 할 거 아녀. 오지랖댁이 청소하다가 무릎 더치면 여러분이 책임질 겁니까?"

누군가 핵심을 짚었다.

"당사자의 생각이 중요하지. 오지랖댁 어뗘? 할 맴 있어? 할 수 있는 겨?"

오지랖은 기다렸다는 듯이, 그러나 마지못해 하겠다는 낯빛으로 답했나.

"어쩌겠어유. 정 하겠다는 사람이 없으면 저라두 해야쥬."

4

남편이 말 안 해준 게 있었다. 교육을 받아야 한다는 것. 실은 남편도 몰랐다.

"어떤 미친놈이 청소 같은 것도 교육까지 시켜가며 시킬 줄 알았겠냐고."

"내 말이 그 말유. 청소를 왜 교육까지 시킨다는규?"

"가봐, 가보면 알겠지. 교육 그거 별거 아녀. 그냥 앉아 있으면 돼. 들리면 들리는구나 듣고, 졸리면 졸면 돼. 노인네 안 듣고 잔다고 아무도 뭐라고 안 해. 나만 자나. 다 자. 안 조는 놈이 미친놈이지. 들으나 마나 한 소리 듣고 있는데 잠이 안 와?"

김사또는 노인회장 되고 나서 원 없이 회의를 해보았다. 면사무소 주민자치센터에서 열리는 정기 회의만 한 달에 네 번이었다. 안 가면 찜찜한, 23개 행정리 노인회장들이 모이는 육경면노인협의회만 꼭 가고, 나머지 회의는 꼭 가야 할 일 아니면 '위임'으로 때우고 있었다. 그놈의 회의 꼬박꼬박 나갔다가는 볼일 다 볼 테다. 근데 말이 회의지 면서기한테, 아니지 주무관한테, 무슨 설명 들을 때가 대부분이었다. 그러니까 회의를 했다기보다는 주입식 교육받은 느낌이었다.

정식 교육도 엔간히 받았다. 면사무소 차원이 아닌 시청이나 노인회관 가서 유명하다는 특급 강사한테도 들었다.

노인인권교육: 때가 때이니만큼 경로당 미투 방지를 위해

최선을 다해달라는 소리 같았다.

웰다잉교육: 잘 죽는 법 얘기하는 듯했다.

치매예방교육: 예방이 가능하기는 한 건가, 의문만 들었다.

경로당운영활성화교육: 이러저러하게 노래강사, 치매예방 강사 등을 보내줄 건데 제발 많이들 참여하시게 노력해달라고 신신당부하는 듯했다.

어르신 보행 및 교통안전교육: 노인네들 쓸데없이 나돌아 다니지 못하게 해달라는 소리 같았다.

반나절치기에 점심밥 주고 반주도 주고 교육비에 차비도 주니 안 가면 손해보는 듯해서든, 감투 높은 이들이 꼭 와서 두 손 공손히 내밀며 애쓰신다고 치하하니 뭐라도 되는 듯 대접 받는 맛에서든, 말 잘하는 이들한테 전화로 시달리기 싫어서 든, 회의 때보다는 출석률이 월등히 높았다.

김사또는 뭐니뭐니 해도 '노인지도자 교육과정 연수'를 잊 을 수 없었다. 노인대학은 시간 맞춰 다닐 형편이 안 된다고 극 구 사양했지만, 연수는 여행 삼아 다녀오시면 된다고 이거 안 가면 우리 주무관들 높은 어르신들한테 엄청 갑질 당한다고 하소연하니 안 갈 도리가 없었다. 당일치기도 아니고 1박 2일 이었다. 관광버스로 말로만 듣고 텔레비전으로만 보던 무주 구천동 노인전문교육원에 갔다.

'시대변화에 따른 지도자 역할', '경로당 운영 및 회계실무', '무병장수 누리기 및 인문학' 등의 강의를 들었다. 강의 주제가 엄중해서인지, 텔레비전에 밥먹듯이 나간다는 경력 화려한 이들이 물 흐르듯 떠들어서인지, 분위기가 학교 같아서인지 60년 만에 '공부'하는 기분이었다. 귀담아듣고 집중한 시간보다 조는 시간이 더 많았지만 머릿속이 꽉 차는 듯했다.

밤에도 진지한 학생들 같았다. 왕창 취해서 놀자판으로 몰고 가려는 이는 드물고, 텔레비전 '100분 토론'에 나온 이들처럼 말주변을 펼치려는 이가 흔했다. 피곤을 못 이겨 대개 아홉 시도 못 넘기고 잠들었지만.

수료증도 받았다. 그냥 받은 게 아니고 파란색 가운에 파란색 학사모를 쓰고 받았다. 단독 사진도 찍었다. 이십몇 년 전 큰아들 대학교 졸업식에서 못 이기는 척 입어봤을 때처럼 아리송했다. 자랑스럽기도 하고 겸연쩍기도 하고. 좋은 것도 같고 억울한 것도 같고. 엉뚱하게 서럽기도 하고.

노인회장 돼서 받은 교육이 아니더라도, 검사또는 중학교까지 다녔고, 군사교육에 민방위교육도 받았고, 영농교육 축산교육도 어지간히 받아서 교육에 두려움이 없었지만, 오지랖은 달랐다. '새벽종이 울렸네'로 시작하던 새마을운동시절에 공무원에게 듣던 소리를 제외한다면 국민학교 때 받은 교육이 전부였다. 남들은 아무것도 아니라는 교육이 왜 그렇게 겁나는지 알 수가 없었다.

오지랖은 수술실 들어갈 때 심정으로 대한노인회 안녕시지회 대강당에 들어갔다. '노인일자리 및 사회활동지원사업 참 여자 안전·직무교육'이라고 쓰인 현수막이 보였다.

청소하는 사람만 따로 모아놓고 바퀴벌레 한 마리 못 살게, 곰팡이 한 점도 못 피게, 모기도 파리도 안 꼬이게, 상상할 수도 없었던 최신식 청소하는 방법을 가르쳐주나보다, 가르쳐준 다음에 시험도 보는 것 아닌가, 시험 못 보면 탈락하는 건가, 오만가지 걱정을 했던 오지랖은 허탈해졌다.

학교에서 일할 스쿨존교통도우미, 꿈나무 급식도우미, 보육교사도우미, 황금분재원에서 일할 분재도우미, 경로당에서 일하게 될 청소도우미 등 300명이 모였다.

첫번째 시간은 '노인일자리사업의 올바른 이해'였다. 들을수록 더 이해가 되지 않았다. 오지랖은 '졸다 깨다'를 반복했다.

두번째 시간은 '치매예방관리와 건강 등 안전 예방'이었다. 노인회 사무국장이라는 여성은 치매 얘기는 잠깐 하고 미투 얘기만 잔뜩 했다. 요지는 일하시다가 절대로 미투로 오해받을 행동을 하지 말고 미투 당하거나 보면 즉시, 무조건, 신고하라는 것 같았다.

누군가 도저히 못 들어주겠다는 듯 소리쳤다.

"아따, 젊은 양반, 칠십 여편네들이 미투 하고 당할 일이 어딨어. 걱정할 걸 걱정해야지."

기다렸다는 듯이 입 근질근질해서 못 견디겠는 이들이 보탰다.

"왜 읎어유. 이르케 이쁜디."

"아주머니는 여기 여자만 있는 줄 아나비네. 잘 보셔유, 영감님들도 가물에 콩 나듯 있슈."

가물에 콩 같은 영감님 한 분도 보탰다.

"남자는 무조건 미투한다는규? 환장허겄네. 어물전 망신은 꼴뚜기가 시킨다더니 꼴뚜기 같은 놈들 때문에 남자로 사는 게 넘 힘들어."

잡소리가 판소리 메들리처럼 이어졌고, 사무국장은 좌중을 통제하지 못하고 갈팡질팡했다.

5

무지무지한 냄새가 스멀스멀 풍겨왔다. 이 강력한 냄새를 풍길 사람은 그분밖에 없었다. 오지랖은 걸레를 팽개치고 뛰어갔다.

"들어오지 마유!"

배고파서 그래. 라면 하나만 끓여먹고 갈게. 자네가 끓여주면 더 좋고.

"나가유, 나가. 아재가 10분만 있어도 회관 다 버려요. 벌써 냄새 꽉 차고 있잖유."

냄새가 나? 자네, 되게 웃긴다. 워칙히 냄새가 나?

"그래도 나는 걸 어째유."

자네 왜 이렇게 야박해졌나?

"돈 받고 청소해봐유. 안 야박해지나. 아무리 깨끗이 쓸고 닦으면 뭐해유. 아저씨 냄새 배면 아무 것도 안 한 거나 마찬가진디."

80년 동안 냄새에 냄 자도 모르고 산 사람이 나다. 왜 깔끔쟁이 80년은 기억 안 하고 냄새쟁이 1년만 기억하나. 난 그게 미치도록 서럽다.

"내가 아저씨 사정 봐줄 형편이 못 되유. 일당 2만 7천 원값을 해야듀."

내가 술 처마시고 온 동네 바닥을 신칙하고 다녀도 입성만은 늘 깨끗했다. 농사꾼 중에 자네 남편이 깨끗이 입는다지만 내가 더 깨끗이 입었다. 우리 어머님께서 나를 옥동자처럼 키우셨다. 마누라 또한 빨래를 칼같이 해주었다. 인정하지? 자네보다 빨래를 훨씬 잘했다. 세탁기 들어온 다음에도 꼭 가마솥에 삶고 빨랫방망이로 두들겨서 빨았다. 안 그러면 내가 안 입고 팼거든. 내가 내 마누라 팬 거 가지고도 자네 남편이 시비건 적 숱했다. 우리 땐 마누라 패는 게 전통이었다.

"전통 같은 소리 하고 자빠졌네유. 우리 영감은 한 번도 안 팼슈."

마누라 죽고 나서 어이가 없더라. 개차반 아버지를 둔 자식이 좀 많으냐. 개차반 아버지라도 어느 정도는 챙겨주는 게 자식이잖냐. 내가 아비 노릇 거의 못한 거는 알지만, 다른 집 자식들처럼 아비를 챙겨줄 줄 알았다. 최소한 한 달에 한 번은 와서 밥도 해주고 반찬도 해주고 빨래도 해주고 청소도 해주고. 코빼기도 안 비치더라. 명절에도 안 오더라. 내가 간다니까 올라오지도 못 하게 해. 차비도 안 주고 주소도 안 가르쳐 줘.

"그니께 잘 좀 허시지 그랬슈."

너무 하잖냐고 따졌더니. 아버지는 벌을 받아야 한다나. 지들 엄마를 평생 노예처럼 부려먹은 건 참겠는데, 칠순 엄마가 별것도 아닌 감기에 죽게 만든 건 도저히 용서를 못 하겠다나. 어떻게 병원 한 번을 안 데려갔냐고. 내가 그렇게 갈 줄 알았나. 그 사람이 한두 번 아팠나. 고뿔도 수없이 걸렸지. 병원 한 번 안 가고 다 나았어.

"라면 끓일 줄 알면 밥도 할 줄 알잖유. 집에 가서 드셔유. 여기서는 안 듀."

밥할 줄 안다. 밥통에도 물 붓고 쌀 붓고 취사 누르면 되잖아. 몇 번 해먹어봤다. 오래 놔두니까 곰팡이가 피데. 하도 배고파서 푸르뎅뎅한 거 몇 순갈 퍼먹고 배탈 나서 뒈질 뻔했다. 그 이후론 집에서 밥해본 적 없다.

"나가라니께 진짜 말 많으시네유."

이 좋은 세상에 뭐가 걱정이냐. 경로당 가면 먹을 게 천지인데. 경로당이 우리 동네에만 있나. 이 동네 저 동네 다 싸돌아다녔다. 그리고 꼭 죽는 사람이 있잖아. 우리 고장에 장례식장이 한두 곳이냐. 아무 장례식장에 가면 누군가는 죽어 있다. 이

고장에서 80을 살았는데 몇 다리 건너 모르는 사람이 어디 있어. 내가 부조도 안 하고 먹기만 한 줄 알아? 남들보다 짜게 해서 그렇지 할 건 했다. 남들 3만 원 할 때 5천 원 했고, 남들 5만 원 할 때 만 원은 했다. 토요일, 일요일은 더 걱정이 없지. 시내 왕창가든, 그린하우스, 안녕뷔페 가면 어느 집에선가는 무슨 잔치 밥을 먹고 있으니까.

"우리 남편 곧 올규. 우리 남편이 경고했쥬? 한 번만 더 마을회관에 들어오면 다리몽뎅이를 부러뜨린다고! 경치기 전에 얼른 나가라구유."

내가 밥은 안 해먹었지만 빨래는 해입었다. 뭐가 어려워. 세탁기에 넣고 돌리면 되잖아. 자주 돌린 건 아니지만 한 달에 한 번은 돌렸어. 근데 냄새가 난대. 노인네한테 냄새가 나는 거 당연하잖아. 근데 나한테 유독 심하게 난대. 경로당에도 못 들어오게 해. 버스 타면 운전사놈이 창문부터 열어. 장례식장 가면 고인 영정에 절도 못 하게 하고 돈을 쥐여줘. 택시는 태워주었다가도 내리래. 택시 버린다고. 식당에서도 쫓겨나. 나한테는 서울역 노숙자보다 열 배는 심한 냄새가 난대. 자네도 내 냄새 몇 번 맡아봤지? 내 냄새가 그렇게 심했어?

"지금도 맡고 있잖유. 코 매워 미치겠슈. 아재 냄새는 100미터 밖에서부터 나유."

그러니 내가 견딜 수가 있었겠나? 경로당도 아무도 없을 때 도둑고양이처럼 들락거렸다. 대중교통도 이용하기 힘들어서

걸어다녔다. 내 냄새 소문이 나서 나를 아무데라도 태워주는
놈이 없었다. 어딜 가도 쫓겨나기부터 했다. 밥 먹기가 점점 힘
들어졌다. 빵이랑 막걸리만 마시고 살았다. 농협 연쇄점에서
도 나한테는 잘 안 팔려고 그랬다.

"여직원 입장에서 생각해봐유!"

그래도 자네 같은 사람들이 있었다. 장례식장에서 밥이라
도 먹인 다음에 쫓는 사람, 빌딩 경비가 막으면 음식이라도 비
닐봉지에 담아 챙겨주는 사람, 죽었는지 살았는지 들여다보고
본죽 한 그릇이라도 놓아주고 가는 사람.

"불쌍해서 그랬슈."

내가 자네 있는 데는 꼭 갔다. 자네 남편 무서워서 자네 집
에는 못 가지만 자네가 가는 초상집, 잔칫집은 꼭 갔다. 그래야
밥이라도 먹고 쫓겨나거든. 근데 지금은 왜 이렇게 야멸찬 거
야? 라면만 끓여먹겠대두.

"안 된다니께유."

사람 참 못 쓰게 변했어. 돈이 무섭구나, 무서워. 착한 오지
랖이 돈 2만 7천 원 때문에 일가친척 아저씨를 밥도 안 먹이고
내쫓는구나! 비켜라, 비켜. 난 들어갈란다.

"안 듀, 안 듀!"

"오지랖댁 왜 그랴, 정신 차려. 뭔 잠꼬대를 그렇게 해."

오지랖이 눈을 떠보니 동갑내기 타짜댁이었다.

"아이구, 살았다. 꿈에서 냄새쟁이 아재를 만났지 뭐야."

"잠꼬대할 만하네. 냄새쟁이 살아 있었으면 청소마마 노릇 못해먹을 걸. 냄새쟁이가 여기 한 번 들어오면 청소하나 마나 지."

"그렇잖아도 꿈에 막 나타나서는, 여기 어디 계신 거 아닐까?"

오지랖은 두려운 눈초리로 이 방 저 방을 훑어보았다.

"하던 청소, 마저 해야지. 걸레질하다가 잠깐 졸았어."

"깨끗하고만 뭘 더 닦아."

타짜댁이 큼큼했다.

"박카스 먹었어?"

"걸레를 박카스물에 빨았어. 냄새 없애는 데 즉빵이야. 관광버스 모는 조카가 가르쳐줬어. 홍어냄새도 빼는 게 박카스래."

"무슨 냄새가 난다고?"

"냄새쟁이 아재 냄새가 나는 것 같아서."

"큰일났다, 큰일났어. 청소하다 완전 노이로제 걸렸네."

6

노인복지회관 도우미 교육은 총 세 번이었다. 9월에 중간점검교육이 있었다.

학수고대하던 섬심시간.

요새 큰 인기라는 '새마을식당'에 갔다. 뷔페라 먹고 싶은 것을 먹고 싶은 만큼 먹을 수 있었다. 육경면에서 온 경로당 청소도우미 19명이 나란히 앉았다. 사는 리는 달라도, 면단위에서 수십 년을 더불어 살아온 이들이라 거지반 이렇게 저렇게 아는 사이였고, 안다고 할 수 없는 사이라도 얼굴은 익었다.

"워메, 1인당 8천 원이네. 저번이는 오천 원짜리 된장찌개 주더니 워쩐 일이냐. 이렇게 비싼 점심을 사주는 거 보니께 노인회가 돈이 많은가벼."

"순진허기는. 단체 300명인데 엄청 깎아먹었겄지."

"빨리 먹어봐야 뭐혀. 우리네는 천천히 먹자고."

"근디 이번에도 청소하는 법은 안 가르쳐주네유."

"순진허기는. 청소도 안 해본 것들이 청소 선수들한테 뭘 가르쳐. 우리가 가르치면 가르쳤지. 가르쳐줄 것은 없고 가르쳐 줬다고 하면서 사업비는 써야 되니께 아무거나 하는 겨. 우리는 그냥 듣는 둥 마는 둥 있다가 가면 뎌. 밥 먹으러 왔다 생각하고, 겁나게들 먹으라고. 여기 내가 몇 번 와봤는데 되게 맛있어. 결혼식 뷔페보다 열 배는 맛나다."

"그냥 집 청소하듯이 하면 되는 거 맞쥬? 내가 하고 있는 청소가 돈 주는 데서 원하는 청소인지 걱정시러워서."

"누가 아까부터 숫처녀 첫날밤 치르는 소리를 하는 겨? 니, 오지랖댁이구먼. 오지랖댁은 그러고도 남지."

"내가 청소해본 데서 정말 힘들었던 데는 아파트 계단여. 아이구, 20층 꼭대기부터 한 계단 한 계단 내려오면서 닦아봐.

미치지, 미쳐."

"병원 청소 해봤남. 특히 수술 막 끝나고. 상상이 안 가지? 제일 싸할 데가 심야에 애 태어난 수술실이라니께. 한밤중에 애가 나온 겨. 핏덩이가 장난 아니거든."

"그까짓 걸 가지고 그런댜. 난 죽은 사람도 닦아봤구먼."

"밥 먹으러 와서 꼭 이런 얘기를 해야 뎌?"

"진짜 무서운 청소는 부잣집 청소여. 하나같이 비싼 거라 식은땀이 줄줄 난다니까."

먹을 것 가지러 가서도, 밥 먹으면서도 한번 불붙은 청소경력 자랑담은 멈추지 않았다. 제과점 바닥·유리창 닦던 경험은 명함도 못 내밀 청소들이었다. 오지랖은 어떤 청소가 더 무서운지 더 어려운지 더 괴로운지 가늠하기 어려웠다. 청소의 달인 혹은 청소의 여왕들을 만난 것만은 분명했다.

"그런디 어쩌다가 이런 싸구려 청소를 나오시게 된규?"

7

'경로당 프로그램 지원사업'의 일환인 치매예방교육 강사는 갓 오십의 '꽃청춘'이었다. 첫 주엔 노인회장 내외가 애쓴 보람이 있어 스물세 명이나 모였다.

"어머님들, 아비님들, 지매방시, 하나만 명심하면 됩니다. 머리를 계속 쓴다! 치매, 머리가 굳는다는 겁니다. 머리를 계속 써주면 쉽게 굳지 않습니다. 치매예방수칙을 말씀드릴게요. 일주일에 세 번 이상 걷기. 틈틈이 읽기 그리기 쓰기. 음식 골고루 먹기. 머리 절대 부딪히지 않기. 술 조금 마시기, 금연⋯⋯."

이런 얘기를 늘어놓고는, 스케치북과 색색펜을 나누어주었다. 아무거나 그려보라고 했다. 까마득한 옛날, 그림일기 쓸 때 그려보고는 뭘 그려본 적 없는 이들이라 그리지는 않고 고시랑대기만 했다.

"아무거나가 제일 어렵다고 들었는데, 정말 아무거나가 어렵구만. 그러지 말고 뭘 그리라고 해주셔."

"정 그릴 게 떠오르지 않으면 어머님이 가장 사랑하는 사람 얼굴을 그리셔요."

"자식 없는 사람은?"

"아버님 그리면 되죠?"

"영감태기 얼굴을 왜 그려. 만날 보는 것도 지겹구만."

"꿈속에서 만나는 것도 지겨워."

두번째 주엔 딱 두 명만 나왔다. 하도 청소를 심하게 해서 청소마마라는 새 별명을 얻은 오지랖과 회관을 자기 집으로 아는 타짜댁. 강사가 색종이를 나누어주었다. 화투 잘 치고 윷 잘 던지는 타짜댁은 강사보다 더 잘 접었다.

"우와, 선수시네요, 선수."

"내가 손으로 하는 건 다 잘한다우!"

오지랖은 강사가 붙잡고 가르쳐주었는데도 엉망이었다. 배는 모자 같았고, 학은 거북 같았다.

"너무 슬퍼하신다. 접었다는 게 중요하지 모양 빠져도 상관없어요."

"내가 이렇게 못 접는 사람이었나 기맥혀서 그류."

세번째 주에는 글쓰기였다. 자식이든 남편이든 손주든 옛사랑이든 누군가에게 편지를 써보라고 했다.

타짜댁이 쓴 글을 보고 강사가 칭찬해주었다.

"잘 쓰셨습니다. 열심히 썼다는 게 중요하거든요."

"못 썼다는 얘기? 그러고 보니 내가 손으로 못하는 게 딱 하나 있구만. 글짓기."

오지랖이 남편에게 쓴 편지를 읽고 강사가 휘둥그레졌다.

"우와, 어머님 잘 쓰시네요."

당사자는 겸연쩍어서 대꾸를 못하고, 타짜댁이 추어올렸다.

"청소마마님이 읽고 쓰기 하나는 우리 면에서 탑이라우. 역경리 부녀회원 50명이 평생 읽은 책보다 청소마마 혼자 읽은 책이 더 많을걸. 일기까지 쓰고. 그러니 그 뱃속에서 작가가 안 나오고 배겨."

"아들이 작가세요?"

강사는 작가라는 직업에 대해 좀 아는가 보았다. 작가를 둔 어머니로서 20년 동인 한 빈도 들어보지 못한 말을, 강사가 해주었다. "배곯는 직업인디 쯧쯧" 혀 차는 소리만 듣다가 "작가가 이 사회에 얼마나 소중한 존재냐면요"로 시작된 굉장한 얘기에 괜스레 뿌듯해졌다. 이렇게 작가를 알아주는 사람한테는 달라고 하지 않아도 주고 싶은데, 강사가 먼저 아드님 책 한 권 얻어볼 수 있냐고 했다.

일주일 후, 한 달 전에 나온 아들의 소설집 한 권을 주었더니 강사는 군이 책값을 내놓았다. 꽃종이봉투에 곱게 담아서. 작가 아들에게 전해달라는 것이었다. 책은 돈 주고 사보는 거라며.

또 일주일 후, 강사는 책을 낱낱이 읽은 모양이었다. 듣기에 황감한 치사를 해주었다.

"아이구, 눈물이 날라고 그러네. 내 아들 소설 진짜 읽은 사람은 남편, 국민핵교 동창 서울 사는 꽃님이, 그리고 딱 세번째 만나유."

"근데 어머님 아버님 얘기 맞죠?"

"그리게 내 얘기를 쓰니께 안 팔리는 거겠쥬. 나라두 시골 늙은이 얘기 재미없어서 안 사겠네."

"아니에요, 아니에요, 꼭 필요한 이야기예요."

강사는 문득 오지랖의 두 손을 맞잡았다.

"어머니, 오래오래 건강하게 사셔야겠어요."

"누구나 그래야쥬."

"특히 어머니는, 오래오래 건강하게 살면서, 아드님이 쓸 이야기를 많이많이 만들어주셔야 해요!"

오지랖은 가슴뼈가 무지근했다.

8

역경리 노인회 2018년도 연말 총회. 노인들이 노인강령을 읽느라 한목소리를 냈다.

"……존경받는 노인이 되도록 노력헌다. 이, 우리는 경로효친의 윤리관과 전통적 가족제도가 유지 발전되도록 힘쓴다. 삼, 우리는 청소년을 선도하고 젊은 세대에 봉사하며 사회 정의 구현에 앞장슨다."

노인회장이 인사말을 했다.

"예, 감사또입니다. 올여름은 참말로 겁나게 더웠습니다. 그 더위에도 불구하고 무사히 살아주셔서 감사합니다. 우리가 사는 목표는 하나뿐인 것 같습니다. 자식들에게 짐 되지 않고 살아내기. 건배 제의하겠습니다. 내년에도 강녕허자!"

"강녕허자!"

"그러고 안내드릴 말씀이 있습니다. 올해는 뷔페 음식으로 바꿨습니다. 우리 노인회 예산으로 나오는 돈이 400만 원 조금 못 되는데, 나눠드린 회계 보고서 보시면 알겠지만, 딱 맞춰 썼어요. 돈 남겨봤자 골치 아프고, 남은 돈으로 오늘 1인당 2만 5천 원짜리 특급 뷔페 먹으년 끝입니다. 그러니까 맛있게 드시고 신나게 노셔유. 그리고 우리는 축하공연 같은 거 없냐 하시는 분들도 계셨는데, 그래서 불렀습니다. 우리동네 가수왕 팔방미가 고등학교서 댄스반을 이끌고 있답니다. 팔방미가 댄스반에다 국악반 친구들까지 데려와서 효도공연을 해주겠대요."

노인들에게 그토록 갈채할 기운이 있었던가. 멀리 경상도 경주에서 난 지진으로 덩달아 흔들렸을 때처럼 회관이 들썩였다.

"그러고, 남편 잘못 만나서, 매년 노인회 연말 총회 때 백 명 분 밥 한 사람이 있습니다."

"연말 총회 때만 했남유, 시시때때로 했쥬. 면서기들 밥도 여러 번 차려주더만."

"이제는 그 사람이 더이상 밥할 일 없을 것입니다. 무조건 뷔페 부를 겁니다. 그리고 그 사람이 아무도 하겠다는 사람이 없어서 할 수 없이 10개월 동안 청소도우미를 했습니다. 그간 밥하고 청소하느라고 애써주신 오지랖 여사에게 박수 한 번 부탁드립니다."

아까보다는 약했지만 충분히 잘 감격하는 가슴 뭉클할 만한 박수 소리가 있었다.

"청소마마님 한마디하쇼!"

지지하는 소리가 잇따랐다.

엉거주춤 일어선 오지랖은 곧 눈물이라도 쏟아낼 것 같은 얼굴이었다. 겁을 먹어 잔뜩 긴장한 탓이었다. 남들 앞에서 공식적으로 말을 해본 적이 없는 인생이었다.

"인생 다 살았다고 생각했는디, 참 아직도 깨닫고 새로 느낄게 많다는 걸 새삼 깨달은 한 해였네유. 오래오래 건강하게 살거구면유. 어르신들도 힘차게 사셔유!"

저물어가는 자들의 시간이 달아오를 참이었다.

가금을 처분하라고?

1

국회에서 대통령탄핵안이 통과된 것이 작년(2016년) 12월 9일, 농림축산식품부가 '전국 100마리 미만의 가금 농가에 처분을 권고하기로 했다'고 밝힌 것이 1월 8일, 충남 안녕시가 '조류인플루엔자(AI) 예방을 위해 소규모 가금류 사육 농가의 자기 도태를 지원한다'고 발표한 것이 1월 14일이었다.

1월 16일, 육경면사무소 2층 대회의실에서도 주민간담회가 열렸다. 산업팀장(75년생)이 이장 주민자치위원 노인회장 청년회장 부녀회장 들께 읍소하듯 한바탕 말품을 팔았다. 간략하자면 '가금 잡는데 여기 모인 분들께서 적극, 솔선수범 및 협조 독려해달라'는 거였다.

"민수화가 되기는 했어. 예전 같으면 권고가 뭐여? 그냥 명령이지. 협조해달라가 뭐여, 무조건 '해라!'였지."

"그게 민주화가 돼서 그런가. 대통령이 유명무실하고 권한 대행 총리도 있으나 마나니까 그렇지. 컨트롤타워 부재라나 뭐라나."

"왜 얨한 집닭한테 시비요. 잡으려면 철새를 잡아야지. 철새뿐인가 온갖 새들이 넘쳐나잖아. 걔들부터 잡으라고. 철창 우리에 잘 가둬놓은 집닭들이 무슨 문제냐 말이야. 산지사방으로 날아다니는 것들이 문제지."

"어르신! 철새, 텃새는 죄가 없습니다. 과학적으로다 밝혀진 거예요!" 산업팀장이 절규하듯 어쩌고저쩌고 한참 읊고는 덧붙였다. "과학적으로다 고병원성 조류독감은 일반적으로 양계장 오리농장과 같이 좁고 열악한 환경에서 집단적으로 사육되는 닭과 오리에게서 발생합니다. 지금까지 고병원성 조류독감이 야생 철새에게서 발생했다는 보고는 단 한 건도 없습니다!"

"어디 저수진가에서 뒈져 있었다는 가창오리 100마리는 뭐여?"

"걔들도 집닭한테 옮은 겁니다!"

"난 사료가 의심스러워. 그 사료라는 게 죄 짬뽕해놓은 거잖아. 거기에 바이러스가 안 들어가 있다는 보장 있어?"

"인간들이 별의별 걸 다 처먹으니."

"잔반 사료를 가금류한테 먹이면 3년 이하의 징역이나 3천만 원 이하의 벌금이랍디다."

"그런 법이 있었어? 별 법이 다 있네."

"음식찌꺼기 먹이는 게 뭐가 잘못이라는 거야. 아닌 말로다 집에서 키우는 닭한테 먹다 남은 거 안 주는 사람 있어?"

"산새나 철새나 쥐, 고양이가 가금이 먹는 음식물과 접촉해서 병을 옮긴다는 썰 때문이라오."

"정당하게 사료 먹여요."

"사룟값이 좀 비싸나."

"이봐, 공무원님, 그건 왜 빼셔. 뉴스에서 엄청 떠들더만. 정부당국이 방역대책에 완전 소홀했잖아. 처음에 막을 수도 있었다며? 불 번지게 놔둘 때는 언제고 이제 와서 말도 안 되는 짓거리여."

나름대로 '장'에 '위원'인 입들이 나불나불하니 종편 채널의 정치예능 프로그램을 네댓 개 동시에 틀어놓은 듯했다.

면민이 돌아가고, 면장(65년생)이 산업팀장을 호출해서는 문책했다.

"저 잘못한 거 없는데요." 산업팀장은 정말 자기가 뭘 잘못했는지 알 수 없었다.

"주민간담회서, 철새는 아무 죄가 없다고 했다면서!"

"예? 철새요? 예, 철새는 죄가 없지요."

"그게 좌빨들이 하는 소리잖아. 에이아이가 철새 때문에 생긴 게 아니라는 게 말이 돼? 철새가 아니면 도대체 설명이 안 되잖아. 좌빨들 논리대로 하면 뇬 모든 양계장 모든 오리농장에서 에이아이가 나와야 되잖아? 그런데 에이아이 자주 발생하는 데를 보라고. 지난 3, 4년 간 에이아이 발생 탑이 충북 음성군 맹동면 72회야. 충북 진천 이월이 18회, 충남 천안 풍세가 16회, 전북 부안 줄포가 16회. 이것만 봐도 철새가 이동하는 정해진 루트에서 자주 발생한다는 거를 알 수 있잖아?"

"그렇게 주장하는 분들도 있지만, 철새가 거기만 있나요? 우리나라 웬만한 데는 다 철새도래지입니다. 면장님 말대로면 철새 있는 데는 무조건 에이아이가 발생해야 하는데 그건 또 아니잖아요."

"좌빨 맞네."

"무슨 옳은 말만 하면 좌빨이라고 하세요?"

"좌빨 맞잖아. 당신도 촛불이구만, 촛불!"

"철새 때문이라면 정말 아무 대책이 없는 거잖아요. 철새를 다 죽여버리면 모를까."

"환경 좌빨들이 가만히 있을 것 같아?"

"그러니까 철새 때문이 아니라는 거죠."

"철새 때문이라니까."

"아니라니까요."

"지금 그게 중요해? 정부 방침은 철새 때문이야. 철새 때문이 아니라면 공무원들이 책임 다 뒤집어써야 한다고. 우리가 무슨 죄가 있어?"

"지금 누구 책임 따질 때가 아니고 우리 면에는 에이아이가 들어오지 못하도록 최선을 다해야 합니다."

"내 말이 그 말이잖아!"

"저더러 좌빨이라면서요?"

"닭 잡고 오리발 내미는 소리 작작 하고, 가서 닭이나 잡아. 싹 잡으라고!"

면장은 부글부글 끓었다. 산업팀장이 개긴 것이 한두 번이 아니었다. 네놈이 안녕시장 라인이라는 거지?

산업팀장도 쌓인 화가 백두산 같았다. 저 보수꼴통! 저런 게 면장을 하고 있으니 면이 제대로 돌아가겠냐고.

2

역경리 이장 이덕순은 면사무소의 '지시'에 대응하는 원칙을 정해놓았다.

일, 정말이지 '솔선수범하고 협조독려'할 만하다고 판단되는 일이라면 만사를 제쳐놓고 앞장선다.

이, 리민에게 하등 도움이 되지 않으며 심지어 폐해를 끼칠 것이 확실한 일은 만사를 제쳐놓고 반대하고 저지한다. 핵폐기물 같은 게 들어온다거나 사드 같은 걸 배치하겠다거나 송전탑을 세우겠다거나 쓰레기 매립장 혹은 골프장을 만들겠다거나 동네 한복판으로 도로를 뚫겠다거나……. 다행히 이처럼 무지막지한 갈등 사안은 역경리 역사에 없었다.

삼, 모호한 사안은 방관한다.

"가금 학살령은 '삼'에 해당해. 나는 모르는 일이야."

이장 이덕순은 딱 잡아떼듯 뱉었다.

"누님! 살벌하게 학살령이 뭐예요!"

면사무소 막내 주무관 강무영(99년생)은 숫제 비명 지르듯 했다.

"소소하게 몇 마리씩 키우는 오리, 닭이 우리 면만 삼사천 마리여. 그걸 다 죽여버리라니. 그게 학살이 아니고 뭐여야? 설마 몇만 마리씩 치는 집 것까지 미리 도살하려는 건 아니겠지?"

"누님, 컨테이너로 막을 거 방패로 막자는 거잖아요."

"아줌마라고 불러! 내가 열아홉 살 때 거시기만 안 했어도 너만한 자식놈이 있어."

"그때 술 마시고 누나라고 불러도 좋다고 했잖아요."

"그랬냐? 암튼 난 모르는 일이다."

"이장님이 이렇게 비협조적으로 나오면 어떡해요. 설 전에 다 잡아야 한다고요. 민족의 이동은 못 막아도 에이아이는 막아야 한다고요."

"닭도 생명이다. 나는 못 죽여. 그래서 내가 돼지도 닭도 안 키우는 거야. 키우게 되면 언젠가는 죽이게 되어 있다니까."

"닭 있는 집이라도 가르쳐줘요."

"닭 없는 집이 어디 있어?"

"누님네는 없잖아요?"

"요새는 없는 집도 많지. 닭 키우기도 쉬운 일이 아냐. 자기

끼니 챙겨 먹는 것도 힘든 어르신들이 아침저녁으로 닭 모이 주는 게 쉽겠냐? 키워도 별것들이 다 물어가. 고양이, 개, 족제비. 그것들은 처먹지도 않으면서 심심풀이로 살생을 일삼는다니까. 야, 차 가진 놈이 뭐가 걱정이야. 요새 차 못 들어가는 집이 어디 있어? 집집마다 가봐."

"누님이 가르쳐주면 쉽잖아요. 다 아시잖아요!"

이덕순은 오토바이를 타고 휙 달아나버렸다.

강무영이 처음 찾아간 집에는 가금이 한 마리도 없었다. 대신 귀중한 정보를 얻었다.

"저어기 저 집에 가봐. 그 집 아줌마가 기억댁인데 발품을 확 줄여줄 것이여."

"별호가 특이하시네요? 기억을 잘하시는가보죠."

"잘하는 정도가 아니지. 거 컴퓨터에 물어보면 뭐든지 대답해주는 게 있다며?"

"네이버 지식인 같은 거요?"

"기억댁이 역경리 지식인여."

칠순이 되었어도 기억댁의 총기는 여일했다. 지금은 23호에 불과하지만, 지난 반세기 동안 범골에서는 통틀어 65호가 흥망성쇠했다. 기억댁은 현존하는 집안은 물론이고 수십 년 전에 이사가거나 절손하거나 폐가가 되거나 한 집안 사람들의 신상명세와 대소사끼지 틀림없이 기억했다.

기억댁이 짚었다. "삼신딸네에 한 백 마리 있지. 거기가 제일 많아. 짜장 신기하다니까. 삼신딸네는 사람만 잘된 게 아냐. 짐승도 그 집만 가면 새끼를 풍덩풍덩 깐다니까. 돼지하고 개하고 열 마리 나면 엄청 많이 났다고 하잖아? 삼신딸이 먹인 개돼지는 한배에 스무 마리가 기본이었다니까. 소도 쌍둥이만 낳고. 닭이야 말할 것도 없지. 그 집 닭은 알도 꼭 쌍란으로만 낳아. 열심히 먹이는 것도 아냐. 그냥 놔두는데도 그냥 다산이라니까. 괜히 삼신할머니 딸 소리를 듣는 게 아니지. 삼신딸은 딱 백 마리까지만 키워. 그러니까 만날 닭 잡는 게 일이지. 그 많은 알과 닭을 어쩌냐고? 별걱정을 다 한다. 그 사람 자식이 얼마나 많은데……"

삼신딸 기준으로 시조부 시조모 시아비 시모 남편 하고도 시동생 다섯에 시누이 셋에 아들딸 열셋, 그 집 식구 숫자를 헤아리는 것도 어려운 일이었다. 기억댁은 1984년 삼신딸네 시조부 구순 잔치에서 그 많은 식솔의 생일을 줄줄이 외워 모두를 기함시켰다. 그때부터 '걸어다니는 범골 주민등록부·역사사전'의 명성을 지금까지 이어왔다.

"병아리는 빼고 삼계탕 거리는 되는 것들로만 읊어볼게. 척박사네 쉰여섯 마리, 노재수네 사십세 마리, 감골네 열여섯 마리, 욕쟁이네 아홉 마리, 공주네 다섯 마리, 여교장네 세 마리, 공무원네 두 마리, 김삿갓네 한 마리. 오리도 가르쳐줘?"

기억댁은 손가락질로 닭과 오리 있는 집의 위치까지 낱낱이 가리켜주었다.

3

삼신딸(44년생): "지금은 백 마리 넘어. 미쳤어? 달걀값이 금값이란 것도 모르고 사는 할미로 보는 겨? 알 잘 낳는 닭을 왜 잡아? 생닭도 얻고 돈도 받고 일거양득이다. 꿩 먹고 알 먹고다? 아니지. 알은 끝장나는 거잖아. 길게 보면 더 손해라고. 황금알 낳는 거위를 죽이는 바람에 손해본 전래동화도 몰라?"

노재수(38년생): "돈을 준다고? 얼마나? 마리당 2만 원? 완전 병아리는 천 원도 안 주고 반계탕 거리는 돼야 준다고? 그럼 내가 저놈의 것들을 싹 잡아버리면 얼마를 받게 되는 건가? 자네가 계산 좀 해봐. 86만 원이라, 86만 원. 손녀딸이 스맛폰인가를 사달라고 명절 때마다 지랄발광을 해서 이번에는 워칙히든 마련해줄라고 했는데. 86만 원이면 살 수 있겠지? 사고도 남는다? 내가 그깟 86만 원 때문에 순순히 잡겠다는 게 아냐. 귀찮아서 그래, 귀찮아서. 개를 한 마리 키우는 게 낫지. 달걀 걷는 것도 힘들다니까."

욕쟁이: "씨 바를 놈이 미친개 똥을 사발로 처먹고 왔나. 눈깔을 뽑아서 똥창에다 파묻어버리기 전에 썩 꺼져. 네 눈에 쟤들이 닭으로 뵈냐? 쟤들은 내 자식여, 자식. 내가 그지여성이야? 십팔만 원 땜에 내 자식들을 죽이게? 한 번만 더 죽이라고 해봐라, 년서기 네놈부터 사지를 토막내고 오장육부를 발라버릴 테니까."

여교장(51년생): "우리도 무서워서 그 아줌마 근처에도 안 가요. 닭 잡으라는 거, 정부시책이요? 요새는 정부에서 일방적으로 명령하는 거 없다고? 꼭 명령을 해야 명령인가. 따르지 않으면 정부 돈 안 줄 것처럼 위협하는데, 지자체가 안 따르고 배기겠어. 어쨌거나 나는 닭 못 잡아요. 나는 평생 살생을 해본 적이 없소. 모기, 파리도 잡아본 적이 없는 사람이요."

7급공무원 딸을 둔 조딴지(53년생): "내 별호가 왜 딴지겠어. 사사건건 딴지를 걸었거든. 나는 새마을운동 때도 개기는 게 일이었던 사람이야. 육경면에서 제일 불온한 사람이라고. 면사무소 블랙리스트에 내가 제일 크게 적혀 있을걸. 근데 딸년이 10년 공부해서 9급도 아니고 7급공무원이 돼버린 겨. 자네는 9급이니까 7급이 얼마나 대단한지 알겠네. 그때부터 딴지를 걸 수가 없더라고. 딸년 앞길이나 신상에 누를 끼치면 안 되잖아. 딸년이 합격하기 전이었으면 자네 곱게 못 갔을 겨. 나한테 혼나느라고. 바쁜 공무원이 또 올 거 뭐 있어? 지금 당장 잡자고. 두 마리밖에 안 되는걸. 죽이고 털 뽑은 걸 사진 찍겠다고? 자네도 참 거시기 허겠네. 공무원 돼서 닭 누드 사진이나 찍으러 다닐 줄 알았겠냐고. 뭐여? 왜 인상을 벅벅 써. 닭 잡는 거 처음 본다고?"

감골네(54년생): "열댓 마리 겨우 키우는 사람이 돈 벌자고 키우나요? 계란 먹는 재미, 계란 받아서 자식들한테 나눠주는 재미로 키우는 거지."

공주댁: "마음대로 하셔. 나더러 잡으라고? 미쳤는갑네. 내 별명이 공주야, 공주. 얼마나 곱게 살아왔는데. 우리 남편? 돈 벌러 갔지. 설 때나 올걸. 닭 잡을 사람 없냐고? 없어, 없어. 공무원님이 잡아가든가. 닭도 못 잡으면서 무슨 공무원을 한대."

노인회장 김사또: "간담회? 못 간 게 아니고 안 갔어. 난 참 회의가 싫어. 그놈의 시답지 않은 회의 다 찾아다니면 밥이나 먹겠어? 우리 건 닭이 아냐. 기러기라고, 기러기. 기러기도 죽여? 날개 달린 것들은 다 죽이겠다? 그려, 설 때 애들한테나 먹여야겠다. 마누라가 입원해 있거든. 모이 주는 걸 자꾸 까먹어서 굶겨죽일 판인데 굶기느니 깨끗이 보내줘야겠어."

김삿갓(55년생): "도시에도 개 키우는 사람 많다면서요? 골목길에 광견병 걸린 미친개 한 마리가 생겼다고 합시다. 그 개 때문에 광견병을 예방하겠다고 아파트 애완견까지 다 죽이라면 뭐라고 할까요? 저 닭은 애완계입니다. 근본적으로 조류독감부터가 의심스러워요. 이건 조작 아니에요? 정부가 미국 달걀 수입하려고 꾸민 억지촌극 아니냐고. 너무 심한 음모론 아니냐고? 뭐, 자꾸 죽이라니까 해보는 소리지."

4

노재수는 겨우 한 마리를 잡았다. 말이 쉬워 잡는 것이지,

붙잡아야지 모가지 비틀어야지 뜨거운 물에 푹 담갔다가 깃털 뽑아야지 골골한 노인네에겐 마리 당 반시간은 족히 걸리는 짓이었다.

소주 한 컵 마시고 두번째 놈을 붙잡으러 나섰다. 한두 마리만 잡자는 게 아니다. 너희 다 잡을 겨. 한 놈도 남김없이. 그러니까 그만들 도망쳐. 닭들은 결사적으로 도망쳤고 노재수는 헛손질을 거듭하다 고꾸라졌다. 내가 닭 한 마리도 못 잡는 사람이 되었는가? 주저앉아 있는데 눈이 시큰했다.

차 소리가 나더니 산업팀장이 나타났다.

"어르신 어찌된 일이세요?"

"닭 잡다가 나부터 죽겠네."

산업팀장의 부축을 받고 안채로 들어갔다. 소주 한 컵을 또 들이키니 정신이 조금 돌아오는 듯했다.

"근데 벌써 왔나?"

"벌써라니요? 전화 받은 게 세 시간 전인데요."

"이제 한 마리 잡았어."

"내일 다시 올게요."

"한 마리 잡는 것도 이렇게 힘든데 만 마리 이만 마리는 어떻게 잡나?"

"다른 고장에 있을 때 몇 번 해봤는데 형용하기 힘들어요. 일단 방제복을 입고 장화 신고 장갑 끼고 마스크 쓰고 안경 끼고 딱 우주인 같아요."

"왜 그리 복잡하게 챙겨입는 건가?"

"몰라서 물으세요? 옮을까봐 그렇죠."

"사람한테 전염 안 되는 거라며?"

"그런 줄 알았죠. 하지만 중국에서는 사람도 많이 죽어서. 우리나라라고 언제까지 괜찮겠어요. 독감예방주사도 맞고 타미플루도 며칠 먹어야 하고."

"그래, 어떻게 죽이나?"

"대형 비닐을 깔아요. 오리들을 비닐 위로 몰아넣어요. 그리고는 비닐을 덮는 거죠. 질식시켜 죽이는 겁니다. 옛날엔 땅에다 그냥 파묻었는데, 요새는 사체를 10톤짜리 플라스틱 탱크에다 집어넣고 약품 섞어서 묻어요."

"오리들이 가만히 있단 말인가?"

"오리는 좀 얌전한 편이에요. 닭은 워낙 날쌔서 비닐로 감당이 안 돼요. 닭은 다르게 죽여요."

"어떻게?"

"닭은 더위에 약해요. 양계사를 밀폐시키고 열풍기를 세게 틀어놔요. 두세 시간이면 거의 갈사(喝死)해요. 설령 살아 있다 해도 죽은 거나 마찬가지고요."

"참 쉽군."

"말로는 쉽죠. 정말 미치는 줄 알았어요. 당장 공무원 때려치고 싶은데, 그럴 수는 없잖아요. 꾹 참고 죽이고 퍼담고 나르고. 닭을 닭이라고 생각하면 더 힘들어요. 이건 닭이 아니다.

모기다, 파리다. 나는 지금 파리를 죽이고 있다 주문을 외우면서 버티는 거예요. 살인마들 있잖아요, 그 살인마들이 그처럼 사람을 쉬이 죽일 수 있는 까닭을 알겠어요. 살인마들은 사람을 사람으로 안 보는 거예요. 닭이나 오리로 보는 거지요. 저는 그 이후로 닭고기를 못 먹어요. 계란프라이도 안 먹어요."

"닭들도 생각을 하나봐. 너무 잘 도망쳐. 날 갖고 놀아!"

"2014년 4월에 저는 더 힘들었어요. 자꾸 내가 생으로 죽인 오리들이 떠올라서⋯⋯"

"여보게 우리집 닭들도 그렇게 죽여주게. 나는 정말 못 하겠네. 힘들어, 너무 힘들어. 털 뽑는 거는 내가 하겠네. 죽여만 줘. 거, 비닐 괜찮구만. 비닐 방법으로 잡아볼까?"

"웬만한 비닐로는 턱도 없어요. 닭은 불가능해요."

산업팀장이 도망치듯 가버리고, 노재수는 다시금 홀로 남았다. 잡아야지, 이왕 시작했으니 끝을 봐야지. 손녀딸에게 할애비 노릇 한번 해보는 거야. 스마트폰 꼭 사줘야지. 내가 아비 노릇 할애비 노릇 단 한 번이라도 해본 적이 있나. 명절 때 닭 잡아주고 달걀 챙겨준 거밖에 없잖아.

노재수가 그토록 열심히 뛰어다닌 것은 군복무 이후로 처음일 테다. 가까스로 병약한 암탉 한 마리를 잡았고 목을 비틀었다.

벌써 어둑어둑해졌다. 네 마리 잡았을 뿐인데 하루가 저물었다. 노재수는 종일 마신 소주에 겉절인 배추 같았다. 아직도 서른아홉 마리가 남았다! 기관총이라도 있으면 쏴 갈겨버리고 싶었다. 노재수는 낫을 들었다. 미친듯이 휘둘렀다. 아니, 미쳤다. 닭피가 폭죽처럼 터졌다.

아직 죽지 않은 닭들이 공격해왔다. 너희도 미쳤구나.

누가 닭으로 태어나라고 했어? 억울하면 사람으로 환생해! 날 원망하지 마. 스마트폰 때문이다. 너희만 불쌍하냐? 나도 불쌍하다. 살아도 사는 게 아니다. 사람이 이렇게 비참한데 닭 주제에 억울하다는 거야? 너희는 닭이야, 닭. 나도 닭이다, 닭! 가진 놈들 눈엔 내가 닭이지 닭이 아니겠냐. 가진 놈들한테 나 같은 것은 비닐로 죽이고 열풍기로 죽여도 괜찮을 닭 같은 놈이라고. 너희만 억울한 게 아니야.

낫질을 멈출 수가 없었다.

5

박사할배는 뒷산에 온갖 가금을 키웁니다. 닭, 오리, 타조, 거위, 기러기(미조), 모스코비, 꿩, 칠면조, 공작, 원앙.

닭장만 스무 개가 넘어요. 할배는 자기도 헷갈리고 보는 사람마다 무슨 닭이냐고 물어보는데 대답하기 귀찮아 푯말을 박아놓았어요. 한국닭도 색깔별로 생김새별로 다양해요. 흰색 황색 회색 짬뽕색. 청리닭(농촌진흥청과 영남대 농축산대학이 전국 방방곡곡에서 근근이 이어져온 토종닭을 수집해 유전자분

석하고 어쩌고 해서 '토종닭'의 표본으로 뽑아낸 닭이래요. 우리
나라에서 재래 토종닭을 왕창 사육했던 곳이 경북 상주군 청리면
수상리라 해서 '청리토종닭'이란 이름이 붙었대요). 뼈가 검다는
오골계. 해외 출신 닭도 여러 종이에요. 일본 출신 오히끼, 영
국 출신 로즈콤, 미국에서 왔다는 코친과 아메라우카나. 아메
라우카나와 토종닭을 교배한 닭이 파란 알을 낳는 청계래요.
관상닭도 있고 애완계도 있어요. 보시면 느낌이 온다니까요.
아, 관상용이구나. 아, 참 귀엽구나.

언젠가 여쭈었습니다. "왜 키우세요?"

"그냥. 키우고 싶어서."

"까닭이 있을 거 아니에요?"

"넌 왜 그렇게 사방팔방 돌아다니면서 헛짓거리를 해대는
거냐?"

"좋으니까요."

"나도 좋아서 키운다."

저도 때로는 고독해지고 싶습니다. 그러면 할배네 가금원에
갑니다. 갇힌 새들을 바라보면 온갖 잡생각에 빠집니다. 새들
이 내지르는 저마다의 울음소리가 섞이면 뉴에이지 음악 같기
도 합니다.

박사할배만 모스코비라고 부르고 다른 사람들은 기러기라
고 부르는 오리 같은 가금이 있습니다. 할배는 어떤 가금이든
대여섯 마리만 키웁니다. 식구가 늘어나면 분양을 보냅니다.

가금원에서 노인회장댁까지 한 이백 미터 됩니다. 박사할배가 생후 석 달 쯤 된 기러기 세 마리를 노인회장댁에 오토바이로 실어다주었습니다. 박사할배가 돌아오는데, 기러기 한 마리가 뛰는 건지 나는 건지 눈부시게 빠른 속도로 논바닥을 가로질러왔습니다. 왜 홍콩영화나 할리우드 영화에서 주인공들이 말도 안 되게 날아가듯이 뛰는 장면 많잖아요. 딱 그 모습이었다니까요. 진돗개만 집으로 돌아오는 게 아니라는 거죠. 할배는 감동받아서 그 기러기는 계속 기르기로 했어요. 지금도 잘 살고 있어요. 걔 이름이 뭐더라. 십모순이나 십일모순쯤 될 거예요. 할배가 보통 이상으로 정이 든 가금한테는 이름을 그런 식으로 붙여요. 열번째로 식구 같은 모스코비 암컷이라는 뜻이지요.

아시다시피 지난주에 우리 마을 가금이 거의 학살당했습니다. 애지중지 기르던 것을 어떻게 잡냐고 버티던 분들도 할 수 없이 죽이고 말았습니다. 20년 넘게 연평균 3만 마리 닭을 키워온 분이 계셔요. 공무원들 닭달은 무시할 수 있었지만, 그 양계할배가 집집마다 찾아다니며 눈물로 호소했거든요. 백몇 마리 키우는 삼신딸할매도 결국엔 두 손 들고 말았어요. 욕쟁이 할매도 욕질로 버티다가 마리 당 만 원씩 더 받고는 입을 다물었어요. 도저히 스스로 못 죽이겠다는 분들 닭은 양계할배가 사셔가서 죽여 왔어요. 양계상에는 숙이는 기계가 따로 있대요. 집집마다 냉장고에 가금이 들어찼어요. 요리해먹을 힘도 없고 해봤자 먹을 사람도 없다는 집도 많았어요. 그 닭들은 마을회관 냉장고로 들어갔지요. 노인회장님 말로는 "동네 늙은 탱이들이 죽을 때까지 다 못 먹을 양"이래요.

　오로지 박사할배네 가금들만 살아 있습니다. 양계할배가 또 찾아왔군요. 두 할배는 불알친구입니다. 평생지기입니다. 그런 두 분이 원수지간처럼 으르렁댑니다.

　"몇 번을 말해야 돼? 나는 하늘이 두 쪽 나고 내 눈에 흙이 들어가도 못 죽여. 쟤들은 내 자식이나 마찬가지라는 걸 자네가 제일 잘 알잖아?"

　"네 몇 마리 때문에 내 닭 3만 마리가 죽으면 책임질 거야?"

　"몇 마리라니? 닭만 해도 50마리가 넘고 그 외 30마리인데, 너도 알다시피 개들은 막 닭 막 새가 아니야. 격이 다른 애들이라고."

　"그래봤자, 닭이지!"

　"왜 오지도 않은 에이아이 때문에 생난리야?"

　"오기 전에 막자는 거잖아. 제발, 부탁한다. 대체 웬 똥고집이냐. 넌 에이아이가 와도 사는 데 지장 없지만, 내 인생은 끝장난다!"

　"너도 이참에 때려치워."

　"자꾸 똥고집 피우면 나도 인정사정없다. 양아치들 데리고 와서 불질러버린다."

　"네가 그렇게 막가는 놈이었구나!"

"공작 칠면조 원앙 이런 애들은 잡으라고 안할게. 제발 닭만이라도 잡아줘."

"우리 애들 깃털 하나라도 건드리면 네 양계장도 불 탈 줄 알아."

"대를 위해 소를 희생해주는 게 사람의 도리잖아?"

"소 말 잘 꺼냈다. 또 언젠가 구제역이 터지겠지. 우리동네도 그 구제역 오기 전에 자가 도태해서 방비한다고 천 마리 키우는 사람들이 열 마리 키우는 사람한테 찾아가서 대를 위해 소를 희생해주셔, 죽여달라고 하면 죽이겠냐? 나한테는 닭 한 마리가 소 한 마리나 마찬가지야."

박사할배는 과연 끝까지 버틸 수 있을지요? 어떤 위협에도 불구하고 버텨주셨으면 좋겠어요. 저도 가금원의 새들에게 정이 들었거든요.

할배는 밤에도 안 자고 가금원 쪽을 감시했습니다. 개보다 집을 더 잘 지킨다는 거위가 조금이라도 우는 소리가 들리면 손수 만든 화약총을 들고 가금원 순찰을 다녀왔습니다.

낮에는 저랑 성빈이가 지켰습니다.

"팔방미야, 어제 나 꿈 꿨다."

"개꿈?"

"닭꿈. 글쎄, 내가 병아리인 거야. 어떻게 하다보니 닭 어른들이랑 오리 어른들이랑 커다란 배에 타고 있었다. 저수지 한복판에서 갑자기 배가 가라앉는 거야. 거기다 불까지 난 거야.

깔려 죽는 소리, 불에 타서 죽는 소리, 빠져 죽는 소리. 깨어났는데 꿈속보다 더 무섭더라. 넌 안 무섭냐. 진짜 어른들이 쳐들어오면 어떡하지? 우리가 어떻게 막지?"

"지키고 있다는 게 중요해. 근데 나는 왜 그런 꿈을 안 꾸지? 그토록 숱한 닭이 죽었는데. 내가 너무 무딘 소녀인가?"

"꿈은 꾸는데 기억 못하는 거겠지. 어떻게 안 꿀 수가 있겠어."

양계할배와 공무원이 나타났습니다. 저는 화약총을 쏘았습니다. 박사할배가 헐레벌떡 뛰어왔습니다. 작대기를 들고.

5

또 구제역이 터졌다. 조류독감과 구제역이 연이어 오는 데 익숙해져야 할 듯했다. 하고 보니 2017년은 정유년(丁酉年)이었다. 닭띠 해였다.

설 때, 냉장고의 닭은 별로 줄어들지 않았다. 전도 못 부칠 만큼 아픈 시어미들이 꽤 있었다. 백숙을 하든 도리탕을 하든 빨리 해서 먹으라고 성화나 할 줄 알지 직접 요리할 수 있는 시아비는 없었다. 뭐든지 요리를 잘하는 며느리도 있었지만, 생닭을 보고 징그럽다고 인상부터 쓰는 며느리가 거지반이었다. 요리는 가능했지만 자식들이 늦게 와서 빨리 올라가는 바람에 닭 얘기도 못 꺼낸 집도 허다했다. 생닭을 가져간 자식도 있었지만, 해먹지 못한다고 냄새난다고 안 가져간 자식이 태반이었다.

가금의 넋들이 은하수를 떠돌고 있었다.

코피 흘리며

안마당 수돗가에서 걸레 빠는데 어째 안 좋은 느낌이 등골을 훑는다. 콧구멍이 싸하더니 핏방울이 곤두박질친다. 세숫대야 더러운 물에 선홍빛이 섞인다.

마루로 달려가 두루마리 휴지를 집는다. 줄줄이 낙하하는 피가 대강 입은 남방셔츠를 적신다. 화장실에서 양치하고 나온 남편, 안색이 우중충해진다. 사납게 모들뜬다.

"또냐? 또여? 대단허다!"

험악스레 뱉어놓고, 안방으로 휙 들어가버린다. 무심한 인사 같으니라고.

왼쪽 콧구멍에 말린 휴지를 밀어넣는다. 이게 멈출 피일까? 멈추지 않을 피일까. 오른쪽 콧구멍에서도 피가 주르륵 흘러내린다. 휴지를 말아 오른쪽도 막는다. 왼쪽 막은 휴지를 흠뻑 적신 핏물이 이슬처럼 떨어진다. 휴지를 빼자 수돗물처럼 뿜어진다. 휴지로 또 틀어막는다.

코피는 당최 익숙해지지 않는다. 흘릴 때마다 오싹하다. 반 시간이 되도록 멈출 기미가 없다. 이번에도 멈출 피가 아니다!

벽시계가 오전 6시 34분을 가리킨다. 지금 이 시간에 갈 수 있는 데는 종합병원 응급실밖에 없다. 쫓기는 쥐처럼 서두른다면 7시 5분 마을버스를 탈 수도 있을 테다. 허나 버스는 한 번에 못 간다. 시내 종점까지 가서 병원행을 타야 한다. 돈 만 원 아끼겠다고 피 흘리며 버스 타고 다니는 구차한 늙은이고 싶지 않다.

짜장 화급하다면 작은아들을 불러야 한다. 작은아들은 차로 20분 거리인 시내에 살고, 부모일이라면 만사 제쳐두고 달려와준다. 가능하면 아들에게 폐를 끼치고 싶지 않다. 동네사람 놀라게 하는 119도 함부로 부르기가 저어된다. 사실 코피 때문에 작은아들을 부른 적도 있고 119를 부른 적도 있다. 정말 죽는 줄 알았다. 단순한 코피가 아니라 오장육부에서 나오는 피인 줄 알았다. 두 번 다 그냥 코피였다. 얼마나 미안하고 남우세스러웠는지.

안방에서 속옷 차림으로 나온 남편이 찬바람을 일으킨다. 아내를 거들떠보지도 않는다. 토방에서 소똥내 은근한 작업복을 걸친다. 휙 째려보더니 쏜다.

"병원 안 가고 뭐하고 자빠졌어!"

데려다주든가. 택시라도 불러주든가. 바랄 걸 바래라.

아침참에 불러도 덜 송구한 택시가 둘 있다. 자월 타월, 삼동리 주민 전속기사.

시경리 수랑뜰 윤씨는 갓 육십이고, 역경리 당안 박씨는 오십 초반인데 달라도 너무 달랐다. 한 사람은 "타슈." "어디유?" "다 왔슈." "얼마네유." 말고는 묵묵히 운전만 했다. 다른 이는 탈 때부터 내릴 때까지 대화를 일삼았다. 어떤 때는 침묵하는 이가 편했고 어떤 날은 말 많은 이가 만만했다. 열 번 중에 일고여덟 번은 떠버리한테 먼저 전화를 했다. 침묵보다는 수다가 견디기 쉬웠다.

"예, 박기사유. 아침부터 전화주셨네유. 어디 많이 편찮으신 가뷰?"

"지금 와주실 수 있슈? 되게 급한디."

"대차게 아프신가뷰. 목소리가 장난 아니시네. 인저 막 밥숟 갈 들라구 했는디 어머니가 아프다는디 밥이 문제래유. 쫌만 기달류."

시내 나갈 때마다 입는 아이보리 바탕에 꽃무늬 블라우스로 갈아입는다. 어릴 때부터 안짱다리였는데 스스로 꼴 보기 싫어 평생 치마만 입고 살았다. 재작년 두 무릎에 인공 연골 넣는 수술을 받았는데 천만 원 들여 고생한 보람이랄까 다리가 똑바로 펴졌다. 치마만 입고 살아온 한을 풀듯 바지만 입고 사는 중이다. 흰색을 좋아했다. 새하얀 바지를 입는다. 피 묻으면 어떡하지? 도로 벗는다. 상갓집 갈 때 애용하는 검정바지가 안 보인다. 급한 김에 감색 면바지를 꿴다.

싸구려 핸드백에 지갑과 휴대폰을 넣는다. 휴대용 티슈를 챙겨가고 싶은데 꼭꼭 숨었나 보다. 두루마리 휴지를 넣었다가 뺀다. 갑 티슈를 넣을까 말까하다 팽개친다. 수건을 집어든다. 바깥마당을 허둥지둥 거슬러 축사에 간다. 소 똥구멍 뒤에 구부린 남편에게 고한다.

"병원 갔다 오게유!"

들었는지 못 들었는지 대꾸할 기색도 안 보인다. 택시 빵빵하는 소리가 들린다. 두 코 막은 휴지가 떨어져나간다. 핏방울이 뚝뚝 날아간다. 블라우스 꽃무늬 사이에 핏물이 스민다. 면바지에도 피 얼룩이 진다.

수건으로 콧구멍을 틀어막고는, 택시 뒷자리에 탄다. 백미러로 본 박씨가 기겁한다.

"뭔 피래유?"

"피 흘린 지 50분 돼가유."

"환장하겠네. 어머니 어쩔라구 그냥 참고 있었슈? 그건 걸레유? 피를 걸레로 틀어막고 있으면 어째유?"

경황중에 걸레로 쓰는 막수건을 집어왔다.

"아버님은, 아버님은 어딨슈?"

"소똥 쳐유."

"참나 아버님은 어머님이 이러고 있는디 소똥이 문제랴. 앰뷸런스를 불러야지 나를 왜 불렀슈."

"119 부르면 누가 죽었구나 다 죽어가는구나 온 동네 사람이 기함해서 가급적 안 부르는 건 알면서 그류. 피가 더 나네. 시트 젖으면 어쩐대유?"

"걱정도 참. 괜찮유. 아버님은 진짜 안 가는규?"

"안 가유. 빨리 출발하슈."

"환장하겠네. 아버님은 다 괜찮은디 이러시면 안 되지. 어머님을 혼자 병원 가게 하면 안 되지."

"한두 번이간유."

"한두 번이 아니라 백 번이라도 같이 가야쥬."

"같이 가 준 게 삼백 번두 넘어유."

택시가 막 달린다.

스물셋에 결혼하고부터 안 아픈 날이 드물었다. 처녀적에는 병원 가본 일이 없는데, 애들 낳고 키우고 뒤치다꺼리하고 농사짓고 돈 벌러 다니고 할 거 다 하면서 줄기차게 병원에 다녔다. 50년 동안 한 번이라도 가본 병원이 350여 곳. 아무 병원에라도 다녀온 날이 일주일에 이틀씩만 쳐도 52주 곱하기 50년 곱하기 2하면 5200일. 병원에서 숙식한 날도 천 일은 되겠지. 참말로 병원에 갖다 바친 돈이 집 한 채 값은 되겠구먼.

그 정도를 가지고 병원 좀 다녔다고 하남유? 가소로워할 정도로 병원에 이골 난 이가 흔하고, 천 일 정노 입원이력은 대보기도 민망할 만큼 집에서 산 시간보다 병원에서 먹고 잔 시간이 더 긴 이가 부지기수고, '밥 먹었슈?'보다 '병원 가슈?' 혹은 '병원 댕겨 오슈?'가 더 많이 쓰이는 인사말이 될 정도로 늙은 사람 병원 다니는 게 일상적인 시대가 돼서 지금은 쳐주는 이가 별로 없지만, 젊었을 적엔 삼동네가 알아주는 으뜸 병원쟁이였다.

남편도 덩달아서 마누라 살려보겠다고 천안으로 수원으로 군산으로 대전으로 익산으로 전주로 서울로, 큰 병원, 대학병원, 용한 의사, 이름난 병원 찾아다니는, 농촌에서는 만고에 보기 드문 애처가로 유명했다. 병원인생보다 안쓰러웠던 남편! 아내가 피 흘리며 병원 가거나 말거나 쳐다보지도 않는 날이 더 많은 남편이 된 것이 언제부터였을까.

"계속 나지유? 진짜 어머님 그 마른 몸에 피가 어딨다고 피를 그렇게나 흘린댜. 고개를 좀 젖혀봐유. 아니다, 그럼 숨이 막혀서 안 된대쥬. 진짜 그거를 모르겠슈. 코피 날 때 빨리 멈추게 하는 방법. 뭐라고들 하는데 그렇게 해봐두 안 멈춰. 미치겠네. 가는 날이 장날이라더니 오늘따라 아침부터 길이 막혀. 벌써부터 연휴 차가 내려오는 건 아닐 테구, 그놈의 공사판 땜유. 매년 무슨 길을 그르케 닦는지 원. 조금만 참으슈. 다 와가유."

저수지 가 모텔에서 기어나온 자가용이 불쑥 끼어든다. 택시가 급제동한다. 머리를 앞좌석 등받이에 부딪힌다.

"저 씹하고 나온 놈. 황천 갈라고 환장 옆차기를 허네. 위매

찌셨슈? 아이구, 큰일났네."

"괜찮유, 괜찮어. 오토바이한테 치고도 멀쩡했던 사람이잖유. 버스한테도 부딪혀보고 참 워칙히 살아 있나 물러유."

"요새는요, 안전벨트 다 해야되유. 지가 아무리 운전을 잘하면 뭘해유. 저렇게 정신 나간 놈들이 확 뛰쳐나오는디. 저것들 틀림없이 새벽에 불륜 뛰고 자기 집에 아침 처먹으러 들어가는 걸규. 백 프로유, 백 프로. 자제분들은 내려오셨슈? 아니다, 내려왔으면 내 차 타고 갈 일이 없지."

"벌써 내려온간유. 저녁께라두 당도하면 고맙죠. 젊은 사람들이 참 힘들어유. 그 고생하면서 내려와야 되고 돈 써야 되고. 내려오고 올라갈 때, 내가 얼마나 마음 졸이는데유. 나는 명절 때 자식들 안 왔으면 좋겠슈. 영감이 난리 치니까 내려오지 말라구도 못하고."

"마음에도 없는 말, 참 잘 하신다."

"아니, 진짜로 난 명절이 싫유. 얼굴 안 봐도 좋으니까 마음 편했으면 좋겄어. 명절 후유증이라는 게 젊은 사람들 잡는다며유. 며느리가 힘들면 우리 아들이 힘드니께. 나두 추석이고 설이고 하나도 기쁘지 않고 딱 죽겄던디 며느리들은 오죽하겄냐구."

"어머니가 참 진보네요, 진보! 페미니스트여유."

"며느리가 둘이 되니께 더 힘들유. 한 녀느리는 내려오는 것두 힘든디 전 부칠 걱정까지 하는 게 거시기하고 가까이 사는

며느리는 농협 다니는디 명절 때가 젤루 힘들고 명절날 당직
두 도맡더라구요. 두 며느리가 전 부치는 거 갖고 이러니저러
니 하는 거 보기두 싫구 듣기두 싫고 그냥 내가 부치고 말지
싶은디, 또 그러면 시어머니 일 시켰다고 불편해하고, 어쨌거
나 하나라도 일찍 와야 부치든지 말든지 할 건디, 와야 온 거니
께, 전 부치는 거 하나만 갖구도 머리 아픈 게 명절유."

"아이구, 그런 쓰잘데없는 걸로 맘 졸이시니께 코피가 나오
쥬. 골치가 아프니께 코피가 나오는 거라구유. 근디 말할 기운
이 나신 거 보니께 코피가 멎으셨나보쥬?"

"아뉴, 계속 나와유."

"말 그만하시는 게 좋겠슈. 말 많이 하면 피 더 나오잖유?"

"그나마 다행유."

"이 판국에 다행두 다 있슈?"

"아침밥 먹기 전에 피 흘려봐유. 내가 안 챙겨주면 쫄쫄 굶
을 위인이라구유, 그 영감태기가. 밥 멕여났으니 다행이지. 나
두 그나마 배는 든든허니께 견디는 거고. 배고프면서 피 흘리
면 더 비참할규."

"참 긍정적이셔. 그류, 불행 중 다행유."

충남에서 세번째로 크다는 저수지 방조제 옆으로, 40년간
'충남 남부지역 최대 종합병원'으로 떵떵거린 건물 꼭대기가
솟는다. 정식 명칭을 대면 어딘 줄 모르고 종합병원이라고 해

야 아는 이가 태반이다.

소떼 몰고 북한 고향에 다녀왔던 사람이 '우리 사회의 가장 어려운 이웃을 돕는다'는 신념으로 설립한 재단이 있단다. 그 재단이 당시에는 최상 수준의 종합병원을 대도시가 아니라 일곱 소도시에 세웠다.

이 고장의 종합병원은 1979년에 개원했다. 지금 관점으로는 인구도 적은 이 별 볼 일 없는 고장이 어떻게 그 일곱 안에 끼었는지 희한하다고 여기는 이도 있겠다. 그때만 해도 전국 무연탄 생산량의 10%를 차지하는 충남탄전(보령, 예산, 홍성, 청양, 부여, 서천 등지에 분포하는 무연탄 탄전)의 중심지여서 사람이 지천이었고, 아픈 사람 다치는 사람이 속출했더랬다.

암튼 전문대학 하나 없으니 당연히 대학병원도 없고, 허풍으로라도 종합병원이라고 흰소리 칠 만한 큰 병원 하나 없던 의료 오지에 불쑥 떨어진 대학병원급 종합병원이었다. 이후 감히 '종합'을 표방하는 병원이 여럿 흥망성쇠 했고 지금도 잘 운영되는 병원이 한둘 있지만, 이 고장에서 종합병원은 오로지 저 종합병원을 가리켰다.

이 고장 사람들이 해수욕장보다 더 많이 가본 데가 종합병원이었다. 자기가 아파서 가는 것 말고도, 동네사람, 직장동료, 학교 선후배, 친구 중에 한두 사람은 반드시 입원중인 판이니 일주일에 한 번은 가봐야 했다. 게다가 장례식장이 생긴 뒤로는 출생은 귀하고 사망은 흔하니 더욱 자주 가게 되었다. 지금은 장례식장이 네 개나 더 생겨 좀 한가해졌는데, 장례식장이 저기밖에 없을 때는 사시사철 조문객으로 미어터졌다.

미우나 고우나 종합병원은 지역민의 자부심이었다. 1990년대에 종합병원이 갑자기 폐원되거나 다른 곳으로 옮겨갈까봐 걱정한 이가 숱했다. 석탄합리화 정책으로 모든 광산이 문을 닫았다. 하필이면 이곳에 병원을 세운 까닭은 '고객'이든 '건강과 삶의 질이 향상'돼야 하는 '지역주민'이든 그 병원을 이용할 사람 머릿수를 고려했기 때문일 테다. 머릿수가 줄어도 너무 줄었다.

다행히 종합병원은 오늘도 그 자리에 굳건했다.

옛날엔 시도 때도 없이 빽빽했던 주차장이지만, 예순 넘어서는 꽉 찬 걸 보지 못했다. 응급실 주차장도 앰뷸런스 한 대 말고는 텅 비었다. 간밤에는 응급한 사람이 드물었던 모양이다.

후딱 내린 박씨가 뒷문을 열어준다.

"얼른 내려셔유."

"돈 드릴라구요"

"돈은 찬찬히 줘도 되유. 빨랑 가시자구유."

대기실에 아무도 보이지 않는다. 접수처에 늙수그레한 사람이 의자에 앉은 채로 잠들어 있다. 깨워서 접수해야지 싶은데, 박씨에게 이끌려 응급실 안으로 곧장 들어간다. 휑하다.

"이봐요, 아무도 없슈? 간호원 좀 있으면 나와봐유? 정말로 아무도 없슈?"

박씨의 고함에 깼는지 한구석에서 간호사가 자태를 드러 낸다.

"응급실 간호원이 숨어 있으면 되유? 여기 어머니 코피 나 유. 정신없이 나유. 빨리 어떻게 좀 해줘유!"

"아직 의사들이 출근 안 했습니다."

"이 아가씨가 잠이 덜 깼구먼. 응급실서 의사가 출근 안 했 다는 게 말이여 방구여?"

"의사 선생님 모셔올게요. 조금만 기다리세요."

간호사가 휙 나가버린다.

"요새 종합병원이 개판 5분전이라더만 응급실 꼬라지 보니 께 알쪼네."

"좋은 일이쥬. 간밤에 아픈 사람이 없었다는 거니께."

지갑에서 만 원짜리 한 장을 꺼낸다. 만 원짜리가 몇 방울 피에 벌게진다.

"자, 택시비유. 기사님은 인제 가보쇼. 너무 고마워유."

"이냥 피 흘리는 어머니를 두고 발길이 떼지남유."

"병원 왔으니께 이제 걱정 없슈."

"그류, 택시 엔진도 안 끄고 들어와서 나가보기는 해야듀. 어머님, 그럼 치료 길 받으슈. 다 끝나면 저한테 전화하구유. 같이 시장도 보고 집까지 잘 모셔다 드릴테니께."

혼자 멍하니 앉아 있다. 걸레 같은 수건은 피 안 묻은 구석이 없다. 수없이 응급실 신세를 졌지만, 다른 병원 응급실 말고 바로 여기 종합병원 응급실에도 무수히 와봤지만, 이토록 철저히 혼자인 적은 처음이다. 여기가 병원 맞는 것일까?

여기 응급실에서 숨을 거두고 만 이들이 숱하다. 남편은 20년 동안 탄광을 다녔다. 남편의 동료 중에 여섯 명도 여기 실려올 때까지는 살아 있었지만 곧 죽었다. 죽어가던 이들이 누웠던 침대는 다 바뀌었겠지만 죽기는 이곳에서 죽었다. 아닌가, 그때는 응급실이 따로 없었던가. 응급실이 생긴 게 언제부터지?

딱 한 번 실제로 사람 죽는 걸 본 적이 있다. 어느 해였던가 갑작스러운 고열로 작은아들 차를 타고 왔다. 링거액 맞으며 누워 있었는데, 세 칸 건너 침대에서 삼십대 젊은이가 피를 토하면서 고꾸라졌다. 모두가 비명을 질렀고 달려온 간호사들이 어쩔 줄 모르는 새에 숨이 끊어져버렸다. 간호사와 의사가 처음 봤을 때 황급한 걸로 판단하고 즉시 조처했으면 살 수도 있었을 거라고 다들 수군거렸다. 안 급하게 보인 게 불운이랬다. 그이처럼 응급해서 달려왔지만 덜 응급하게 보여 억울하게 죽은 이들이 한둘이 아니랬다.

그이처럼 되는 거 아닌가. 피를 정말 자주 흘려봤지만 이렇게 오래 흘려보기는 처음이다. 죽어가던 그 얼굴, 그 눈빛! 섬뜩하다. 무섭다. 자주 죽고 싶었지만, 죽고 싶은 만큼 살고 싶었다. 무엇보다 죽는 게 무서워서 못 죽겠다. 아침이기에 망정이지 한밤중이었으면 더욱 무서웠겠지.

신음소리가 들린다. 무서워서 들리는 건가. 신음이 비명으로 커진다.

"아이구, 나 죽네. 아이구, 아퍼!"

덜덜 떨며 소리의 진원지를 찾는데, 창문 쪽 천이 갈라지더니 환갑쯤 되는 사내가 뛰쳐나왔다. 술냄새와 함께.

"아이구, 깜짝이야. 간 떨어질 뻔했네."

"내가 더 놀랬슈! 할머니가 귀신인 줄 알았다구유!"

"적반하장이네유. 내가 더 놀랬지."

"여기서 혼자 뭐 하슈? 근디 여기가 어디래유?"

"응급실유, 응급실."

"내가 왜 응급실에 와 있지? 근데 왜 아무도 없슈?"

"나두 그게 궁금하네유."

"근디 할머니, 지금 피 흘리는규?"

"피 흘리니께 왔쥬. 그러고 나 할머니 아뉴. 인저 칠십둘인 사람한테 왜 자꾸 할머니라."

"아, 참나. 할머니한테 할머니라고 하지. 아이구 배야, 아이구 배야, 여기가 그럼 종합병원인규?"

"그류."

"그럼 얼른 딴 병원으로 가봐야겠네."

사내기 나가고도 십 분이 돼서야 간호사가 왔다. 아까 그 간호사가 아니었다.

"어, 어머니 언제 왔어요?"

"벌써 삼십 분은 됐슈."

"접수는 하셨어요?"

"벌써 한 시간 반째 코피를 흘리고 있는디 피부터 멈춰줘유."

"접수부터 하셔야 되요."

"이렇게 급한디 잔뜩 기다리게 해놓구 것도 모자라서 접수부터 하라니 너무하네유."

"할머니, 접수부터 하고 오시는 게 빠르다고요. 접수하는 동안 의사선생님 호출해놓을게요."

응급실을 나가 접수처로 갔다.

"여봐유!"

네댓 번 부르고, 열 번 넘게 유리창을 두드린 다음에야 접수처 직원이 깼다.

"미안해요. 깜박 졸았네. 성함이?"

"이기분요."

"기분이 어떻다고요? 성함뇨."

"성함이 이기분이라고요."

"어디가 아프셔서 오셨어요?"

"피 흘리는 거 안 뵈유."

"으잉? 진짜 피 많이 흘리셨네. 먹는 약 있어요?"

"심혈관약 먹은 지 십 년 됐어유. 석 달 전부터는 눈이 아프고 쑤셔서 안과약 먹어유. 사나흘 전부터 머리가 아파서 두통약을 먹고 있슈. 어제부터는 배도 아파서 위장약도 먹었슈. 근디 오늘은 정신이 읎어서 아무 약도 안 먹었슈."

"골고루 많이도 드시네요. 의료보험증 가져오셨어요"

"정신 읎어서 못 가져왔슈."

이름 부를 때까지 기다리란다. 대기실 의자에 앉았노라니 한쪽 벽에 큰 글씨가 눈에 들어온다. 무슨 비전이라며 잔뜩 씌어 있다.

'사랑과 열정으로 지역주민의 건강과 삶의 질을 향상시키기 위해 양질의 의료서비스를 제공한다. 친절한 응대로 고객 만족시키는 병원, 지역주민이 믿고 신뢰하는 병원, 최적의 의료를 제공하는 병원, 건실한 운영을 위해 연구 노력하는 병원, 직원 모두가 자긍심을 갖는 병원.'

좋은 말은 다 갖다붙였구먼.

"이기분님!" 부르는 소리에 퍼뜩 깬다.

응급실에 들어가니 또 처음 보는 간호사 둘이 있다.

"어디가 아프셔서 왔어요?"

"딱 보면 모르나! 보는 사람마다 묻네. 코피 나서 온 지 여기서만 한 시간은 돼 간다구유!"

"아, 코피 나시는구나? 언제부터요?"

"두 시간 돼가유. 나 이러다 죽는 기 아뉴?"

나이든 간호사가 막 간호대학 졸업한 듯한 간호사에게 명한다.

"뭐하고 있어! 레지던트님 좀 불러와."

간호사 눈에 비로소 피걸레 다 된 수건이 보였나 보다. 거즈를 내준다.

"이걸로 막으세요. 참, 피 뽑아야죠!"

"큰 병원에서는 피부터 뽑는 거 알지만서두, 코피두 피 뽑아유? 그건 아닌 것 같은디."

"그러게요. 저두 코피 나서 오신 경우는 처음 봐서. 코피는 코피고, 혈액 채취는 해야 하지 않을까요?"

"안 뽑아두 될 것 같은디!"

"에이, 안 뽑아도 되겠다. 피검사할 사람도 없거든요."

큰아들뻘 되는 사내가 뛰어들어온다.

"의사, 나 팔 빠졌어요. 아파 죽겠수다. 빨리 좀 끼워주쇼."

"접수하셨어요?"

"야, 아파죽겠는디 접수가 먼저야? 의사 없어? 빨리 의사 불러와."

"정형외과 선생님 안 계셔요. 오늘부터 추석휴가셔요."

"의사가 뭔놈의 휴가야."

"의사샘이 왜 휴가가 없어요. 대통령도 있는데!"

"당직의사는 있을 거 아냐?"

"몰라요! 저희도 아직 어떤 분이 당직인지 몰라요."

"뭐 이런 좆같은 병원이 다 있어. 의사면 뼈 정도는 다 맞추잖어. 아무 의사나 데려와."

"죄송한데 딴 병원 가보셔요."

"여기 종합병원 맞어? 진짜 미치고 팔짝 뛰겠네. 난 그렇다 치고 이 할머니 코피 쏟아지는 거 안 보여? 이러다 할머니 훅 가면 니네가 책임질 거야?"

그밖에도 옮기기 힘든 욕설을 퍼부어놓고, 사내는 떠났다.

마침내 의사처럼 뵈는 젊은이가 나타난다. 반갑다. 젊은이 가 귀엽게 생긴 플래시 하나 들고 콧구멍을 대강 살피더니 장 담한다.

"할머니, 코 안쪽 실핏줄이 터진 것 같아요. 레이저로 지져 야 하는데, 레이저 다룰 의사가 없어요. 내일이 추석이잖아요. 의사샘들 다 집에 갔어요. 저희 레지던트 몇이 지키고 있는데, 저희 전문 분야가 아닌 게 많아서. 저희도 답답해요. 지혈은 해 드릴 테니까 안녕이비인후과 가서 레이저로 지져달라고 하세 요. 거기 원장님이 제 선배님이신데 솔직히 여기 의사샘보다 실력도 낫고 무엇보다 장비가 훨씬 고급져요. 거기는 오늘 영 업할 거예요."

솜씨가 안 좋은 건가, 인력으로는 불가능한 건가. 젊은이 자 신도 당황스러운가보다.

"왜 안 멎지? 할머니 피 나올 데도 없게 생기셔서 엄청 나오 네. 간호사님, 거즈 좀 더 줘요."

20분 정도 애쓴 레지던트가 포기한다.

"안녕이빈후과로 가보시는 게 빠르겠어요."

혹시나 해서 접수처에 가본다.

"혹시 돈 내라고는 않겠죠?"

"아직도 피가 나오는 거예요? 5만 원입니다."

"뭐라고요?"

"5만 원요."

"왜유? 아무것도 안 해줬잖유? 하다못해 지혈두 못해줬잖
유? 그리두 지혈해보겠다구 젊은 의사선생님하고 간호사님이
애쓴 값을 쳐드린다고 해도 만 원이면 뒤집어쓸텐디, 뭐, 5만
원이라고요? 하다못해 진통제 한 알 안 챙겨주고 5만 원이라
니 뭐 이런 경우가 다 있슈?"

"어쨌든 응급실 이용하셨잖아요."

응급실 비용을 직접 계산해본 기억이 없다. 여기서는 안 되
니 큰 병원 응급실로 가보라는 말만 듣고 나오든, 응급실 침대
에서 몇 시간 동안 포도당을 맞든, 입원수속 밟고 병동으로 옮
기든, 남편이나 자식이 계산을 했다. 얼마 나왔냐고 물어보기
는 했다. 으레 피검사하고 엑스레이 찍고 수액 맞고 처방전도
받고 해서 얼마가 나오든 그 정도 나오는 것이려니 했다. 한데
피검사도 안 하고 엑스레이도 안 찍고 링거도 안 맞았는데 5
만 원이라니.

"아무것도 안 했는디, 워칙히 5만 원이냐구유?"

"아, 할머니 잘 모르시는구나. 종합병원 응급실은요, 아무것

도 안 하고 진찰만 해도 응급관리료 5만 원을 받게 돼 있어요. 우리 병원은 싼 편이에요. 더 비싸게 받는 병원도 있어요. 나랏법으로 그래요. 요새는 다 아는데 아직도 모르는 분들이 더러 계시다니까."

"그런 법이 어딨슈! 참말로 어이가 없고 경우가 없네."

"제 말을 영 못 믿으시는 것 같은데, 원무과 가서 자세히 알아보시라고 말씀드리고 싶습니다만 거기도 아무도 없어요. 입원실하고 응급실 말고는 텅텅 비었다고요."

숱하게 응급실을 드나들고도 몰랐던 사실이 있었다니. 기막히고 놀라워서 여전히 코피가 흐르고 있다는 것을 깜빡했다. 코 막은 거즈에서 피가 방울방울 떨어진다. 걸레 같은 수건이 없다. 응급실에 떨어뜨린 모양이다. 돌아선다. 깜짝 놀란다. 지금 그 피걸레를 가지러 가겠다고는 거야? 울화통이 터진다.

응급실 앞, 빈 택시 뒷좌석에 탄다. 박씨에게 전화할 생각이었지만 버티고 선 택시를 외면할 수 없었다.

"아줌마 왜 그 모양이유? 피투성이시네."

"휴지 좀 없어유? 코피가 멈추질 않아서 시트 버릴까 겁나네."

칠순쯤 돼 뵈는 운전사가 준 먼지 풀풀 나는 휴지 몇 장을 겹쳐 콧구멍을 막는다. 운전사가 잼처 묻기에 응급실에 있었던 한 시간 하고도 사십 분을 대강 얘기해준다.

운전사가 게거품을 문다.

"그렇다니께유, 저 새끼들이 진짜 나쁜 놈들여. 일주일 전인가는 맹장 터진 사람이 왔는데 그거를 소화불량이라고 소화제만 줘서 보냈디야. 아무리 레지던트라고 맹장 하나를 못 보냐고. 배가 뒈지게 더 아파서 다시 갔더니 그제서 한다는 소리가 큰 병원으로 가보랴. 그런 무책임한 놈들이 어딨냐고. 그 사람이 천안 순천향병원 가서 간신히 수술받고 살았는데 조금만 늦었으면 큰일날 뻔했대요. 21세기에 맹장 때문에 죽을 뻔했다는 게 말이 되냐고. 그런 사람이 한둘이 아니래요. 열에 아홉이 오진이래요, 오진. 차라리 처음부터 큰 병원으로 가라고 하든지. 괜히 오진하면 시간 버리고 돈 버리고. 말이 종합병원이지 시내 동네병원보다도 못해. 서비스는 예전에 개판 됐고 실력 있는 의사는 좆도 없고. 아무리 모 회사에서 돈을 안 대줘도 기본은 지켜야지. 생사람 잡으면서 떡하니 종합병원? 저놈들 저거 장례식장 아니면 벌써 문 닫았을 겨. 죽은 사람들 덕분에 겨우 월급 받아처먹는 놈들이라구. 아까두 배 아퍼 죽겠다는 사람 하나를 태워다줬는디 그 사람한테 전화가 왔어. 고맙다구. 내가 즉시 안 데려다줬으면 큰일날 뻔했다고. 그 사람이 술 좀 마시고 뻗은 걸 119가 여기다 실어다놓은 모양이지, 근디 그 사람이 깨 보니께 아무도 없고, 들은 소문이 있어서 도망쳐나왔는디, 내가 딱 보니까 크게 안 좋은 것 같아서 응급실 하는 병원으로 데려다준 것이거든. 십이지장이 빵구가 났디야.

여기서 그냥 있었으면 골로 갔을 겨."

위로가 되는 것 같기도 하다.

이비인후과에 들어가니 간호사들이 청소를 막 끝내고 있다. 어느새 아홉시. 접수가 간단해서 좋다. 한 번이라도 가본 개인병원은 생년월일과 이름만 적어주면 끝이다. 여기도 열댓 번은 와본 병원이다. 종합병원처럼 피부터 뽑자고도 안 한다.

대기실 의자에 앉는다.

손녀뻘 간호사가 다가와 콧구멍 막은 거즈를 갈아준다. 물티슈로 얼굴도 닦아준다. 블라우스와 면바지에 묻은 피도 닦아주는데 잘 안 지워진다. 개인병원이니까 이런 서비스까지 해주는 것이겠지 싶으면서도 고맙다. 개인병원 간호원이라고 다 친절한 건 아니니까. 진정성이 막 느껴지는 친절, 간만이다.

"새로 왔나뷰. 고마우셔라. 고마운 김에 부탁 하나 해도 될까요. 우리 영감님 삐져서 전화를 안 받네. 문자 좀 보내줘유. 나는 문자를 못해유. 남편도 보낼 줄은 모르는데 볼 줄은 알더라고유."

"뭐라고 보내드릴까요?"

"종합병원서는 못 고친다고 혀서, 안녕이비인후과에 왔슈."

"이렇게 간단히요?"

"무슨 더 할말이 있겠어유. 속으로는 걱정하고 있을 게 뻔하니께 알려주는규."

의사를 만나니 반가워서 눈물이 난다.

"피 흘린 지 세 시간쯤 돼가유. 이러다가 피가 모자라서 죽는 거 아닌가유?"

"아침부터 고생하셨습니다. 실핏줄 이 정도 터져서 세 시간이면 헌혈 한 번 하신 셈이네요."

"겨우 한 번이라고요, 세 번은 한 것 같유."

"정 걱정되시면 헌혈 좀 받으실래요?"

그러고 보니 헌혈한 적은 한 번도 없고 헌혈만 무지하게 받은 인생이다. 수술받을 때는 어쩔 수 없다지만, 코피 좀 흘렸다고 남의 피를 쓰는 것은 사람의 도리가 아닐 듯싶다. 국가적으로 피도 모자라다는데.

"안 해두 되면 참아볼게유."

레이저수술 끝나고 회복하고 가라고 해서 4인실 침상에 눕는다. 먼저 있던 둘이 저 아줌마 꼴이 왜 저 모양이냐고 수군거린다. 듣다못해 옷이 피투성이 된 사연을 밝혀보기로 한다. 아무에게라도 하소연하고 싶기도 하다.

한데 잠깐 듣고는, 남의 말을 끊어먹고, 둘은 닭이 먼저냐 알이 먼저냐 티격태격한다.

"종합병원이 그따위가 된 거 당연한 겨. 그 대기업이 쫄딱 망하지는 않았지만 어려워진 지 한참 됐잖아. 재단 살림도 줄었지. 재단에서 병원에 돈을 덜 보내주지. 병원 각자 자력갱생하라고. 종합병원이 입원비, 장례비로 벌면 얼마나 벌겠어. 병원에 돈이 모자라니, 실력 있는 의사가 적고, 장비도 못 바꾸고, 간호사도 부족하고, 엉망진창이 된 겨. 코피 하나 지혈 못할 정도로! 나는 아예 종합병원 갈 생각 자체를 않고 여기 온 겨."

"추석연휴잖아. 아줌마 고생하신 건 안타깝지만 이해해줘야지. 우리 시민에게도 문제가 있어. 옛날처럼 미우나 고우나 잘하나 못하나 종합병원으로 가줘야 돈을 벌든지 말든지 할텐데, 우리가 죄다 대도시 큰 병원으로 가버리니 무슨 병원이 되겠니."

"치료를 잘하고 수술을 잘해봐, 왜 안 가?"

"우리가 안 가니까 치료도 못하고 수술도 못하게 된 거라니까. 그러고 박봉에 시달리다보면 실수할 수도 있지. 그까짓 의료사고 조금 났다고, 그 욕을 해대고 너무 뻔뻔한 것 같아. 그 병원이 수십 년간 우리 고장 사람에게 베푼 의술에 일단 고마운 마음을 가져야지."

"야, 너 소록도 외국 할머니들처럼 말한다. 너 그 병원에서 의료사고 난 가족 없지? 네 가족 중의 하나가 그 병원 갔다가 황당한 치료 받았다고 해봐. 지금처럼 말할 수 있어? 음주 딱 한 번 했어도 음주운전 한 거고, 의료사고 딱 한 번 냈어도 의료사고 낸 거야."

"그 병원에 돈이 부족해서 의료가 후져졌다는 거 나도 인정해. 그러면 욕할 게 아니라 도와줄 생각을 해야지. 시 차원으로 다 자금 지원을 해줄 수도 있잖아. 쓸데없이 지었다 헐었다 세웠다 뭉갰다 하는 건설에 돈 쓰느니 종합병원 도와주는 게 낫겠다.”

“야, 너 종합병원에 근무하는 가족 있냐? 엄청 싸고돈다.”

“저 종합병원이 없다고 생각해봐. 그럼 얼마나 고마운지 알 거 아냐! 이 아줌마도 결국 갈 데는 있었잖아. 명절 때라 그 꼴을 당하기는 하셨지만 아침에 갈 응급실은 있었잖아. 종합병원은커녕 응급실 하나 없는 고장도 많아!”

“아줌마 생각은 어때요? 오늘 응급실서 그 꼴 당하고 온 아줌마 입장에서 어떻게 생각하시냐고요?”

“재수 옴 붙은 거쥬.”

11시쯤, 남편이 들어온다. 빈손이다. 저런 이한테 갈아입을 옷가지라도 챙겨오길 바라다니. 아침에 못 먹은 여러 약 중 아무 약이라도 가져오길 바라다니. 무슨 말이라도 해줄까 싶어 귀를 쫑긋하는데, 아무 말이 없다.

졸다 깨니 남편이 없다.

아침에 문자를 대신 보내줬던 간호사가 묻는다.

“어머님, 아까 병문안 오셨던 분 누구세요?”

“내 영감이유.”

“아버님이라구요? 진짜요? 한마디 말도 없이 무섭게 노려보기만 하시니까, 어머니랑 무슨 문제가 있는 분인 줄 알았어요. 지켜보는 저도 무서웠어요. 근데 어디 계셔요?”

"가버렸나뷰."

"가셨다고요? 어머님 모시러 온 거 아녜요?"

"나도 설마 그냥 가버렸나 싶었는디 안 뵌 지가 반시간도 넘었으니께."

"이해가 안 되네요."

"이해는 되유. 피 칠갑으로 누워 있는 꼴 보니까 화나겠지."

"아무리 화나셔도 그렇지 아픈 어머님 놔두고 너무 하시다."

"내가 아픈 걸 너무 많이 봐서 지긋지긋한규. 나두 내가 지긋지긋한디 남편은 오죽하겠슈."

마냥 누워 있을 수는 없었다. 전 부칠 거리를 포함해서 추석상 차릴 장도 봐야 했다. 배도 고팠다. 남편 점심밥도 차려줘야 하겠고.

"7만 5천 원입니다."

"누가 안 내고 갔나요?"

"누가 안 내고 갔는데요. 얼마냐고 물어본 분도 없어요."

치료비도 안 내줄 거면 남편은 정말 왜 왔던 것일까. 이젠 정말 돈 내주기도 싫을 테다. 이해한다. 충분히 이해한다.

이 몰골로 장을 보겠다고? 며느리가 아무것도 하지 말고 가만히 있으라고 했잖아. 자기가 다 사가지고 들어온다고. 그래, 말 듣자. 가끔은 며느리 말도 듣자.

아침 택시비 만 원, 종합병원 5민 원, 레이저치료비 7만 5천원, 도합 13만 5천 원, 돈을 너무 많이 썼다. 또 택시를 탈 염치가 없다. 하지만 이 몰골로 버스 못 탄다. 피 뒤집어쓴 미친 할망구 꼴이잖아. 정류장까지 걸어가지도 못하겠다. 피를 너무 흘렸다. 다 쳐다볼 테다. 자기 흠은 못 보면서 다른 사람 흠은 잘도 보는 시선 사이를 아무렇지 않게 걸어갈 자신이 없다.

이제라도 작은아들을 불러볼까? 참 당직이라 직장 나간댔지. 당직 아니래도 부르진 못하겠다. 그 고생하면서 전화도 안 했다고 지청구 먹을라. 작은아들은 다 좋은데 늙은 엄마를 곧잘 혼낸다.

만만한 게 택시다. 택시를 부를 자격이 있다! 왜 없단 말인가. 택시비가 남아 있는지 살펴보려고 지갑을 연다. 만 원짜리 두 장과 천 원짜리 석 장에 피가 잔뜩 묻어 있다. 언제 이렇게 피가 묻었을까.

수다쟁이 박씨에게 전화를 건다. 그러면 하소연을 잘 들어주고 어쩌면 다정한 위로도 해줄 것이다. 위로해주지 않아도 좋다. 그냥 내 억분한 심경을 들어줄 사람이 필요하단 말이다.

내게 노래는 무엇이었나

1

'역경리 이선희'(60년생)는 '범골청년회 창립기념 역경리 경로잔치' 때(1991년) 처음 존재감을 떨쳤다. '다방댁'으로 불리며 서캐 취급을 받았던 여걸은 찾아온 기회를 놓치지 않았다. 다방댁의 첫곡 「J에게」는 촌사람들의 심금을 옥죄었다. "앵~콜!" 성화에 못 이겨 판소리부터 데모가까지 열댓 곡을 연달았다. 뭘 불러도 리민이 환장을 했다. 기억댁은 "마을의 미운오리새끼가 마을의 꾀꼬리로 환골탈태한 기념비적인 모꼬지였다"고 상기했다. 그후로 다방댁은 자천타천 역경리 대표가수를 도맡았다.

다방댁은 1993년 전국노래자랑 안녕군 편 최종예심에서 아깝게 떨어졌다. 믿거나 말거나, 공정한 심사가 이루어졌다면 본선에서 송해(27년생) 할아버지랑(그때도 할아버지였다!)

노닥거리고도 남았을 실력이라는 것을 시내 대중가요 전문가들도 인정했다.

작년 남편 또실패 칠순잔치는 해결사(듣기 거북한 '다방댁'이 떨어져나가고 영화 제목스러운 별호가 새로이 달라붙은 것도 오래전 일이었다)의 콘서트 같았다. 해결사는 세 시간 내내 신청받은 43곡을, 민요에서 가곡까지 특유의 '이선희풍'으로 발산했다. 금세 소문이 나서 시내 귀 밝은 사람들까지 떼로 몰려오니, 칠팔순연 및 돌잔치 전용 그린하우스 화목관은 개장 이래 으뜸 열광적인 분위기를 자아냈다. 내 날인데 내가 노래해야지, 나도 스포트라이트 좀 받아보자, 남편 또실패가 강제로 마이크를 빼앗아 부르는 통에 잠깐 북극 순간이 되기도 했다.

안녕신문은 '우리동네 인물을 찾아서'라는 기획연재로 안녕시 11개 면 145개 리와 5개 동 수십 개 아파트 단지 구석구석을 탐방하고 있었다. 대문짝만한 인터뷰 기사에 '우리동네 인물'이 친히 쓴 글—시든 수필이든 야담이든 만필이든 독후감이든 뭐라고 명명하기 어려운 낙서 같은 것이든—이 게재되었다. 해결사가 안녕신문에 쓴 글은 공무원과 치열한 감정싸움을 벌이며 육경면민의 민원을 대리 해결하는 일이 얼마나 보람찬지 자화자찬하는 무용담 같은 것이 아니라, 뜬금없이 「내게 노래는 무엇이었나?」였다.

2

마을가수가 수도권 큰 병원에 몸져누워 있으니, 대표자회의
는 30년 가까이 논의해본 적 없는 문제와 맞닥뜨렸다.

노인회장: "아무나 나가지. 처녀 이장! 자네가 한번 나가봐.
젊은 피로 휘어잡어."

이장 이덕순: "제가 다 잘하는데 노래 하나를 못하네요. 제
노래는 제가 들어봐도 멧돼지 고구마 캐는 소리 같다니까요.
노래를 못해서 시집도 못 가고 있는 처지랍니다."

노인회장: "뭘 못해. 자네, 노래 겁나게 잘해. 남들은 자네 노
래를 수박밭에서 설움당하는 호박으로 알던데, 난 아니야. 자
네가 음정, 박자 다 못 맞추지만, 거 뭣이냐, 남의 가슴을 뻥 뚫
어주는 까스활명수 같은 게 있어. 안 그런가?"

부녀회장(50년생)이 생겼다. "말씀이 일리가 있기는 합니
다. 기러기도 가끔이라고 노인회장님 노래가 좀 그래요. 어르
신이 어느 자리에서나 마이크 잡기를 즐기시고, 한번 잡으시
면 음정, 박자 다 못 맞추시고 청중 반응에도 전혀 신경 안 쓰
시고 두세 곡씩 씩씩하게 잇달아 좌중을 흥겹게 하시지요. 확
실히 처녀이장 노래도 그런 게 있긴 있어요. 하지만 어르신, 면
민노래자랑은 우리 마을 사람끼리 막 부르고 막 즐거워하는
자리가 아닙니다. 마을의 명예를 걸고 최선을 다해야 하는 자
리입니다. 아무나 나갈 수는 없지요. 해결사가 일부러 등수 안

들려고 철밥통 심사위원장이신 육경중학교 영어선생님도 못 알아듣는 꼬부랑말로 냅인가 냅킨인가를 왈왈대도 3등 안에는 꼭 들었습니다. 해결사가 빠졌다고 아무나 나가서 꼴찌 하면 마을 체면이 뭐가 되겠습니까. 마을의 명예를 지킬 만한 알짜배기 가수를 내보내야 합니다."

노인회장: "참 거창하다. 전국노래자랑도 아니고 촌것들 노는 자리에 아무나 나가면 어때? 분위기 띄워주는 사람이 장땡이지."

부녀회장: "말씀 잘하셨습니다. 이번 면민노래자랑은 전국노래자랑 1차 예선을 겸하고 있습니다. 3등까지 최종예심에 직행이랍니다. 실력이 다 거기서 거기니까 슈스케인가 나가서 1등할 실력이라면 모를까, 실력 있는 사람도 연줄빽 없으면 일이삼차 예선 다 통과해서 최종예심 진출하기가 하늘의 별 따기라는 건 회장님네 발바리도 아는 사실이잖아요."

청년회장(61년생/안녕여자정보고등학교 행정실장): "전국노래자랑이 우리 안녕시에서 해요? 한 지 얼마 안 된 것 같은데, 또 하나?"

안골 대표(54년생): "그건 다른 방송국서 한 거지. 해마다 해수욕장서 무슨 노래자랑이든 하니까 매년 전국노래자랑이 우리 안녕시를 스케줄에 박아놓고 찾아오는 줄 아는 인사도 있던데, 그게 아녀. 암튼 해결사가 노래는 잘해. 해수욕장 노래자랑에서 상 타온 게 무수하잖아?"

범부락 대표(58년생): "장려상 아니면 동상, 인기상이었지. 팔은 안으로 굽는다는 소리 들어도 할말은 하자면 해결사 노래는 차원이 달라. 나는 진짜 이선희씨보다 더 낫다고 봐. 해결사보다 노래 잘 부르는 것들 나는 텔레비에서도 못 봤어. 근데 절대로 큰 상을 안 줘. 해수욕장서도 주최측 것들이 지들끼리 짜고 치는 고스톱으로다 대상·금상·은상까지는 짬짜미로 나눠 처먹고, 해결사처럼 돈도 없고 사바사바도 못하는 진짜배기 실력자한테는 거지한테 동냥 주듯이 동상이나 준 거 아니냐고. 동상에 동 자가 동냥 동 자란 말이 괜히 나온 게 아니지."

당골 대표(57년생): "자네가 해결사를 은근히 사모하는 마음은 알겠는데, 그건 좀 버럭 오바마 아닌가. 해결사가 잘하기는 잘했지만 안녕시에서 1등 먹을 실력은 아녔잖나. 그 실력이면 진짜 가수를 하지 왜 이 촌구석에서 썩겠어."

범부락 대표: "당신 말대로라면 해수욕장서 1등 처먹은 것들은 다 가수 하고 있어야지 왜 해수욕장에서 상이나 타먹고 있대? 상금사냥꾼여?"

당골 대표: "딴지를 걸더라도 좀 사리분별 있게 걸어라. 말도 안 되게 거니까 자네 말이 어거지가 거지반이란 지청구를 달고 살지."

범부락 대표: "그래, 나는 근혜고 너는 순실이나. 정초부터 한 따까리 해볼 테냐?"

청년회장: "새해에는 좀 친하게들 지내셔요."

노인회장: "늬들, 내가 경고했지. 한 번만 내 앞에서 갈굼질, 주먹질 하면 이놈의 회관을 뽀사버리겠다고."

부녀회장: "이장님이 하고 싶은 대로 하셔. 늙은이들 말 시키지도 말고 듣지도 말아. 그게 젤 좋고 젤 빨라."

"저를 독재자로 만드시려고요?"

"이장님이 자다가 스마트폰 받는 소리만 안 하면 더욱 보배로울 텐데."

늘 그렇듯이 회의라기보다는 종편채널 정치예능 수준의 중구난방이었다.

3

내게 노래는 무엇이었을까요? 저마다 노래에 부여하는 소신이 있을 테지요. 어렸을 때부터 노래 잘한다는 소리는 들었습니다. 가수를 꿈꿔본 적은 없지만요. 그저 노래 부르는 것이 좋았습니다. 어찌어찌해서 혼자 숨어 부르던 노래를 여러 사람 앞에서 부르는 게 다반사가 돼버렸지요.

여러분은 민원 해결이 그냥 말로만 된다고 생각하는 경향이 있지만, 사람 일이 쉬운 게 없지요. 별의별 자리 다 쫓아다녀야 합니다. 공식적인 지면에서 공식적이지 못한 얘기까지 적을 수는 없지만, 야릇하고 종잡을 수 없는 상황이 셀 수 없습니다. 안 가본 데가 없다니까요. 신기한 것은 어느 자리든 끝장은 노래판이라는 것입니다. 노래방에서 통일 안 되는 것은 없습니다. 남북통일 빼고는 다 통일돼요.

다행히도 제 목소리에는 사람 마음을 잡아끄는 힘이 있는 가봅니다. 천지신명께 받은 은혜겠지요. 언제부턴가 노래는 제게 수단이었습니다. 힘있는 분들, 제게 뭔가 해줄 수 있는 분들을 상대하는 무기였지요. 물론 그런 노래는 저도 부르기가 싫습니다. 밀실에서 부르는 노래보다 바깥에서 부르는 노래가 좋았습니다. 공무원분들, 유지분들, 비선실세분들 표정을 살피면서 그분들의 마음을 계산하면서 부르는 거 쉬운 일이 아닙니다. 일일이 눈치를 살필 필요 없이 여러분 앞에서 부르는 것은 쉽고 상쾌했습니다. 부르는 사람도 즐거워야 노래 아니겠습니까?

4

각 부락마다 가로등이 옛날 장승 푼수로 지킴이 노릇을 하고 있었다. 가로등 스피커들이 일제히 울었다.

"역경리 리민 여러분, 아침 잘 자셨습니까. 설 잘 쇠셨습니까. 새해 첫 아침 방송을 시작하겠습니다. 우선 주간 행사를 알리겠습니다. 토요일 점심에는 범골 이닝순씨 팔순잔치가 시내 그린하우스 화목관에서 있습니다. 일요일 점심에는 천수암에서 효도공양이 있습니다. 당일에 안내방송으로 관광버스 시간 알려드리겠습니다.

아휴, 만날 느끼는 것인데 사투리 안 쓰고 방송하기 겁나게 어렵습니다. 만날 사투리 쓴다고 뭐라는 분들이 많아서 가급적 사투리를 안 써보려고 하는데 김치도 없이 맨밥 먹는 기분입니다. 사투리 쓰는 사람한테 사투리 쓰지 말라는 얘기는 한국사람한테 한국말 하지 말고 영어 쓰라는 말과 뭐가 다릅니까. 세계화를 꿈꾸는 대한민국의 일개 이장답게 가급적 사투리를 지양하려고 노력은 하겠는데 어쩌다 사투리가 섞여도 너그러이 양해를.

아, 제가 지금 무슨 말을 하고 있는 거죠. 이거 또 완전히 삼천포로 빠져서. 어이구야, 삼천포로 빠진다고 하면 삼천포 분들이 겁나게 화내시는데, 삼천포 시민 여러분 죄송합니다.

엊저녁에 마을대표자회의가 있었습니다. 주요 안건으로 면민화합잔치 대비가 있었고요, 일사천리로 결정이 되었습니다. 맛자랑은 늘 그렇듯이 부녀회서 열심히 해보기로 했고요, 씨름은 이십 년째 역경리 대표로 활약해오신 3인방이 올해도 변함없이 출전해주실 거고요, 윷놀이 · 제기차기 · 투우 등등은 참석하시는 분들 전원 출전이 보장되어 있고요, 줄다리기는 아시다시피 쪽수 대결입니다. 부디 한 분이라도 더 걸음하셔서 힘을 보태주시기 바랍니다.

다만 노래자랑에는 공개적으로 대표를 뽑아서 출전시키기

로 했습니다. 다음주 수요일 저녁에 마을회관에서 역경리주민
노래자랑 겸 면민노래자랑출전가수선발대회를 갖기로 하였
습니다. 역경리 유사 이래 처음 있는 행사라고들 하십니다. 부
산스럽게 뭐 그런 걸 공개적으로 뽑느냐 하시는 분도 있겠지
만, 무엇보다도 공정사회가 되어야 하겠습니다. 풀뿌리 중에
서도 풀뿌리인 리 단위에서부터 뭐든지 공정하도록 노력해야
합니다. 그래야 최순실 같은 년이 안 나오……

아, 죄송합니다. 몇 달 동안 순실이 근혜 기춘이 병우 얘기
듣느라고 귀에 딱지가 앉으셨을 텐데 저까지 보태서 죄송합니
다. 숨은 노래 실력을 뽐내실 분, 역경리의 명예를 걸고 노래하
실 분, 공개적으로 자기 노래 실력을 확인하고 싶은 분 부담 없
이 출전해주시기 바랍니다. (처녀 이장! 연속극 써? 노인네 귀
청 떨어지겠다. 작작 떠들라고!) 아, 노인회장님 오셨습니까! 이
상으로 두서없는 아침 알림방송 마치겠습니다. 모두들 즐겁고
편안한 하루 되셔요!"

5

저는 제가 노래를 잘하는 줄 알았습니다. 부르는 자리마다
크게 사랑해주시니 그런 착각을 했습니다. 하여 주제넘게도
전국노래자랑에 도전했던 것입니다. 등 떠미는 사람이 많아서
어쩔 수 없이 나간 것만은 아니었습니다. 허영심도 컸습니다.

텔레비전에 나가서 아주 유명해지고 싶었습니다. 지금이야 텔레비전에 나와본 사람이 하도 많아서 그게 무슨 자랑이 되겠습니까만 그때는 텔레비전에 한 번 나오면 바로 '가문의 영광' 되는 것이었습니다.

여러분들이 혈연 지연 학연 빽연 심연(심사위원 연줄의 줄임말)이 없어서 본선에도 못 올라갔다 위로해주셨지만, 저는 엄청난 충격을 받았습니다. 본선 진출은 따놓은 고추고 최소한 장려상은 받을 줄 알았습니다. 저를 칭송해준 역경리 분들 앞에 참으로 면목이 없었습니다. 부끄러움을 아는 사람이었다면 이후로 노래 부르기를 그만두어야 했겠지요. 저는 부끄러움을 모르는 무지렁이 여편네라 와신상담의 길을 택했습니다. 텔레비전으로 중계되는 전국노래자랑급 대회에서 대상을 받아 역경리 여러분들의 지지와 신뢰에 보답하는 그날까지 노력해보기로 한 것입니다. 남모르게 틈틈이 노래방을 전전하며 맹연습을 했습니다. 제 궁극적인 목표는 대상을 받는 것이었습니다. 하지만 제가 출전하는 대회마다 저에게 가르쳐주었습니다. 네 노래는 부족해, 부족해, 부족해.

6

육경면에는 그 어떤 노래자랑대회에도 출전한 바 없으나 프로가수 대접을 받는 인물이 있었다. 독야청청 당당한 그에게도 역시 골칫덩이가 있다면 자식놈이었다.

"비가 오나 눈이 오나 쌔빠지게 괴기 잡아서 키워주고 가르친 보람이 없잖아. 네가 유치원부터 대학원 수료까지 20년 동안 장학금 한 번을 받았냐, 우등상 한 번을 받았냐? 논문만 쓰면 된다는 박사를 왜 못 따오는 거냐? 교수는 못 되도 좋으니 박사 고거 하나만 해줘도 이 애비가 동네방네 자랑할 건수로 알겠다는데, 도대체 왜 못 따오는 거냐?"

"박사가 무슨 아무나 따먹는 감인 줄 아세요?"

"제발 부탁이다. 박사 따와라. 그거라도 없으면 내가 밑 빠진 독에 물 붓기 한 것밖에 더 되냐? 이 장학금 한 번 못 탄 놈아."

"아버지도 뭐 타본 적 없잖아요. 왜 저한테만 그러세요."

"내 최종학력이 국퇴다. 학교엘 다녀봤어야 개근상이라도 타지. 개근상은커녕 정근상도 못 타본 놈아."

"장학금은 학교 안 다녀서 못 받았다 쳐요. 세상에 상이 얼마나 많은데 그 나이 드시도록 상 한 번 못 타셨어요?"

"이 촌구석에 무슨 상이 있어?"

"농업인상 영농인상 효자상 봉사상 공로상 우애상 도덕시민상 정의구현상 이런 것은 아버지가 촌사람이지만 농사도 안 짓고, 무슨 단체나 협회에 가입해서 무슨 활동하신 적도 없고 조실부모하고 그래서 못 받았다 쳐요. 근데 명색이 내수면어업자 면허증까지 가진 직업 어부로서 낚시대회 나가서 상 받은 적도 없잖아요."

"어부가 낚시할 짬이 어디 있어? 그리고 그 낚시대회 다 짜고 치는 사기판이야."

"꼭 상이 아니더라도 내세울 만한 경력이나 업적이 있으시냐고요? 차라리 아버지가 박사는 어렵고 석사를 따세요. 요새 석사 따기 되게 쉬워요. 검정고시 하시고 아무 대학이나 다니시고 또 아무 대학원이나 가셔서. 다 돈으로 돼요, 요새는."

상처 입은 아비 조붕언(59년생)은 폭발했다. 아들을 북어처럼 팼다.

아내가 저주의 말을 남겨놓고 아들과 함께 집을 나가버렸다. 새해, 복 많이 받으세요! 이 말을 몇 번이나 들었는데, 복은커녕 정초부터 날벼락 같은 상황이다. 북어처럼 패야 할 것은 내 주둥이다. 죽이 되든 밥이 되든 지가 알아서 살게 내버려두면 될 것을.

아하, 그렇구나! 내 인생이 참으로 민망하구나. 상 한 번 못 받았구나. 내세울 만한 바가 도무지 없구나. 내일모레가 육십인데, 아하, 병신 육갑 같은 인생이었구나.

조붕언은 짐짓 꺼이꺼이 곡을 했다.

7

오로지 민원해결 로비 차원에서 유력자분들 노래판에 긴

것이 아닙니다. 안 껴도 되는 자리인데 낀 자리도 셀 수 없습니다. 부르지 않아도 되는 자리인데 냅떠서 부른 적도 무수합니다. 한두 곡만 부르라고 했는데 눈치 없이 서너 곡 부른 적도 허다합니다. 그분들이 유력자이기 때문입니다. 유력자가 아니더라도 유력자의 친인척이거나 직장동료이거나 동창이거나 뭐라도 되는 사람이기 때문입니다. 절차를 제대로 지키면 언제 결판날지 모르는 민원을 일사천리로 해결해줄 수 있는 힘을 가진 분들이란 말입니다.

시급 노래자랑대회가 한두 개가 아닙니다. 노래 없으면 못 사는 국민이 무수한 나라답게, 축제마다 잔치마다 행사마다 노래자랑은 빠지지 않으니까요. 제가 잔칫집 찾아다니는 도둑고양이처럼 각종 대회를 다 출전해본 끝에 알게 된 사실이 있습니다. 그 수십 개의 대회를 스무 명 정도가 다 심사 본다는 것을. 무슨 일인지 그분들은 거의 변하지 않습니다. 스무 명 중에 한 분이 피치 못할 까닭으로 빠져야 간만에 겨우 한 자리 바뀔까, 그런 요지부동 콘크리트가 없습니다. 심사로 먹고사는 철밥통 심사위원 스무 명을 도대체 누가 정한 걸까요? 국회의원이 바뀌어도 시장이 바뀌어도 망부석처럼 변함이 없는 그분들은 처음에 어떻게 심사위원이 된 걸까요?

다 훌륭하신 분들입니다. 문예진흥원장님, 대중가요협회장님, 음악클럽연합회장님, 가수조합장님, 예능인연합회장님, 음대 교수님, 음악아카데미 원장님, 호박나이트 연예국장님,

2000년도 전국노래자랑 안녕시 편 대상 수상자님, 해변업소 상인연합회 회장님. 다들 노래에 조예가 깊으신 분들입니다. 다 훌륭한 경력과 내세울 만한 실적이 있으신 분들입니다. 이런 훌륭한 분들이 많아서 우리 안녕시의 대중가요계는 나날이 발전합니다.

훌륭한 심사위원분들과 유력자들은 절친이십니다. 유력자들 앞에서 노래하면 그 훌륭한 심사위원분들과 사적 인연을 쌓을 기회가 생길 거라고 믿었습니다. 유력자가 해결사 아줌마 좀 잘 봐달라고 심사위원들에게 입김을 넣어줄 거라고 기대했습니다. 네, 그런 걸 염두에 두고 유력자들 앞에서 노래 부르기를 즐겼습니다.

저는 절박하지 않았던 모양입니다. 뭔가 더 해야 했습니다. 노골적으로 요구했어야 합니다. 심사 자주 보시는 그분한테 저 좀 소개시켜달라고, 그분이 개인적으로 노래교습을 하신다던데 거기에 나도 좀 끼게 해달라고, 제가 대상 한 번 받아본 적이 없는 가련한 인생인데 오서산갈대꽃축제 때 대상 먹게 해주시면 결초보은하겠다고, 그리고, 그리고, 차마 자랑스러운 안녕신문 지면에 적기 민망하지만 눈 딱 감고 적어보자면, 죽으면 썩어 문드러질 몸뚱이 아껴서 무엇할까 아낌없이 관광시켜드릴 수 있다고, 그렇게 갖가지 청원을 구상만 했지 시도하지 못했습니다. 그저 노래만 불렀죠. 애교 부리러 나가서 인상만 쓰고 온 꼴이었습니다.

8

조붕언은 회한에 사무쳤다. 죽을 쑤든 밥을 짓든 서울에서 버텨야 했어. 그러면 내 인생이 이랬을까. 붕어 잉어 목숨이나 끊으며 살았을까.

그때가 내 인생 최고의 전성기였어. 대한민국에서 최고로 잘나가는 연예인들을 날마다 봤지. 보기만 했나. 심부름하고 팁 받고 말까지 섞고. 특히 고 배삼룡(1926~2010)씨. 배삼룡 씨가 누구인가! 지금의 유재석 강호동 아닌가. 그런 배삼룡 씨가 나를 살뜰히 챙겨주었지. 아하, 전두환 개새끼만 아니었어도! 유수한 언론기관 수십과 어마어마하게 많았던 학원을 하루아침에 없애버린 전두환 신군부 정권은 70년대 서울의 유흥을 책임졌던 나이트 업소들도 깡그리 없애버렸다. 곧 통행금지가 해제되고 70년대의 밤을 몇 배로 능가하는 밤 유흥의 시대가 올 것이었건만, 자신을 챙겨주었던 깡패두목이 삼청교육대 끌려가는 것을 보고는 지레 겁먹고 낙향해버렸던 것이다.

"낮술을 안주도 없이 드신대요?"

"육십 평생에 상 한 번 못 받아본 놈이 무슨 안주까지 챙겨."

이장 이덕순은 오토바이 안장을 열고 감말랭이 한 봉지를 꺼내왔다. 늘 만나는 게 늙은이들이고 안주도 없이 '혼깡술' 중인 노인네들이 적잖아서 사시사철 안주를 적재하고 다녔다.

"저어기 전라도 구례 감이라는데요, 지리산 바람에 말려 그 런가 씹어본 분들이 다 칭찬하대요. 저도 이장 끝나면 감말랭이 사업을 해볼까 봐요. 역경리 감도 알아주는 이들은 알아주잖아요."

"자네 이장질 하는 꼴이 공직생활이 쉽게 끝날 것 같지 않아. 남자 김두관처럼 시장·의원 돼보겠다고 설칠지 누가 알아."

"우리동네 노래자랑 한다는 얘기는 들었지요? 심사 좀 봐주셔요. 오라버니만큼 노래에 조예가 깊은 분이 없지요."

"쉰도 안 된 처녀가 이장 하는 역경리라 그런가 별걸 다 해. 조예가 깊을 뻔했지."

70년대의 연예계를 쥐락펴락하는 사람들을 겪다보니 간이 커졌는가 조붕언도 연예인을 꿈꾸었다. 처음에는 존경하는 배삼룡씨처럼 되는 것이었다. 배삼룡씨가 어린놈이 설레발 떠는 것이 귀여운지 자기를 웃겨보라고 했다. 붕언이 하는 꼬락서니를 한 5분인가 보고서는 배삼룡씨가 선언했다. 너는 죽었다가 깨나도 남 웃기지는 못하겠다. 너무 진지해!

낙심천만한 청소년이 안돼 보였는지 노래를 불러보라고 했다. 붕언은 이게 보통 기회가 아님을 본능으로 감지했다. 딴은 '목숨을 걸고' 불렀다. 배삼룡씨가 평했다. 그럭저럭 들을 만은 한데, 진짜 가수가 되려면 피를 다섯 번은 토해야겠다.

붕언은 피를 세 번까지 토했다. 전두환만 안 나타났다면 피를 두 번 더 토하고 가수로 데뷔할 수 있었을까? 아무리 생각해봐도 그때가 내 인생에 주어진 최고의 기회였어!

붕어도 텔레비전 여러 채널 노래오디션 프로그램을 즐겨 보았다. 훌륭한 심사위원들이 계심에도 불구하고, 붕어는 제 식대로 평가를 매기고는 했다. 피를 토한 횟수가 빵 번, 한 번, 두 번, 세 번 하는 식으로. 나중에는 자기가 뭐라고 프로가수들 노래까지 품평을 자행했다. 다섯 번 이상 피를 토한 것 같은 가수는 보지 못했다. 하기는 말이 쉽지, 피 토하기가 쉽나. 토해본 사람만이 알지, 피맛은.

조붕언이 아들 팬 타령을 듣고 이덕순이 추임새 넣듯 했다. "오라버니는 노래자랑에 한 번도 안 나갔죠? 나가기만 했으면 아무 상이라도 탔을 거 아녜요. 그 상이라도 몇 개 타 놓지 그랬어요."

조붕언은 버럭 했다. "난 준프로로야, 준프로! 노래 수련하다가 피를 세 번이나 토한 사람이라고. 어떻게 아마추어 노는 데 끼어!"

"심사는 봐도 되죠."

"아마추어도 못 되는 거지깽깽이를 심사하라고? 덕순이 네가 나를 참 같잖게 본다."

"이래봬도요 이덕순이가 요새 잘 나가요. 시청 행사과장이랑 연애했던 애라고요. 오라버니가 노래 실력자라는 건 안녕시민까지 다 아는 일이니까 시청에서 돈 대주는 각종 행사에 오라버니를 심사위원으로 밀어드릴 수 있을 것 같아요."

"네가 뭐 최순실이라도 되냐?"

"사실은 지금 시장님하고도 제가 인연이 상당해서."

"너, 진짜 비선실세여?"

"최순실이 하듯이 그냥 아무것도 아닌 사람을 장관 만들고 대사 시키고 할 수는 없잖아요. 역경리 노래자랑으로 시작하셔서 육경중학교동창회, 어버이날 천수암효도잔치 이렇게 몇 개 심사를 보면 제가 바로 시청급 노래자랑에 향토심사위원으로 밀어올릴 수 있다는 거지요. 우리 육경면 출신 심사위원이 없어서 우리 육경면 가수들이 너무너무 손해보고 살았어요. 이참에 우리도 든든한 심사위원 빽 하나 만들어봅시다."

"그래도 내가 준프로인데 어떻게 마을회관 노래방 심사를 봐."

"경력을 쌓아야 한다니까요."

조붕언은 구미가 당기기는 해서 입맛을 다셨다.

9

각종 대회 단골 심사위원인 안녕시대중가요인연합회장님과 단둘이서만 자리를 갖게 되었습니다. 저는 술 두 병 마시고 속에 있는 말을 막 쏟아냈습니다. 지면에 차마 적을 수 없는 말까지 남발했습니다. 지금 생각해도 쥐구멍에 들어가고 싶습니다.

심사위원이 작정한 듯 일러주었습니다. 해결사 아줌마는 노래 못해요. 잘하는 노래가 아니에요. 왜 상을 받는 사람만 받는가에 대해서는 생각 안 해봤나요? 심사위원만 늘 그 사람들이 아니잖아요. 대상·금상 받는 사람들도 늘 그 사람들이잖아요. 우리가 공정했을 거라는 생각은 안 해봤어요? 노래 좀 한다는 사람들만 나옵니다. 그중에서 제일 잘한다고 우리가 뽑았어요. 늘 그 사람이 제일 잘해요. 그게 불공정한 심사로 가능한 일이라고 봐요? 심사위원에게도 명예와 자부심이란 게 있어요. 우리가 듣기에 잘하는 사람을 뽑은 겁니다.

그러니까 제 노래는 뭐가 문제냐고요?

그걸 아직도 몰라요? 우리 심사위원들은 다 알아요. 이십 년 넘게 아줌마 노래를 들어왔으니까. 아줌마는 이십 년간 변한 게 없어요. 처음부터 지금까지 아줌마 노래에는 깊이가 없어요. 발전도 없고 발전할 여지도 없어요.

깊이가 뭔데요?

그런 게 있어요.

그런 게 뭔데요?

누구나 다 하는 말로 감동이라고 해두죠.

제 노래에 감동이 없다고요? 우리동네 사람들은 제 노래에 감동밖에 없대요!

아줌마 노래는 마치 카탈로그 같아요. 달력 그림 같다고요.

이것저것 모아놓았는데 도대체 왜 모아놓았는지 왜 하필이면 이런 걸 모아놓은 건지 알 수가 없어요. 아줌마 노래를 듣고 있으면요, 도대체 이 노래를 왜 듣고 있어야 하나 그런 생각이 들어요.

그럼 심사위원님들께서 늘 대상·금상 주는 그분들 노래는 그 노래를 왜 듣고 있어야 하는지 그 까닭을 알 수가 있다는 건가요?

당연하죠. 그분들 노래는 마음을 울려요.

내 노래는 마음을 울리지 못한다고요?

깊이가 없어요, 깊이가.

그럼 내 노래를 듣고 그토록 좋아했던 사람들은 뭔가요?

그분들은 노래를 모르는 거지요.

10

황동철(65년생)이 유명한 대학교의 정교수였다는 것을 모르는 리민은 없었다. 부패 재단과 맞서다가 쫓겨난 것으로 소문이 났지만, 실상은 '스스로 잘리는 길을 택했다'.

"너 그렇게 안 봤는데 사람이 아주 못돼먹었다. 어떻게 나한테 노래 심사를 보라고 할 수가 있어? 내가 노래의 '노' 자만 들어도 경기를 일으키는 사람이잖아."

"노래가 무슨 죄가 있어. 말 나온 김에 물어보자. 집에 예쁜

아내도 있고 공주 같은 딸도 있는 놈이 그러고 싶데?"

"술 취해 가지고 눈에 뵈는 게 없었어. 걔가 내 이상형이기도 했고. 진짜로 아무 짓도 안 할 생각이었거든. 그림 같은 달밤인데 걔가 교수님을 위해 노래 한 곡 불러주겠다는 거야. 걔가 술만 마시면 노래를 하는 버릇이 있어. 노래만 들으려고 했거든. 걔 노래가 참 좋아. 설명하기 어려운 감동이 막 밀려오는 듯해. 노래방에서 들어도 그렇게 듣기 좋은데 분위기 끝내주는 데서 들으니까 정말이지 미치게 좋더라고. 그래서 껴안았어. 그런데 걔가 거부하는 거야. 거부하니까 멈출 수가 없더라고."

"노래를 노래로 들었어야지. 사내자식들은 노래만 듣는 게 그렇게 안 될까!"

황동철이 부패 총장과 맞서는 젊은 교수 모임의 주축인 것은 사실이었다. 노래 잘하는 학생은 너처럼 성도덕이 없는 놈이 대의 운운하며 정의로운 척하는 것이 구역질난다, 내 눈앞에서 사라져준다면 고소는 하지 않겠다고 나름대로 선처를 해주었다. 학교에 알려지거나 소셜네트워크에 오르거나 해서 공개적으로 매장되지는 않았지만, 아내에게는 숨길 수가 없었다. 이 엄혹한 세상에 대학교수 자리를 까닭 없이 버린다니. 김기춘 우병우 못지않게 모르쇠로 버텼지만 아내는 탐정 뺨쳤다. 아내는 추리 끝에 노래 잘하는 학생을 찾아냈고 전말(顚末)을 밝혀냈다. 이혼은 면했지만 이혼당한 거나 마찬가지였다. 고향으로 쫓겨와 오후에는 영어학원에서 가르쳤고 밤에는 팔릴 만한 영어책을 번역했다. 그 짓도 못해먹을 게 걱정돼서 인지 인터넷에 교수 혹은 유명인의 성추문이 뜰 때마다 떨었다. 혹시 그날 밤의 구역질나는 교수가 연상될 만한 글이나 사진이 있는지 편집증 환자처럼 찾아 헤맸다.

"설령 내가 노래를 잘 아는 사람이라고 해도 도덕성도 없는 사람이 어떻게 심사를 봐. 다른 건 몰라도 도덕성은 갖춘 사람이 봐야지."

"너도 참 답답하다. 도덕성 따지면 누가 심사를 보니? 됐고, 내 체면 좀 세워줘. 교수가 심사를 보면 뽀다구가 서잖아."

"나 영문과 교수였다고. 음대 교수가 아니고."

"그냥 교수면 됐지 무슨 교수가 뭐가 중요해. 요새 쌔고 쌘 게 교수라지만 우리 역경리가 배출한 교수는 셋밖에 없어. 근데 두 분은 동네서 태어나기만 한 분이고, 여기서 고등학교까지 다닌 사람은 너밖에 없잖아. 네가 교수라는 거 면민이 다 안다고. 교수가 심사위원으로 딱 앉아 있으면 뭔가 제대로 하는 것 같잖아."

"이제 교수 아니라고!"

"한 번 교수는 영원한 교수야."

11

몇 년간 노래대회에 나가지 않았습니다. 유력자들 앞에서 노래하는 것도 자제했습니다. 여전히 노래가 좋았습니다만 허영에 물든 노래는 더는 부르고 싶지 않았습니다. 그런 자리에서는 불러도 제대로 된 노래가 나오지 않았습니다.

남편 칠순잔치 때 한동안 못 불렀던 노래를 다 토해냈습니다.

단골 심사위원끼리도 서열 같은 게 있는 모양입니다. 서열 낮은 심사위원 한 분이 초대도 안 했는데 오셨더군요.

아줌마 노래 너무 좋아요.

훌륭하신 분께서 이런 누추한 자리까지 왕림해주시고 몸 둘 곳을 모르겠네요. 깊이 없는 노래 듣느라 너무 힘드셨겠어요.

심사위원 눈높이에 입맛에 맞추려고 애쓰는 노래 말고, 이런 자리에서 부를 때 너무 멋져요.

천박하죠. 깊이가 없으니까.

내 귀는 달라요. 아줌마 노래는 시골 마을의 가로등 같아요. 어느 곳에서나 휘영청 밝은 달은 보이듯이, 변두리 시골마을에도 가로등 하나씩은 밝히고 섰잖아요. 아줌마 노래는 그런 가치가 있어요. 진짜 이선희씨가 와서 불러도 아줌마 노래만큼 육경면 사람들에게 감동을 주지는 못할걸요.

작업 멘트 같아요.

철없는 아빠에게 걸그룹 노래가 너 감동적일까요, 자기 딸노래가 더 감동적일까요? 아줌마 노래는 친딸이 불러주는 노래나 다름없어요. 시골 가로등 노래 계속 불러주세요. 앞으로도 죽.

그날을 계기로 비로소 내게 노래는 무엇이었는지 가리사니가 잡혔답니다, 라고 하고 싶지만 아직도 잘 모르겠습니다. 내게 노래는 무엇이었는지.

12

마을회관에 운집한 역경리 총 거주인구의 4분의 3에 해당하는 76명 중에 절반 가까이가 한꺼번에 입을 열었다. 한 줄로 약하자면 심사위원이 왜 셋 다 남자냐는 것이었다.

이덕순이 49인치 텔레비전을 켰다. 화면에 태블릿피씨를 든 해결사가 두 다리에 깁스를 하고 나타났다. "홍일점 심사위원 여기 있습니다. 모두 염려해주신 덕분에 무사히 수술 마쳤고요. 여기가 어디라고 여기까지 문병 오겠다는 분들, 절대로 그러지 마세요. 금방 퇴원합니다. 여기서 같이 심사 보니까 너무 걱정들 하지 마세요."

현대문명의 조화를 이해하지 못하는 이들이 또 한바탕 와자지껄했다. 텔레비전을 꺼서 해결사를 없애고 나서야 다소 진정이 되었다. 텔레비전에서 사라졌지만 멀리 병원에서 태블릿피씨를 통해 여기를 다 보고 있다, 태블릿피씨가 아직도 뭔지 모르는 분을 위해 보충설명 하자면 최순실이 들고 다니던 거다. 아무튼 역경리 이선희는 여기 함께 있는 거나 마찬가지다. 저기 해결사 남편 또실패씨가 스맛폰으로 찍고 있잖냐, 저 스맛폰으로 찍는 게 고대로 해결사 태블릿피씨까지 날아간다는 설명을 이덕순이 괜히 하는 바람에 또 시끌벅적했다.

13

조붕언: "연세는 조합장님이 더 위지만 제가 피를 세 번이나 토한 수련 경력도 있고 해서 제가 심사위원장을 맡게 되었습니다."

전 농협조합장(53년생): "당연한 일이지요."

전 교수 황동철: "저도 이의 없습니다."

점수표를 들여다본 조붕언은 어이가 없었다. 황동철이랑 자기랑 생각이 달라도 너무 달랐다.

"이거 정말 자네가 준 점수 맞어? 말 달리자, 말 달리자 소리만 들입다 질러댄 게 95점이라고? 그게 무슨 노래야. 나는 그 노래 50점 줬다고. 빵점 줄려다 성의를 봐서 그나마 준 거야."

"제가 듣기엔 강력한 카리스마가 느껴졌어요."

"소리만 지르면 카리스마인가? 팔방미한테는 왜 80점만 줬어?"

"노래를 잘하기는 하는데요, 뭐가 깊이가 안 느껴져요."

"중학교 3학년짜리 노래에서 깊이를 왜 찾아? 내가 보기엔 천재야. 자네 좋아한다는 클래식적으로 말하자면 모차르트 향기가 나. 첫번째 방방 뛰는 곡도 귀여웠지만 두번째 곡은 가슴이 미어졌어. 나처럼 상 한 번 못 받고 산 대가리도 딱 세월호가 떠오르게 비애스러웠다고. 자네는 안 그랬다는 거야?"

"그게 좀 위선적으로 느껴졌어요."

전 교수는 문득 혀를 깨문 것처럼 놀랐다. 자기야말로 위선자가 아닌가. 위선자 주제에 열여섯 살짜리의 진심을 의심하다니.

"하여간 내가 육경면에서 30년 살면서 자작곡 부른 인물은 처음 봐. 내가 팔방미한테 물어봤어. 너처럼 파릇파릇한 청소년이 왜 냄새나는 노인네들 노는 데에 왔냐? 전국노래자랑에 나가보려고 그런대. 밀어줘야지. 무턱대고 밀자는 게 아니잖아. 면에서 충분히 3등 안에 들어. 아니면 내가 손가락에 장을 지진다. 어떤 놈처럼 지진다고 해놓고 안 지지지 않고 진짜 지진다니까."

"심사위원이 누구냐가 문제죠. 저 같은 심사위원을 만나면 안 되는 거고, 아저씨 같은 심사위원을 만나면 되는 거고."

"그러니까 자네도 팔방미 노래가 좋기는 좋다는 거지?"

"걔가 괜히 걸그룹 같은 걸 꿈꾸게 될까 봐 걱정이 돼서요. 이런 자잘한 데서라도 괜히 상 받으면 자기가 큰 재능이 있는 줄 알고 헛된 꿈을 꾸게 될까 봐. 걸그룹 애들 진짜 불쌍하거든요. 걔들은 걸그룹이라도 되었지, 죽도록 연습만 하다가 안 된

316

애들을 생각하면."

"국영수 학원 다니는 애들은 뭐가 달라? 연습실이나 학원이나. 꿈꾸면 안 돼? 하다가 안 되면 좀 어때? 그리고 노래를 노래로 들어야지, 자네가 일등 준 오십 먹은 놈 고함이 진정 노래라고 할 수 있어?"

"저는 진짜 '말 달리자'가 더 좋았다니까요. 팔방미 노래는 중학생이 화장한 것처럼 어색했다고요."

"조합장님은 어떻게 생각하나요? 조합장님은 모든 노래를 공히 90점으로 통일하셨네. 심사를 볼 생각이 없으셨구나."

"내 귀에는 다 들을 만했습니다. 어느 노래가 더 낫다고 못하다고 우열을 가릴 만한 재주가 내게는 없습니다. 저마다 재미와 감동이 있는 노래."

"세상 참 편하게 사십니다."

"조합장을 괜히 6년이나 해먹었겠습니까?"

조붕언이 해결사에게 전화를 걸었다. "우리끼리 의견이 안 맞아서 전화하지 말랬지만 했어. 덕순이가 노래 녹음한 거 쏴줬다는데 혹시 들어봤나?"

해결사 목소리가 눅눅했다. "저, 울먹이고 있어요. 좋아요, 너무 좋아요. 제가 낙동강 오리알처럼 홀로 떨어져 있어 그런 걸까요? 너무 좋아요. 그 사람의 얼굴, 그 사람의 몸짓, 그 사람의 순결, 그 사람의 마음까지 들려요. 이런 게 깊이인가요? 이런 게 감동인가요?"

"그 사람이 누군데?"

"다요, 다 좋아요!"

"1등이 누구냐고?"

"다요, 다 1등이에요, 우리동네 사람들 다 가수예요, 가수! 전 우리동네서 제가 노래 제일 잘하는 줄 알았는데 완전 오만이었어요. 제가 제일 못해요. 제 노래는 노래가 아니라 그저 기술이었어요. 전 지금 마음들을 듣고 있어요."

"다리가 아니라 머리가 아프구먼. 해결사 아줌마, 제발 해결 좀 해줘. 덕순이가 무섭지도 않아?"

"1등은 팔방미 줘요. 전국노래자랑에 나가보겠다는데 기회는 줘야지요. 나머지 상은 나이 순서대로 주시고요. 우열 가리기 힘들 때는 나이 순서가 제일 좋아요."

14

'역경리 대표가수'의 영예를 안은 팔방미의 자칭 '감사공연'이 있었다. 아이돌 못지않은 외모와 패션으로 무장하고서 경쾌한 춤사위와 명랑한 노래로 늙은이들을 주물러댔다.

"참, 참신하고만. 해결사가 전혀 생각나지 않네."

"해결사 노래에 물릴 때도 되었고, 세대교체가 될 때도 되긴 했어."

"해결사랑 팔방미가 가면 쓰고 붙으면 끝내주겠는걸."

"남이 잘하건 못하건 나하고 뭔 상관이야. 나는 내가 노래할 때가 제일 좋아."

끊이지 않고 장삼이사가 마이크를 잡았다.

"김삿갓, 밥 딜런 아닌 사람이 없고만."

노래와 말이 유장하게 뒤섞여 끝모르고 이어졌다.

농사꾼이 생겼다

1

아버님, 강녕하셔요.

아버님이라니? 뉘신데? 웬 절까지 하고 난리셔? 누가 보면 정말 내 아들이라도 되는 줄 알겠네.

저, 황철규예요. 저 꼭대기 대숲 살던 황규진씨 막내아들입니다. 판돈이하고 동갑입니다. 판돈이는 잘 사나요?

흥부 아들이란 말인가?

제 아버지 별호가 흥부였습니까?

한국전쟁으로 대폭 감소한 인구를 벌충하기라도 하겠다는 듯 못 먹고 못 살면서도 내남없이 대책 없이 쑥쑥 낳아대던 시절이었지. 물려받은 밭 한 뙈기 없는 사람이 자식을 열몇이나 생산했으니 그런 별명이 안 붙나? 협농은 빼고 자조·근면으로 따진다면 새마을정신의 본보기 같은 위인이었지만 그날 벌어 그날 먹고사는 꼴이 딱 박 타서 부자 되기 전 흥부 같았어.

제 어머니는 흥부댁이었겠군요.

자네가 몇째인가?

열세 번쨉니다. 막내였습니다.

참 많이도 낳았다. 다들 잘살지?

그럭저럭 살고들 있습니다.

벌초 왔나? 아, 산소가 여기 없지. 화장했던가? 이 동네 최초 화장 아니었던가? 지금도 여기서는 화장이 드문 일이라 기억나는군. 화장이 한갓진데 그게 또 그렇지가 않단 말이야. 장기 기증 하고 죽는 늙은이도 있다던데 이놈의 육신에 무슨 미련이 있다고 굳이 땅속에 묻히고 싶다는 건지. 저번에 어디 문상을 갔는데 장지가 무슨 대학교인 거야. 자기 육신을 의과대학에 기증하고 죽었다는 거야. 과연 성인이 있어. 나 같은 범인은 범접할 수가 없는 이들이지.

아버님!

거, 아버님이라고 부르지 말게. 난 아무한테나 아버님이라고 부르는 게 영 듣기 싫어. 그걸 시골 풍속이라고 자랑하는 것들 보면 주둥이를 쥐어박고 싶다니까.

어르신, 실은 컨테이너를 빌려 살 수 있을까 해서 왔습니다. 저희 집 있던 대숲 밑 밭 주인이 어르신이라고요. 거기에 컨테이너가 있던데요.

거기가 산이나 다름없어. 갈기도 힘들고 간신히 뭐라도 심어놓으면 산짐승들이 와서 다 처먹고 조금만 안 쳐다보면 풀밭 되고, 겨우 추수해보았자 먹을 것도 없고 도저히 답이 없어. 그 밭을 사고 싶어 산 것도 아니여. 도시사람이 선산으로 쓰겠다고 나섰는데, 이장사네가 무덤 이고는 못 산다고 제발 우리더러 사달라는데 위칙히 해. 우리 자식들이 나중에 별장 같은 거라도 지을라나 하고 사놓았지. 작은애가 삼백인가 사백인가 주고 컨테이너를 놓더라고.

한두 달만 살 수 있게 해주십시오.

거기서 어떻게 살아? 물도 안 나오고.

생수 사 먹으면 됩니다. 안 되면 컨테이너 앞에 텐트라도 치게 해주십시오.

젊은 사람이 왜?

저도 모르겠습니다. 수구초심 같은 건가 봅니다.

늙은이 앞에서 수구초심이라니? 자네도 별로 배우지는 못했나 보구만.

무식하단 소리 많이 듣습니다.

죽으러 귀향했단 말인가? 나더러 죽을 자리를 내놓으라는 게야?

아뇨, 살아보려고요. 살아보려고 그럽니다. 여기 방세입니다.

뭐가 이렇게 많아. 신사임당이 열 깅? 이 사람아, 이 돈이면 집도 얻겠네. 우리동네도 빈집이 쌨어. 안골 당골 할 것 없이 세 집 건너 한 집이 빈집이야. 누가 살아준다고 하면 돈 한 푼 안 받고 고맙다고 할걸.

아뇨, 저는 그 밭에 있고 싶습니다. 제 태가 묻혔다는 곳.

20만 원만 받겠네. 한 달에 10만 원씩. 이거라도 받아야 자네가 덜 불편해할 테니.

2

이게 말로만 듣던 개차반의 삶인가. 역경리 으뜸 폐인 명철 오라버님도 이 정도로 막살지는 않았는데. 보름 만에 빈 피티병이 열이라. 물 대신 소주 마시고 살았다? 밥해먹은 흔적이 없네. 대체 뭘 처먹고 산 거야. 야, 나와. 죽었나? 살았으면 나와.

이장님 납셨슈.

피골이 상접했구나. 너, 육손이 맞냐? 아, 실수. 이놈의 주둥이가 참 안 고쳐져. 이장씩이나 되니께 더더욱 말조심을 해야 쓰는데, 말조심이 더 안 돼. 일 잘한다고 성격 좋다고 선량하다고 좋은 말만 듣고 살던 내가 완장 차고는 악담만 듣고 산다. 늙은이들이 인터넷까지 할 줄 알았으면 악플도 엄청났을 겨. 잘하는 일도 없지만 손뼉 쳐주는 사람은 가뭄에 콩 나. 사사건건 나무라고 욕하는 사람뿐이여. 완장 차면 사람 변한다는 말이 나한테는 안 통할 줄 알았는데 별수없어. 아, 미안. 내가 지금 오늘내일 죽게 생긴 인간한테 내 신세타령하고 자빠졌네. 어디 내 속 풀어놓을 데가 있어야지. 너 만나니 석 달 가뭄 끝에 비 만난 양 반가워 말이 막 나온다.

다 네 칭찬만 하던 걸.

누굴 만나기는 했어?

죽었나 살았나 보러 오시는 분들이 좀 있네. 돌아다니다가 우연히 마주치기도 하고.

근데 너 진짜 싸가지가 바가지다. 엎어지면 코 닿을 데 사는 내가 꼭 먼저 찾아와야겠니? 이장님한테 신고 안 한 거는 민주 시대라 상관없지만 죽마고우한테 너무 결례 아니냐?

방송만 들어도 네가 얼마나 바쁜지 알겠던데. 동네일이 많은가? 날마다 요란하더라. 겨우 잠들었다가 네 목소리 듣고 깨어나.

이십몇 년 만에 만난 누님 같은 친구한테 잠 깨웠다고 투정이네. 동네 늙은이들이 네 걱정을 얼마나 하는지 듣기 싫어 보러 왔다. 살아 있는 거 봤으니 갈란다.

소주 한잔 하고 가.

뭐 하고 시간 보낸 겨?

아무렇게나. 낚시도 하고. 산 쏘다니고. 좀 무섭더라. 우리 때는 산속도 깨끗했잖아. 땔 만한 것은 다 긁어가서. 지금은 완전히 숲이더라. 숲 멧돼지가 없을 수 없겠더라. 우리 때는 멧돼지 봤다는 사람 없었잖아? 산토끼 보는 것도 되게 힘들었잖

아. 호랑이만 멸종이 아니라 멧돼지도 멸종인 줄 알았잖아. 그 멧돼지들 다 어디서 튀어나온 걸까? 전부 농장에서 키우다가 버려졌거나 탈출했다고 볼 수 없잖아? 어디 숨어 족보를 이었을까.

말 많은 인간은 절대 죽지 않아. 안심이 된다.

죽고 싶지 않어. 죽을 용기가 없어.

이혼했어? 불륜하다가 딱 걸렸어? 회사에서 짤렸어? 처자가 아퍼? 애가 통제 불가능해? 주식 하다 망했어? 죽을병 걸렸어? 사기당했어? 블랙리스트? 아니면 화이트리스트? 에스엔에스에서 신상 털렸어? 다 아냐? 그럼 대체 뭐야? 혹시 자살하려고? 이유 없는 반항? 여태 하이틴이냐?

그냥.

난 그냥이라고 말하는 새끼들이 제일 싫어. 뭐가 그냥이라는 거야. 생각해보면 다 까닭이 있다고! 생각하기 싫어서 그냥, 하기 싫어서 그냥, 귀찮으니까 그냥, 쪽팔리니까 그냥. 충청도 사람들이 가장 심하게 욕먹는 게 뭔지 알아? 그 모호한 태도야. 글쎄, 그냥, 물러유, 거시기 이 말들이 참 좋은 사투리 같지? 말이 좋아 아름다운 방언이지. 무생각, 무책임, 무진지, 무개념과 뭐가 다른 말이냐?

너 혹시 고갱이라는 화가 알아?

모른다. 무식해서!

너나 나나 중졸인데, 나한테는 무식자랑 안 해도 돼. 고갱이라는 사람이 마흔 살인가까지 착실한 월급쟁이였대. 갑자기 어느 날 모든 걸 때려치우고 그림 그리러 떠났다는 거야. 멋지지 않냐?

멋지기는 개뿔. 한량짓 했구먼.

나도 갑자기 모든 게 싫어졌어. 때려치우고 말 것도 없이 그냥 떠났어. 며칠 돌아다니니까 고향집이 그리운 거야. 이해가 안 되더라. 어떻게 20년을 발걸음 안 할 수 있었을까.

이해 안 되기는 뭘 안 돼. 20년이 아니라 이백 년도 등질 수 있지. 이왕 이 모양으로 지낼 거면 멧돼지, 고라니나 좀 잡아라. 걔들 때문에 남아나는 게 없어. 멧돼지는 돈을 그럭저럭 쳐주니께 신고도 잘허고 헌터들도 열심히 잡으러 댕기는데 고라니들은 돈도 안 되고 귀찮기만 하다고 쳐다보들 않네. 노인네들이 겁나서 뭐 심을 생각도 안 해. 밭이 산 되는 거 한순간이다.

나 같은 게 멧돼지를 어찌 잡아. 멧돼지한테 안 물려죽으면 다행이지. 몇 마리 봤는데 무서워서 혼났다야.

너 기억상실이냐? 네 별명 육손이, 백태눈깔 말고 하나 더 있었어. 사냥꾼! 네가 잡아서 판 독뱀이 천 마리는 될걸. 꿩에 토끼에 너 사냥의 달인이었어. 멧돼지는 없어서 못 잡았지, 있었으면 네가 잡고도 남았을걸.

철없을 때 얘기지. 지금은 안 무서운 게 없어. 무섭고 무서워.

겁쟁이가 여기서는 어떻게 사냐? 여기 버려진 무덤이 열 기도 넘어. 귀신들, 장난 아니게 많을걸.

다들 물어보시네. 왜 내려왔냐, 왜 이러고 있냐, 뭐가 문제냐, 자꾸 물어봐. 뭐가 그렇게 궁금할까?

노인네들만 사는 동네에 쉰도 안 된 놈이 외계인처럼 나타나서 벌레처럼 살고 있는데 산 사람이고 귀신이고 안 궁금하게 생겼어?

3

창고를 다 태워놔? 술을 마시려거든 곱게 처마셔야지 불을 질러? 이건 범죄야, 범죄. 태우려면 다 태우지 왜 고것만 태웠냐? 일단 맞아봐. 아니지, 요새 사람 때리면 골로 가지. 법대로 하자. 아녀, 내가 너를 알지. 네가 앞장서서 그 지랄을 했을 놈이 아녀. 대라. 누구여? 어떤 새끼들이여? 불 지른 새끼 대란 말이여?

저 혼자 그랬슈. 너무 추워가지고. 어떻게 할까유? 돈으로 물어내라면 돈으로 물어내고, 감옥 가라면 감옥 갈게유.

이 새끼 보게. 오냐오냐했더니.

아저씨, 정말 죄송허구먼유. 저를 때려 속이 풀리신다면 계속 때려유.

나는 말이야, 너처럼 정의로운 척 의적 흉내내는 것들이 제일 싫어. 최소한 열 놈이 작당을 해서 창고를 조져놓은 걸 누가 봐도 알패인데 혼자 했어? 공범을 못 불어? 네가 일제 때 독립 투사냐? 다 도망갔어. 대삐리는 대학으로 군바리는 군대로 공 돌이는 공장으로 다 튀었어. 시발놈들이 너 하나만 남겨놓고 다 도망쳤어. 열 받지도 않냐? 술도 네가 다 샀다며? 네가 아주 예수 그리스도 아니면 석가모니 불알이더라. 노가다 다녔다 며? 생고생해서 모은 돈으로 대학생 친구 고향 내려왔다고 술 사줘, 공장 친구 휴가 나왔다고 고기 사줘, 군바리 친구 오입질 도 시켜줘. 손가락 하나 떼고 눈알 새로 박아넣으니까 세상 다 산 것 같아? 앞으로 살아야 할 세월이 수십 년이야. 그것들이 나중에 은혜를 갚아? 갚기는커녕 너를 개처럼 볼걸. 그게 인간 세상이여. 다 그만두고 네가 만날 술 사주는 방위 다니는 놈들. 너도 곧 방위 들어간다며? 그놈들이 그동안 '우리 챙겨주느라 고생했다' 하면서 친절히 대해줄 것 같지? 배은망덕하게도 너 를 노예처럼 부려먹을 거다. 친구 그딴 거 없어! 젊은 놈들이 농막에서 술 마실 수 있어. 농막이 농사꾼들 쉬라는 곳이 아니 고 젊은 놈들 밤에 술 처마시라고 있는 데 같기도 해. 마시다 보면 주먹질할 수도 있지. 싸우다보면 더 처마실 수도 있지. 너 무 추우면 따뜻한 곳을 찾을 수도 있지. 찾다보니 우리 과수원 창고가 만만했을 수도 있지. 어찌어찌해서 들어갔나보지. 추 우니까 이것저것 땔 수도 있지. 술 취한 놈들이 뵈는 게 뭐 있 겠어.

진짜 죄송한데요, 딱 그랬슈. 눈에 뵈는 게 없더라고요.

다 이해하겠어. 허나! 의리의 사나이 흉내는 도저히 못 봐주겠다. 의리 없는 새끼들한테 전화해서 다 내려오라고 해!

아저씨, 저랑 둘이 그랬슈. 둘이 오지게 팼슈. 죄송해유.

야, 이덕순! 너까지 왜 그래.

지가 애들 '경애하는 지도자'나 마찬가지인데 제가 그랬지 누가 그랬겠슈.

이덕순, 너 짚공장에서 야근 뛰었잖아!

아니라니께요.

이것들이 진짜 돌았나. 왜 중졸로 학벌 마감한 것들이 대학교 다니고 대기업 공장 다니는 놈들을 감싸?

걔들은 아직 돈이 없잖아유. 저희는 있구. 불쌍히 여기셔서 돈으로 해결해주셔유.

그려요 아저씨. 우리 육손이가 겁나게 맞았네요. 전치 10주는 나오겠네. 아저씨, 너무 패셨네요.

필요 없고 지서로 가자. 네놈들 버르장머리를 고쳐야 뎌. 없는 놈이 있는 놈들 죄까지 뒤집어쓰는 거, 이게 바로 노예근성여. 너 같은 놈들 때문에 민주화가 안 되는 겨.

4

저는 범골의 유일한 여중생, 큰면장씨 막내딸 팔방미예요.

저는 범골의 유일한 남중생, 임지만 할아버지 장손 임성빈입니다.

어쩐 일로?

궁금해서요.

뭐가?

아저씨가 왜 이러고 있는지.

그냥. 아, 그냥은 아니고…… 나도 모르겠다.

말 못 할 사연이 있는 거지요?

우울증 같은 거라고 해두자.

우울증에 걸린 까닭을 알고 싶다고요.

우울증에 까닭이 있나?

없을 리가 없다고 생각해요. 야, 임성빈 너는 꿔다놓은 보릿자루냐? 왜 한마디 말을 못 해. 네 연구 때문에 온 거잖아. 아저씨, 사실 저는 그냥 구경삼아 따라온 거고요, 얘가 아저씨한테 관심이 되게 많아요.

왜?

너한테 물으시는 거잖아.

음, 그러니까 정말 무례하고 당돌하게 들리시겠지만 제가 나름 연구가입니다. 지금까지 참 여러 가지 연구를 했습니다만, 최근 하고 있는 연구는 '아웃사이더 연구'입니다. 아웃사이더는 도시에만 있는 것 같지만 제 눈에는 시골에도 많이 있습니다. 개차반, 폐인, 사오정, 사이코, 음유시인 이렇게 불리는 분들 중에 진짜로 정신이 맛 간 사람도 있겠지만, 제 생각에는 남들과 다른 생각을 하고 다르게 느끼는 사람도 있다고 봅니다. 광복절 행사 때 뜬 파락호(破落戶) 김용환 선생님처럼 말입니다. 사실 제가 아웃사이더 연구를 시작하게 된 것도 김용환 선생님 때문입니다. 텔레비전으로 봤는데 참 감동적이었습니다. 우리 역경리에도 김용환 같은 분이 있을 것이다! 제가 찾아내겠다는 각오로 나선 것입니다.

난 믿지 않는다. 김용환이 독립운동자금을 댔다는 증거는 없어. 허무맹랑한 이야기야. 거짓말이야.

새 대통령이 연설한 광복절 행사 때 텔레비전으로 생중계된 얘기예요.

대통령을 믿을 수 있니? 제대로 된 대통령이 있었니? 텔레비전을 믿니? 텔레비전이 진실을 말한 적이 있니?

이번 대통령은 참 좋은 분이잖아요?

그래 봐야 가진 자들 편이다.

아저씨 보수꼴통이에요?

이해해주십시오. 팔방미가 좀 싸가지가 없습니다. 하고픈 말은 하고 보는 성격입니다. 유치원 때부터 엄청 혼났지만 영원히 못 고칠 병 같습니다.

파락호 뜻은 아니?

아주 멋진 표현으로 개차반, 좀 봐주는 표현으로 난봉꾼이잖아요. 것도 모를 줄 아셔요.

그냥 난봉꾼이 아니라 재산이나 권력이 있는 집안의 자손으로서 집안의 재산을 몽땅 털어먹은 난봉꾼이다. 요새로 치면 사고 쳐서 티브이에 나오는 재벌 3세 4세란 말이다. 파락호는 어느 시대나 파락호일 뿐이다. 일제시대에도 미군정시대에도 이승만시대에도 박정희시대에도 전두환시대에도 아이엠에프 때도 노무현 때도 명박이 때도 근혜 때도 문재인 때도 나쁜 놈은 그냥 나쁜 거야.

아저씨가 말을 잃었다더니 헛소문이네요. 잘만 떠드시네.

아! 이게 바로 꼰대라는 거다. 개만도 못한 놈이 강의를 했구나. 미안하다, 미안해.

틀린 말 한 것도 아닌데요, 뭐. 나 지금 아저씨 말 듣고 굉장히 혼란스러워요. 하고 보니 요번에 낙마한 장관들 다 파락호잖아요?

미안하다. 나 담배 피울게. 미안하다. 술도 마실게. 청소년한테 이런 모습 보이면 안 되는데.

괜찮습니다. 아저씨보다 심한 어른도 여럿 뵈었습니다. 아저씨는 준수한 편입니다.

나 아웃사이더 같은 거 아니다. 그냥 우울증 맞어. 난 그래도 내가 괜찮은 놈인 줄 알았어. 부모한테 물려받은 거 없는 놈이 집 장만하고 제대로 된 가정 꾸몄으면 된 거 아니냐. 자수성가라고까지는 못하겠지만 이만하면 성공한 거 아니냐. 난 정말 최선을 다해 살았다. 노력한 만큼 꼭 그만큼 잘살고 있다고 믿었다. 근데 아니더라. 무능력하다는 거야. 벼려온 칼로 푹 쑤시듯이 무능력하다는 거야. 나 정말 울고 싶은데 눈물이 안 나와. 너희들 그만 가면 안 되겠니?

천천히 마셔요.

너희들 가란 말이다. 지금 내가 하는 말이 말이냐? 구질구질한 신세타령. 나도 내가 싫다. 술주정뱅이들이 왜 술 처마시면 주정하겠어? 맨정신으로 말하면 아무도 안 들어주니까. 마시고 떠들어야 그나마 들어준다고! 난 정말 내가 괜찮은 사람인 줄 알았다. 원래 나 술 잘 마셔. 너희 오기 전에 이미 취해 있었어. 이 아저씨 나이가 마흔일곱이다. 마흔일곱 살에 자기가 무능력한 나쁜 사람이라는 걸 자각하면 어떻게 되는 줄 아니?

우울증에 걸리나요?

나 같은 놈이 우울증씩이나. 그냥, 살기가 싫어지는 거야. 자살할 용기도 없어서 술이나 마시는 거야.

제가 연구한 아웃사이더형 어른의 90%가 자살할 마음을 수없이 품었다고 합니다. 한 번 이상 시도까지 한 분이 60%, 너무 심하게 시도해서 진짜 죽을 뻔한 어른이 20%였습니다. 자살욕구와 자살 시도는 아웃사이더의 필수조건이라고 생각됩니다. 놀라운 건, 어른의 99%가 자기가 아웃사이더라고 생각한다는 것입니다. 자기를 모범적, 혹은 문제적이라고 생각하는 어른은 1%도 안 됩니다.

너는 그 나이에 말투가 왜 그러냐? 술 깬다.

5

밭매세요?

그냥 놔둘 수는 없으니께.

겨울에 무릎 수술 받으셨다면서요. 이러셔도 되는 거예요?

안 되지.

호미 또 없어요?

썼지.

저도 좀 매 볼게요.

맬 줄은 아나?

저 잘 매요. 기억 안 나세요? 저 다른 애들 학교 다닐 때 어머니들하고 김매러 다녔는데. 품값이 짭짤했죠.

기억 안 나냐고 하니까 말이네만, 그 일 참 미안해.

무슨 일이요? 아, 그거요. 어머니 기억력 좋네. 그게 언제 일인데.

어떻게 잊나. 내가 남 속상하게 하는 일 안 하고 살았다고 자부하는데 그 일 하나가 딱 걸려. 판돈이가 누구한테 얻어터졌나 안경까지 깨져갖고 왔더라고. 술도 안 깬 놈이 서울로 도망가버리더라니. 뭔 일 났구나 싶었어. 내 아들놈이랑 같이 그런 걸 알고도 내가 가만히 있었네. 자네한테 미안하다는 말 한마디 못하고 지켜만 봤네 과수원 괴원장이 자네를 종놈처럼 부려먹는 걸. 판돈이가 사과나 제대로 했나 모르겠네.

판돈이는 제 결혼식에도 왔었는걸요.

결혼식에 가면 용서가 되나?

결혼식에 안 온 애들도 많은데요, 뭐.

도인 흉내 내더니 벌써 도를 깨우친 모양일세.

호미 가져올게요.

같이 내려가세.

쉬시게요? 잘 생각하셨어요. 아예 그냥 쉬세요. 제가 다 맬게요. 낮밤 없이 술만 푸고 살았더니 걱정하는 분들이 많아서 견디기 어렵네요. 낮에는 어르신들 일이나 도우려고요. 걱정 끼치기가 저어되어서.

좋은 생각이네. 자네 밥 차려 줄라고. 밥 안 먹었을 거 아녀?

아침 안 먹어요. 하루에 한 번 먹는 것도 지겨워요. 먹을 때가 되면 꼭 배가 고프니 미치겠어요. 진짜 괴이하지 않나요? 죽을 생각 하는 인간이 끼니를 꼬박꼬박 챙겨 먹는 게 기가 막혀요.

죽을 생각이라도 하려면 먹어야지.

사료 같은 게 있으면 좋겠어요. 후딱 먹어치우고, 쉽잖아요.

김밥이 인간 사료 아닌가. 흙수저 청년들이 삼각김밥만 먹고 산다며? 꼭 사료 먹는 거 같아서 안쓰럽더라고. 티브이가 볼 게 없어. 만날 불쌍하고 가난한 사람 힘들게 사는 것만 나오고. 짠해서 눈물만 나. 뉴스에서는 만날 끔찍한 얘기만 나오고. 김정은이는 왜 자꾸 뭘 쏘는 거야? 귀신들도 참 한심하지. 그

런 놈 안 잡아가고 육십도 못 산 사람을 왜 잡아가. 자네 보니
까 삐삐 마른 북한 사람도 생각나고 북어나 다름없는 명철씨
가 생각나서. 명철씨가 원래 저랬지만 마누라 죽고서 더 그러
는 거 아닌가. 명철댁이 겨우 쉰다섯에 죽었다니까. 명철댁이
얼마나 음전했는데. 잘못돼도 한참 잘못된 겨.

저 진짜 안 먹어도 되는데.

밭매주겠다며? 밥도 안 먹이고 일 시키면 그게 사람인가?
밥 먹을 거면 도와주고 안 먹을 거면 그냥 가게.

어머니, 그럼 잘 먹겠습니다.

힘들어도 먹어야 해. 우리 같은 늙은이들도 악착같이 삼시
세 끼 챙겨 먹잖아. 젊은 사람이 밥 안 먹고 있는 거, 보기 얼마
나 괴로운 줄 아나. 왜 그래? 입에 안 맞나?

아뇨, 너무 맛있어서요. 너무 맛있어서.

인스턴트만 먹지 말고 집밥 먹고 싶으면 아무때라도 내려
와. 우리 없을 때 자네가 그냥 챙겨 먹어도 돼.

저는 엄마가 차려준 밥을 먹어본 적이 없어요. 그래서 동네
어머니들한테 밥 얻어먹을 때가 참 좋았어요. 특히 어머니 밥
이 기억나요. 어머니는 듣기 싫은 소리 한 번 안 하시고. 다른
어머니 밥을 먹으면 소화가 잘 안 됐거든요. 근데 어머니 밥은
사흘은 배가 불렀어요.

나만 공치사받을 일이 아니네. 흥부댁 성님이 자네 나아놓
고 세상 뜨고서 자네 누나들이 자네를 업고 다니며 젖을 얻으

러 다녔네. 그런 애가 또하나 있었지. 수리암 여승 의붓딸내미 연수리라고. 마침 그때 애 낳은 여자가 열이 넘어서 두 젖먹이 한테 나눠줄 수 있었지.

저도 압니다. 제 진짜 어머니는 저를 낳아준 분이 아니라 저를 키워준 동네아주머니들이지요. 전 그래서 친구들 하나도 안 미워해요. 걔들이 다 먹었어야 할 젖을 나눠먹고 자랐으니까. 불난리 때도 하나도 원망 안 했어요. 어머니들께 은혜 갚는다 생각으로.

이다지도 속깊은 사람이 왜 그러고 있나?

실은요, 어머니가 끓인 된장 냄새를 맡았어요. 정말 배가 고프더라고요. 늘 느끼는 그런 평범한 배고픔과는 차원이 다른 배고픔이 느껴지더라고요. 밭매드리고 밥 얻어먹으려고 한 거 맞아요. 근데 밥부터 먹네요.

밭매줘. 열심히 매주고 점심도 먹고 저녁도 먹어.

어머니, 밥 더 먹고 싶어요. 국도요. 어머니, 김치도……

눈물 닦게.

눈물 아니에요. 땀이에요. …… 제 엄마는 어떤 사람이었나요?

흥부댁 성님은 신사임당에다가 논개를 합친 것 같은 분이셨지. 세상천지에 둘도 없이 인자한 분이 자네 아버님한테만은 호랑이 같았지. 다들 그렇게 짝을 맺더군.

밭 매러 갈래요. 밥값 할래요.

6

곽원장님, 웬만하면 조용히 합의합시다. 창창한 애들 앞날에 빨간 줄 그을 필요 뭐 있습니까?

박순경! 그게 민중의 지팡이로서 할 소리야? 법대로 해야지, 법대로. 공범이 수두룩하단 말야. 이 새끼들 공범을 잡아야 한다구. 범골 애새끼들, 싹 잡아서 다 콩밥 먹일 거라구. 으뜸 나쁜 게 대학교 다니는 새끼들이야. 친구한테 덤탱이 씌어놓고 도망친 것들, 그것들이 나중에 사장 되고 판검사 되고 교수 돼봐. 사회가 엉망진창 되는 거지. 싹을 잘라야 돼.

곽원장님! 아들들 불렀어요? 진짜 콩밥 먹여야 될 애들은 원장님 아들 삼형제라고요. 빨리 막으세요. 또 무슨 사고 치면 이번엔 못 봐줍니다.

나 안 불렀어.

아버지, 어떤 새끼들입니까? 육손이 너야? 야, 인마 태울 거면 화끈하게 다 태워버리든가, 쪼잔하게 그게 뭐냐? 덕순이 너도 있네. 늬덜은 의리 없게 늬 동네애들끼리만 마셨냐. 우덜을 불러서 같이 마셨어야지. 아부지, 우리 친구예요. 그냥 봐줘요.

덕순아, 네 아버지도 왔다. 산판 계시다고 하지 않았어?

엄마가 연락했나 벼.

그 그지 같은 판자때기집이 창고씩이나 되었어? 내가 오면서 보니께 조까 그슬린 것뿐이던디, 뭐 이런 걸 갖고, 젊은 애들을 드러운 디로 끌고 와. 곽원장, 나랑 해보겠다는 거야? 오냐, 망나니 아들 삼형제까지 불렀냐? 다 덤벼.

지가 불을 지르기는 질렀으니께 보상은 해드리는 게 맞지요. 5백만 원은 너무 하고요 3백만 원이면 넉넉한 보상이라고 생각되거든유. 근데유, 지가 무슨 돈이 있겠슈. 앞으로 아저씨가 부르면 언제든지 달려갈게유. 일당 3만 원으로 잡아서 한백 일만 도와드리면 되겠네유. 노예처럼 일할게유.

저 이덕순이도 오십 일은 책임질게요.

7

나를 쏙 빼닮았지. 녀석도 손가락이 여섯 개로 태어났어. 어찌나 섬뜩하던지. 다행히 눈은 나를 닮지 않았어. 두 개 다 제대로 박혀 있더라. 어찌나 다행스럽던지. 내가 행복을 느낀 처음이자 마지막이었을 거야. 그때가.

너만 보면 미안해. 미안하다는 얘기를 꼭 하려고 했는데 아직까지 못 했네.

육손이 눈깔병신이라고 놀린 거?

안 놀렸어. 네가 싸움을 제일 잘했는데 누가 널 놀려.

싸움을 잘한 게 아니라 그렇게 안 하면 살 수 없는 신세였으니까. 불알친구 중에 내 결혼식에 와 준 게 너뿐이야.

이상하기는 했어. 너랑 각별했던 애들은 다 안 왔더라고.

342

각별? 덕순이, 기린이 얘긴가? 나중에 알고 보니 둘 다 엄청 힘든 때였더군. 덕순이는 옥살이할 때고 기린이는 처자를 한꺼번에 잃었을 때고.

덕순이가 감옥에 있었다고?

몰랐냐? 공장 파업 때 구사대 몇 놈을 심하게 패서.

평생 친구로 살 줄 알았는데 언제부터 멀어졌을까. 난 그때부터였던 것 같아. 그 사건이 결정적이었어.

평생 친구? 난 한 번도 너희들을 친구로 생각해본 적 없어. 우정 같은 거 난 느껴본 적 없어. 나는 가난한 것도 모자라 육손에 눈깔병신이었어. 너희가 쌀밥 먹을 때 난 보리밥 먹었고, 너희가 보리밥 먹을 때 난 고구마 먹었어. 너희가 용돈 받아서 군것질할 때 나는 돈 벌라고 별짓을 다했어. 밤 줍고 구기자 따고 뱀 잡고. 초등학교 때까지는 우정 같은 게 있었다고 치자. 중학교 들어가서 너희들 나랑 논 적 있어? 너희끼리 놀러 다녔지. 나를 끼워준 적이 없어. 물론 내가 피한 것도 있지. 쪽 팔려 너희랑 같이 있을 수가 없었어. 우리는 교복 안 입었잖아? 너희는 짝퉁 메이커는 걸치고 다녔는데 나만 걸레 같은 옷을 입고. 야, 나는 왜 마흔일곱씩이나 먹고 유치한 거냐? 암튼 난 한 번도 너희를 친구라 생각해본 적이 없어. 뭐 좀 비슷해야. 친구지.

이상한데. 나는 너랑 좋은 기어이 많은데.

그러니까 고향에 왔겠지. 끔찍한 기억만 있다면 왔을까? 신기하기는 해. 이렇게 무위도식하고 있으니, 나쁜 기억, 괴로운 기억, 비참한 기억이 9할이야. 좋은 기억은, 따뜻한 기억은 아주 가끔.

난 너를 생각하면 농막이 떠오르고 과수원 창고가 떠오르고 미안하기만 해.

네가 참 소심해. 나보다 더. 그래서 우리가 잠깐이나마 단짝일 수 있었던 걸까. 소심 프렌드. 근데 너도 나만큼 정신상태가 안 좋아 보인다? 하는 일이 잘 안 되냐? 하기는 지금 세상에 누군들 쉽겠냐. 그래도 넌 부모님이 계시잖아. 그럼 행복한 거야.

나도 싹 끊어버리고 떠나고 싶거든. 절대 실행을 못하지. 온 동네 사람들이 네 걱정하더라만, 난 네가 부럽다.

그래 봐야, 겨우 태어난 집 텃밭에 왔는걸. 부처님 손바닥 위에서 헤맨 손오공밖에 더 되겠어.

8

연수리? 네가 웬일이냐? 네가 여자 되었다는 얘긴 들었어. 수리암 자리에 예쁜 식당 차려놓고 멋지게 산다고. 한번 가본다 하면서 못 갔네. 얼굴은 그대로네.

있으나마나 하던 고추가 없어졌을 뿐.

네가 온갖 전설 찍다가 떠난 게 고1 때던가?

내가 하는 짓이 그처럼 괴력난신이었니. 다들 그렇게 말하더라. '전설의 고향' 무수히 찍었다고.

네가 좀 특별했지. 무당 같았다니까.

선입견이었을 거야. 비구니 스님 딸이니까. 그 비구니 스님이 내 친모가 아니라는 건 알았지? 너는 아버지라도 있었지만, 나는 천애고아였어. 절밥 먹고 절에서 사니까 아무래도 남다른 바가 있었겠지. 게다가 어지자지였으니.

스님이 널 친자식처럼 길러주셨잖아. 어미 없이 큰 내 앞에서 주름잡지 마.

동네 아주머니들이 다 네 어머니라면서. 아직도 생생한걸. 늬들은 어머니가 하나뿐이지! 나는 어머니가 열둘이다! 늬들이 네 어머니한테 불효하더라도 내가 늬들 엄마한테 평생 효도할 거다! 큰소리쳤잖아! 중학교 2학년 때 추석날 판돈이네 집에서. 동동주 마시다가.

그걸 기억해?

나는 다 생각나. 서너 살 적부터. 기억댁 아주머니가 기억력이 좋다지만 엉터리 기억도 태반이셔. 뒤늦게 실천하려고 온 거야? 동네 효자 났다고 소문이 자자하더라. 고추 딸 때부터 가을걷이 때까지 완전 홍길동이었다며? 동서남북을 번쩍번쩍 오가며 추수를 도우셨다고? 다들 입에 침이 마르더라.

농촌에서 제일 힘든 게 백수짓이더만. 어딜 가나 똑같을 것 같고 몇 달 묵새겼다고 엉덩이가 붙어버렸나 쉬이 떨어지지도 않고.

텔레비전 보면 깊은 산속에서 유유자적 혼자 잘 사는 사람들이 많던데. 너도 그런 데로 가보지 그랬어?

거기라고 혼자 사는 게 되겠어. 심지어 방송국에서 찾아오잖아. 덕순이가 개처럼 살 거면 떠나라고 툭하면 찾아와서 갈귀대고 견딜 수가 없더라고. 논밭 찾아다니면서 닥치는 대로 도와드리고 밥 얻어먹었지. 그렇게 한 열흘 했더니, 일꾼처럼 부르대. 술은 밤에만 마시고 낮에는 동네 머슴이 된 겨.

좀 추어주었더니 뽐낸다.

자랑할 만하지. 지난 스무날 동안 역경리 벼 3분의 2를 베었다니까. 나 없었으면 사람 없어서 역경리 추수 못했다고 인터넷에 뜰 뻔했어.

덕순이 콤바인 조수로 따라다닌 걸 말하는 거야? 덕순이가 벤 거지 네가 벤 거냐?

이러니 재주는 곰이 부리고 돈은 주인놈이 먹는다는 말이 있지. 운전하는 게 쉽냐? 찡찡거리는 애 보는 게 쉽냐? 운전이 힘든 거 같지만 진짜는 애 보는 게 훨씬 힘들거든. 같은 이치다. 덕순이는 콤바인을 경주용차처럼 몰아대기만 하면 돼. 조수는 겁나게 바빠요. 고생은 조수가 다 했는데 편히 앉아서 운전한 놈만 대접받는 더러운 농촌!

성불할 거야.

나한테도 콤바인이 생겼어. 큰면장 형님이 소를 트럭에 싣다가 크게 다쳤잖아. 형이 나한테 다 맡겼어. 믿을 놈은 나밖에 없다고. 내가 그래서 형 콤바인으로 형네 논 백 마지기를 혼자서 다 벴다. 조수도 없이. 덕순이 참 얄미워. 네 조수 노릇을 해줬으니 내 조수 노릇도 해달라고 했더니, 이장 사무 평계 대고 벼 한 가마니를 안 들어주더라.

그냥 농사꾼으로 살아.

생업을 갑자기 바꾼다는 게 쉬운가. 이십몇 년을 도시밥만 먹었는데.

육체노동은 다 거기서 거기 아닌가? 진짜 안타까운 애들은 정신노동이나 감정노동만 한 애들이지. 판돈이 같은 애들은 전향이 불가능하다는 얘기야. 판돈이처럼 애들한테 거짓말이나 가르치던 애가 쉰 살 넘어 농사짓는다? 만호처럼 사무실에서 숫자나 맞추던 애가 쉰 살 넘어 삽질하면 삽질이 되겠니? 경민이처럼 마트 장사로 돈 긁어모으던 애가 농기계를 어찌 몰겠니? 나처럼 한순간에 남자에서 여자가 되는 거 어렵다고. 근데 넌, 네가 하던 일이 농사일보다 어려운 일이었어?

네 말 듣고 있으니, 내가 정말 잘 산 인생 같다. 앞날도 창창하고. 야, 그런데 비웃는 것처럼 들리거든? 평생 몸뚱이로 먹고산 놈이라고! 그래 봐야 뭐해. 내가 판돈이보다 많이 벌겠지만 만호나 경민이보다 많이 벌겠니? 많이 벌면 뭐하지? 얼마를 벌더라도 항상 모자랄걸. 날고뛰어봐야 나는 사장이 될 수 없고 완장을 찰 수도 없어. 아무리 열심히 살아도 나는 숙어라고 열심히 뛰는 놈에 불과해. 언제나 나는 놈들은 과거에도 날았고 지금도 날고 앞으로도 나는 놈일 거야. 나는 절대로 나는 놈들을 따라잡을 수 없다고. 나는 무식하고 무능력하고 나쁜 놈일 수밖에 없다고. 미안, 내가 왜 너한테 떠들고 있냐?

내 앞에서는 다 그래.

너한테는 그런 게 있어. 어릴 때부터. 다른 애들도 너한테 그러지 않았니? 비밀이건 속얘기건 너한테는 마구 지껄이고 그랬잖아. 너한테는 사람을 빨아들이는 힘이 있어.

그런 거 아냐. 내가 듣는 걸 잘할 뿐야. 누구에게나 들어줄 사람이 필요한데, 다행히 내가 들어줄 사람이었던 거지.

네 말은 누가 들어줘?

천지신명이 들어주지.

너랑 얘기하면 괜히 부끄러워진다.

농사꾼이 하나 늘어서 다행이야.

떠날 거거든. 큰면장 형님네 공룡알만 다 묶으면. 것도 한두 달은 걸리겠다만.

아버지 어머니 들은 어쩌고.

덕순이가 있잖아. 너도 있고.

가지 마. 여기가 네가 참말로 있어야 할 곳인지도 몰라. 범골이 너를 간절히 원해.

　이문구 선생님은 소설로 70, 80년대의 농촌과 90년대의 시골을 기록하셨다. 『우리동네』 때만 해도 농가인구 30%대였는데, 『내 몸은 너무 오래 서 있거나 걸어 왔다』 이후 10%대다. 2010년대 농가인구는 5% 미만이 되었고, 2020년대에는 더욱 줄어들 테다. 현재 농업에 종사한다고 말할 수 있는 사람이 1%나 될는지.

　독자들이 모르고 안 읽어줘서 그렇지, 21세기 농촌을 훌륭한 소설로 기록해온 소수정예 작가님들이 계신다. 그분들이 기록한 시골은, 미디어에서 볼 수 있는 시골과는 다르다. 텔레비전의 시골은 '힐링의, 치유의, 전원의, 고향의, 극한의, 체험의, 먹방의, 자연의' 농촌이다.

　(농촌소설이 아닌) 시골소설은 도시사람이 보고 싶어하는

것을 찍듯이 그린 것이 아니라, 시골의 현재를 직시한다. 그래서 대중은 텔레비전의 시골은 질리지도 않게 소비하면서, 소설의 시골은 고릿적 취급한다.

나 역시 21세기 농촌의 사관이고 싶었다. 부질없는 욕망임을 알고 있지만. 그간의 소설집에 늘 서너 편씩의 시골소설이 들어 있었다. 이번 여섯번째 소설집은 11편 모두 시골이야기다. '농촌소설'이 아니라 '시골소설'이란 점을 분명히 해둔다. 2015년부터 2020년 봄(코로나 이전)까지 우리동네 시골을 이야기로 기록하고자 했다.

어려운 시기에, 안녕시 육경면 역경리 사람들의 이야기를 묶어준 교유서가(신정민 대표)에 깊이 감사드린다.

김종광

1971년 충남 보령에서 태어나고 자랐다. 중앙대학교 문예창작학과에서 공부했다. 1998년 계간 〈문학동네〉 여름호로 데뷔했다. 2000년 〈중앙일보〉 신춘문예에 희곡 「해로가」가 당선되었다. 신동엽창작상, 제비꽃서민소설상, 이호철통일로문학상특별상, 류주현문학상을 받았다. 소설집 『경찰서여, 안녕』『모내기 블루스』『낙서문학사』『처음의 아해들』『놀러 가자고요』, 중편소설 『71년생 다인이』『죽음의 한일전』, 청소년소설 『처음 연애』『착한 대화』『조선의 나그네 소년 장복이』, 장편소설 『야살쟁이록』『율려낙원국』『군대 이야기』『첫경험』『왕자 이우』『똥개 행진곡』『별의별』『조선통신사』, 산문집 『사람을 공부하고 너를 생각한다』『웃어라, 내 얼굴』 등이 있다.

성공한 사람

초판 인쇄 2021년 1월   8일
초판 발행 2021년 1월 18일

지은이 김종광 | 펴낸이 신정민

편집 이혜정 이희연 신정민 | 디자인 윤종윤 이주영
마케팅 정민호 김경환 | 저작권 한문숙 김지영 이영은
홍보 김희숙 김상만 이소정 이미희 함유지 김현지 박지원
제작 강신은 김동욱 임현식 | 제작처 상지사

펴낸곳 (주)교유당
출판등록 2019년 5월 24일 제406-2019-000052호

주소 10881 경기도 파주시 회동길 210
문의전화 031) 955-8891(마케팅), 031) 955-3583(편집)
팩스 031) 955-8855
전자우편 gyoyudang@munhak.com

ISBN 979-11-91278-13-2 03810

이 책은 서울문화재단 '2020년 창작집 발간 지원사업'의 지원을 받아 발간되었습니다.